蜜柑花子の栄光

市川哲也

時間のある限りどんな依頼も引き受けるようになった名探偵・蜜柑花子。多忙を極めていたある日、東京の探偵事務所を訪ねてきたのは、以前の事件で深く関わった少女・祇園寺恋だった——。未解決事件の真相を蜜柑が解かなければ、誘拐された母親の命の保障はない、と脅迫を受けているという。大阪→熊本→埼玉→高知の順に、４つの未解決事件を再調査する時間はたった６日間。しかも移動は車のみ。疲労困憊、怒濤の推理行の果てに、蜜柑が導き出した答えとは？　“名探偵の矜持”“名探偵の救済”をテーマに贈る《名探偵の証明》シリーズ完結編。

名探偵の証明

蜜柑花子の栄光

市 川 哲 也

創元推理文庫

THE DETECTIVE 3

by

Tetsuya Ichikawa

2016

目次

名探偵の証明

蜜柑花子の栄光

序章　祇園寺恋への挨拶

「お邪魔しま～すっと」

アタシは薄暗い倉庫に足を踏み入れた。割れた窓ガラスから差すわずかな光が、埃《ほこり》を雪のように照らし出してる。天井には格子状に張り巡らされた錆《さ》びた鉄骨。染みだらけのコンクリート剝《む》き出しの床に、こつこつとハイヒールの音が鳴る。悪の組織が根城にしてそうな雰囲気で、とても好ましい。こういうベタな演出は大好物だ。黴《かび》臭さを鼻腔に感じながら、その人たちの元へ歩いていった。

「で、なんの用ですか？　旅を中断させてまで呼び出すことなんでしょうね」

「もちろん。非常に大切な用件ですよ」

蠅《はえ》のマスクを被った男——声から判別するには——が言った。蠅マスクの左右にも生き物のマスクで顔を隠した五人の人物がいた。それぞれマスクとスーツというアンバランスな装いだ。タイトスカートを穿《は》いた人物が、革張りの椅子を出してきた。アタシが座って足を組むと、蠅マスクが口を切った。

「あなたの本名は調査済みですが、あえてこう呼びましょう、祇園寺恋《ぎおんじれん》様。よくぞいらしてくださいました」

「直接声かけられたのは初めてですよ。お主、できるな」

蠅マスクに笑いかけてあげた。

「お褒めに与り光栄《あずか》です。あなたの著書は精読させていただきました。名探偵としての使命を帯びながら、それに唾を吐きかける。あげくは事件を享受し、さらに混沌へと陥れる。なかなか余人にできるものではありません」

「買い被りですよ~。アタシは人よりちょっと事件に巻きこまれやすくて、人よりちょっと頭が切れて、人よりちょっと運がいいってだけの、どこにでもいる女の子ですよ」

「それは願ってもないことです。ここへ招いたのは他でもありません。その〝ちょっと〟を私たちの悲願のために提供していただきたいのです」

「悲願とやらの内容によりますね。楽しそうなら、協力してあげなくもないですよ」

「楽しくなるかならないかはあなた次第、と返しておきましょうか」

蠅マスクは意味深長な口ぶりだ。なかなか興味をくすぐってくるじゃないの。いいよ、いいよ。

「では私たちも自己紹介をいたしましょう」

その一声で、他の五人が居住まいを正した。

「このグループはあなたもよくご存じの蜜柑花子《みかんはなこ》を信奉する者たちで結成されました」

蜜柑花子を強調してくる蠅マスク。

「つまり、ファンクラブってことですね。会費はいくらですか」

「浮かれた集まりではありません。私たちは蜜柑花子を神として信奉、崇拝しているのです」

大仰にアタシへ向かって手を伸ばす蠅マスク。

「な〜る。そっちですか」

アタシは下を向いて思わず笑みを零《こぼ》す。

「名探偵と称される人物は皆、数多《あまた》の事件に遭遇しています。常識的に考えて、ひとりの人間がそれほど多くの事件に遭遇する確率はいかほどでしょうか。原子のごとく小さな、まさに奇跡と言える確率でしょう。しかし屋敷啓次郎《やしきけいじろう》や蜜柑花子という実例は、その奇跡を体現しています。これが偶然で片づけられるでしょうか。いいえ、ここに神の意思を感じ取るのは必然です。さらに名探偵には、謎という混沌に光をもたらす頭脳も備わっています。犯人がいかなる細工を凝らそうと、最後にはただひとつの真実を摑み取るなど、人間の能力をはるかに凌駕《りょうが》しています。これが神の御業《みわざ》でなくてなんだというのでしょうか」

愉快な言説に、頰のゆるみが抑えられなくなってきた。履《は》きなれないハイヒールから解放されると、足がひんやりとした空気に包まれる。気持ちいい。テンションが上がってきた。

「名探偵とは神の使者なのです。安寧と平和をもたらすためにこの世へ遣わされた尊き存在。人の身でありながら、その存在は神と同一。ここにいる者は全員、人生をかけて崇拝していくと決め、この場に立っているのです」

思わずにやけてしまう。足先から駆け上る初めての感覚に全身がゾクゾクした。

「興味深いっスねえ。ってことはアタシも崇拝してくれるんスよね？」

「たしかに、定義としては恋様も名探偵と言えます。ですが、自身のしたことをお忘れですか。奸計《かんけい》によって人を操り、結果人が死んでも厭《いと》わない。神への裏切りであり、冒瀆《ぼうとく》です。残念ながら、尊敬には値しませんね」

残念そうに言って、口端を歪める。

「心の狭い人たちですねぇ」

お返しに、肩を大げさにすくめてみせた。

「ごたくはそこまでにして、そろそろ用件言ってくれます？　もうおねむの時間なんで」

「それは申し訳ありません。用件は他でもないのです。あなたに事件を提供してもらいたい」

「提供って、アタシ犯罪なんてしませんよ。近所でも評判の良い子で育ってきたんですから」

「恋様自身が手を汚して事件を起こすことはない、それは理解しております。知恵の働く方ですからね。警察に睨《にら》まれるような行動はしないはずです。しかし、恋様が関わり真相を見抜いていながら、解決せずに見すごした事件、というのはあるでしょう？」

当然ある。花ちゃんのように、なんでもかんでも解決してたらつまらない。謎を解いた方がおもしろそうな事件なら解くし、放置しておいた方がおもしろそうならほっとく。未解決のまま残されてる事件もある。

「私たちは歯痒《はがゆ》いのですよ。蜜柑花子がいまだにタレント扱いしかされていないことがね。本来もっと人々に崇め奉《たてまつ》られるべきが、俗な扱いを受けている。私たちはこの状況を改善したいのです。そのためには広報活動が必須です。蜜柑花子の偉大さがわからない俗物は教育してあげなければなりませんからね。聖典が必要なのです」

へ～。そういうことか。

アタシはずっと落としてた視線を上げ、薄汚れた天井を見上げた。

この人たちがアタシにやらせたいこと。だいたいわかった。

「ゆくゆくは蜜柑花子を神格化させる。それが我々の使命です。しかし、いかに神の使いであるとはいえ、蜜柑花子は人。いずれ訪れる死は避けられないでしょう。となれば、その神聖さや偉業を後世に伝えるものがなくてはなりません」

似た理屈で、名探偵を教祖化しようとする集団は皆無ではなかっただろう。けど、このパターンはたぶん前代未聞だ。

「ところが、蜜柑花子がしていることはどうでしょう。小さな探偵事務所で、全国から寄せられた事件を細々と解決する日々。数々の事件を解決してきた実績は偉業と言えるでしょうが、ややインパクトとして弱い。もっと、それこそ奇跡のような偉業を打ち立てなければなりません。イエスが未亡人の息子を生き返らせたように、あるいは水をワインに変えたように」

密室館の事件後、アタシは全国に餌を撒いた。アタシを楽しませてくれる人物の登場を心待ちにして。

それがこんな形で成就するなんて。アタシの先見の明をもってしても、予想できなかった……こともないか。まったく、おせっかいな人たちだ。

「我々は熟考の末、結論を出しました。この偉業ならば、聖典に載せるにふさわしいと。それは、六日の間に複数の事件を解決することです。全盛期の屋敷啓次郎ですら、ひと月に五度も六度も事件を解決したことはありません。それがたった六日間で達成されるならば、まさしく偉業です。神は六日間でこの世界を創造し七日目は休んだと言います。蜜柑花子にできないことはないでしょう」

「そのために、アタシが関わった未解決事件を提供しろってことですか？」

浮き足立ちそうになる心を抑え、ニュートラルな口調で言った。

「いかにも。心当たりは……もちろんありますよね」

「そりゃね。これでも定義上は名探偵ですよ。事件には困ってません」

「すばらしい！　では、ご提供いただきたい。そしてぜひ間近で、蜜柑花子が偉業を達成する瞬間をご覧ください」

「う～ん」

条件に合う事件が三つある。希望に添えないこともない。

ぶっちゃけ、花ちゃんよりできる子のアタシでもしんどいミッションだ。まさに偉業レベル。

とはいえ――。

「花ちゃんを神格化しようが崇め奉ろうが勝手ですが、アタシに協力する義理がありますか？　犯罪にアタシを巻きこまないでほしいんですけど？」

「いいえ。恋様には協力せざるをえない理由がありますよ」

「ふ～ん。その心は？」

「家族を人質に取られる、となればどうでしょう」

第一章　親と子とパイロキネシス

1

　密室館の事件から約一年がすぎた。二〇一五年六月。

　いろいろあったが、俺、日戸涼《ひのとりょう》は蜜柑花子の探偵事務所で働いている。場所は東村山《ひがしむらやま》。築三十年の雑居ビルの一室で、今日も仕事に追われていた。事務所の壁は所々ひび割れており、室内も広いとは言えないが、俺と蜜柑のふたりだけなら充分な面積だ。慣れれば居心地も悪くない。

「依頼人は佐藤《さとう》……岡山の船穂《ふなお》町からか。遺体が切断――」

　電話がけたたましく鳴った。メールチェックしていた手を止めて電話に応対する。元カリスマ的タレントであり、名探偵としても名高い蜜柑花子の事務所である。依頼はひっきりなしだ。解決率も百パーセントなのだから、全国から依頼が殺到するのも当然だろう。

「蜜柑」

俺は受話器の送話口を押さえて、蜜柑に問いかけた。

「なに？」

古びたソファで資料を読んでいた蜜柑が顔を上げ、大きな黒いフレームの眼鏡を上げる。ボブカットにした金髪は相変わらずで、今日はピンクのスタジャンを羽織っていた。ボトムは……いまもデニムだ。

「迷子の犬を捜してくださいって、まさかの依頼がきたんだけど……どうする？」

一年間ここの探偵事務所で働いてきたが、犬捜しは初めての依頼だ。

「スケジュール、空いてる？」

即答にひとこと言いたい気持ちをぐっと堪《こら》える。依頼人を待たせてはいけない。

スケジューラーを見てみると一か月びっしりと埋まっていた。依頼人と面談をし、事件現場に赴《おもむ》き、証拠集め。雑事を合わせれば休日なんか一日もない。睡眠時間すら仕事で圧縮されている。

そんななかに、わずかな空き時間があった。仮眠ぐらいにはつかえる時間だ。

「今日、十九時から二十分だけなら……」

「そこに入れといて。できるだけ情報を集めてもらって」

「……わかったよ」

依頼人に了承の旨と情報収集の必要を伝えて電話を切った。思わずため息が出る。

「……なぁ、くどいと思うかもしれないけどさ。こういう小さい依頼は断ってもいいんじゃないか」

「断らない」

資料に目を落としたまま、予想どおりの答えを返してきた。

事務所に俺が押しかけて入ってから、蜜柑は一日も休みを取っていない。俺がいる分、書類仕事などは減ったはずだが、その分また仕事を入れ、取り扱う事件はむしろ増えてしまっている。

「こんなのまで扱ってたら、身がもたないぞ」

「……平気。健康には自信ある」

「これまではな。でも明らかに働きすぎだ。倒れたら仕事はストップなんだぞ。そうなる前に休む方が効率的だ。それぐらいの理屈はわかるだろ」

「……あたしがやらなきゃ、誰がやるの？」

資料に目を落としたまま、平坦な口調で言われた。毎回、これを言われて俺が黙るのがパターンだ。

いくら人員が増えたところで負担は減らせない。依頼人は蜜柑の推理力を期待してやってくるのだし、難解な事件になれば俺みたいな凡人の出る幕はない。俺にできるのは書類仕事や現場までの車の運転ぐらいだ。

「……それなら、この犬の件は俺にやらせてくれないか」

「え？」

蜜柑が顔を上げた。

「犬捜しぐらいなら、俺にやらせてくれ」

依頼人も事件も、俺なんかはお呼びでないだろうが、いつまでも雑用係ではいたくない。蜜柑を少しでも休ませたい。

「……あの、でも……」

言いたいことはよくわかっている。俺が出ていったところで、ちゃんと事件を解決できるのか。俺に名探偵のような頭脳はないのだ。

気まずそうな蜜柑に笑ってみせる。

「おいおい、強盗団に盗まれた宝石を捜すんじゃないんだぞ。俺だって、犬捜しぐらいできるさ。大した危険もないだろうしな」

心配しているはずの、捜査による危険性も先に潰しておく。

今日までどんな小さな事件でも俺に担当させなかったのは、事件に関わらせることで危険な目に遭わせたくないからだ。小さな事件が大きなものへ発展することはままある。蜜柑のところへ集まる事件は、そうなるものが少なくない。

「もしヤバいことになりそうだったら、蜜柑を頼るからさ。こういう事件ぐらいは任せてくれないか」

「……犬捜しだって、簡単じゃない」

「たった一年だけど、蜜柑の下で働いてるんだぞ。多少は探偵のノウハウとか、事件のどういう点に着目するべきかとかは学んでるさ。それに犬捜しなら、つかうのは頭より体力の方だろうしな。まあ、依頼人が了解してくれたらだけど」

近ごろは切に思う。俺に蜜柑ほどの推理力があれば、と。

蜜柑と行動を共にすることはできても、俺には神のごとき推理力はない。

それでも……ある程度まで成長はできるはずだ。誰もが世界チャンピオンになれるわけではないが、プロボクサーのライセンスを取るまでなら努力次第でできる。

「俺だって、蜜柑のそばにぼけっといただけじゃない。自分なりに近くで勉強してきたんだ。いつか推理でも蜜柑の力になれないかって」

デスクの抽斗《ひきだし》に入れてあったノートを取り出し、蜜柑に向けて開く。びっしりと図や文字が書かれている。

「見てくれよ。俺には蜜柑みたいなひらめきや推理力はないからな。地道に理論化して勉強したんだ。パターン別に疑うべきポイントを分類したり、これまでの事件の考察だって欠かしてない。推理力を鍛えるためにミステリもめちゃくちゃ読んでるしな。効果があるかはわからないけど」

才能がないなら、地道に鍛えるしかない。たとえわずかな効果しかあげなくても、なにもしないよりはましだ。

蜜柑はめずらしく目を泳がせていた。これまでなかった反応だ。仕事を減らそうという言葉だけではなく、ちゃんとした代案と根拠を示したのが功を奏したのだろう。

「……あの」

蜜柑がなにか言おうとした、そのときだった。

呼び鈴が鳴った。

また依頼だろう。タイミングが悪いな。

立ち上がろうとした蜜柑を止めて、応対に向かう。ドアスコープを覗くと、黒いコートが見えた。じれているのか人差し指で肩を叩いている。

「はい。やし……っ！」

ドアを開いた瞬間、思わず声を漏らした。

「お前……恋っ！」

そこに立っていたのは、猫目の若い女だった。俺を見るなり微笑《ほほえ》み、おもむろにコートを脱ぐ。肘の辺りまである黒髪をサイドポニーにまとめ、白いシャツに黒いチェックのネクタイに、同じ柄のスカートを穿《は》いている。長い脚を覆っているのは黒いロングブーツだ。この姿、見間違えるはずがない。祇園寺恋だ。

「だいたい一年ぶりっスね、先輩」

蜜柑が仕事に囚《とら》われるようになった元凶が満面の笑みで手を挙げていた。その顔に負い目や悔恨は一切ない。竹馬《ちくば》の友に会うかのような気軽さだ。

「……お前、なんの用だ」

全神経を動員して警戒を向け、ドアの前に立ちはだかる。恋の左手にはキャリーバッグの持ち手が握られていた。まさか爆弾ではないだろうな、とバカな想像までしてしまう。

「冷たいっスねぇ。アタシと先輩の仲じゃないっスか」

「気安く呼ぶな。俺はお前の先輩でも友達でもない」

「あらら。まあいいっス。立ち話もなんなんで、なか入れてくれます？」

「断る」

「う～ん。それは困りましたねぇ。あ～、困った困った」

大げさに腕を組んで、首を左右に振り出した。

「俺はまったく困らない。すぐに出ていけ」

「そっスか。人の命がかかってるのに……わかりました。悲しいっスけど、死んでもらうことにします」

「待て！　人の命ってどういうことだ！」

踵《きびす》を返した恋の背中に慌てて呼びかける。

「もういいんス。アタシ、拗《す》ねましたんで、帰るっス。その方にせめて香典ぐらいは出してあげてください」

わざとらしく泣き真似をする恋。神経を逆なでさせられたが、怒りの声を呑みこむ。

「ま～、先輩がどうしてもってアタシを抱いて頼むなら、なかへ入るのもやぶさかじゃないっスけど」

くそっ。さっそく、恋のペースになってきた。思わせぶりな台詞《せりふ》でゆさぶりやがって。人の命がかかってるっていうのはいったいなんだ？　なかに入りたいがためのブラフって可能性もあるが……。

俺はうしろを振り向いた。蜜柑は直立し、恋を見つめていた。表情が硬いのは、気のせいではないはずだ。

「……入れてあげて」

恋を見据えながら言った。

癪だが、蜜柑が許すのなら俺は道を空けるしかない。

「お邪魔～っス」

軽い調子で、事務所に入ってきた。歯噛みしながら、その様を見送る。

「あ、お茶とお菓子はけっこうっスから。スケジュールが詰まってるんで」

我が家のように遠慮なく、ソファに体を沈める。テーブルを挟んだ向かい側に、蜜柑が座った。このふたりが対峙《たいじ》するのは、密室館の事件以来だ。俺と蜜柑、そして恋は拝島登美恵《はいしまとみえ》という作家に密室館と名づけられた館に監禁されたことがある。そこでデスゲームに巻きこまれ、紆余曲折《うよきよくせつ》のすえ謎を解いた。しかしそれ以降、蜜柑は仕事に囚われるようになってしまった。

「久しぶりっスね、花ちゃん。その後はどんな感じっスか。さらに有名人になったみたいっスね、探偵としては。いろいろやった甲斐がありましたよ。祝電のひとつも送るべきでしたね」

よくもぬけぬけと。お前と拝島のせいだろ！

怒鳴りつけたかったが、ぐっと堪え、蜜柑の言葉を待った。

「……用はなに？　遊びにきたんじゃないはず」

「花ちゃんまで冷たい対応するんスね。社会人になってまで虐《いじ》められるなんて……しくしく」

「……今度は、なにするつもり？」

軽口にはつき合うこともなく、蜜柑の口ぶりは終始硬い。

「あ〜、それ偏見っスよ。アタシがまるで悪人みたいじゃないっスか」

「あなたのしたことは悪いこと。それが罪にならないとしても……」

おもしろそうだから、という理由で恋は悪事に手を染める。時に人の死を見すごし、時に事件の状況を悪化させ、時に害意のない人間に罪を犯させる。だが、決して刑法上の罪に問われるようなことはしない。恋がやるのは、人と状況を操り、そうして自らが思う〝おもしろい〟展開に導く。

「あっ！　これ見方変えたら、まるで今カノに責められてる浮気相手みたいじゃありません？浮気は罪じゃないけど、悪いことなのよって」

「……さっきの、『人の命がかかってる』って言ってた意味を聞きたい」

「そうだったっス。再会に浸ってる場合じゃないんスよ。本題に入りますか」

恋はキャリーバッグを開けた。爆弾が入っているのではないかと半ば本気で疑いもしたが、なかには服やタオルなどがあるだけだった。旅行へいくのだとしたら、いたって普通だ。そこから一枚のＤＶＤを取り出す。

「アタシが犯罪者みたいな酷い言いようっスけど、いまのアタシは犯罪者に絡まれたかわいそうな女の子なんスよ……あ、これ再生してくれます？　なかなかウケるものが映《うつ》ってるんで」

なんの変哲もない無地のＤＶＤだが、不吉なオーラが手の平にずしりとのしかかってくる。

蜜柑を見ると、了承を示すようにうなずいた。

嫌な予感だけを感じながら、ＤＶＤをプレイヤーへ入れる。読みこみ音が不気味に響いた。

やがて、画面に映像が映し出される。

そこには蠅のマスクを被ったスーツ姿の人物がいた。倉庫のような場所で、左右には様々なマスクを被った人物が並んでいる。恋が持ってきたＤＶＤでなければ、仮装パーティの模様でも撮影したのだと思ったかもしれない。

カメラがズームアウトされると、不安が現実となって飛びこんできた。

マスクとスーツのグループの前では、女性が椅子に座らされていた。目隠しをされ、猿轡《さるぐつわ》を嚙まされている。なにか呻《うめ》いているが、椅子に縛りつけられており身動きが取れないでいるようだ。

その光景にデジャヴを覚え、立ちくらみがした。密室館のときの絶望が繰り返されるのではないか、その恐怖にへたりこみそうになる。

『蜜柑花子に告ぐ。これより全国各地で発生した四つの事件を調査し推理せよ。期限は六日間。これを見ているだろう十五時から開始とする。東京のその事務所に帰りついた時点がゴールだ。達成されなければ……』

蠅マスクの人物が、手に持ったロープを女性の喉元に巻きつける。

心臓が壊れそうなほどに速く脈打つ。密室館の殺人の首謀者、拝島登美恵のように容赦なく人を殺す。そんな光景が脳に映写され、叫び出しそうになった。蜜柑も体が前のめりになっている。無理もない。あの事件でもっとも傷ついたのは、蜜柑なのだから。

『我々の目的は君の実力テストだ。名探偵と呼ぶにふさわしい実力を兼ね備えているか。それが知りたい。理由は伏せるが、我々にはそうする義務がある。この世のための使命と思ってもらっていい。

テストの失敗は、この哀れな女性の死を意味する。要求の達成はそこにいる祇園寺恋が見届ける。無論、我々の仲間も密かにどこかで監視している。警察への通報、逃走、その他怪しげな行動があれば、この女性を迷わず殺す。祇園寺恋と我々の仲間から十二時間以上連絡がない場合も同様だ。もちろん祇園寺恋がお供だからといって、手助けを乞うのはご法度だ。推理は自力で行うように。一度だけなら赦《ゆる》す、などというルールもない。ただし、助手の参加だけは認めよう。ホームズにワトスンが必須なように。

事件の真相を看破し、推理を述べるときにもルールがある。関係者を一堂に集めることだ。関係者とは犯人、事件当日現場にいた者とする。怪我や病気などの事情によりやむなく招集できない者はこの限りではない。要は名探偵として形式を守れということだ。また、推理後は警察への通報なり犯人に自首をさせるなりして、事件を世間の知るところとするよう義務づける。警察が逮捕できないような推理では無意味であるし、事件が報道されることで、たしかに謎が推理され解決したと我々が知るためだ。移動は車で行うこと。こちらとしてもどんな緊急事態が起こるかはわからない。なにがあっても対応してもらうためには、車移動が都合よい。車内でじっくり推理談義を行うとよいだろう。事件は難易度の低いものから順に解いてもらう。順番は祇園寺恋から聞いてくれたまえ』

蜜柑は食い入るように画面を凝視していた。どんな小さな情報も見すごすまいと集中している。このグループの正体や居場所がわかれば、こちらからも対抗策を取れるかもしれない。だが、そんな思惑を見透かしたように、

『要件とルールは以上だ。一部ルールに則らない件もあるが、そのときがくれば祇園寺恋から説明させよう。祇園寺恋、くれぐれも解答を漏らさないように。少しでも疑いがあれば躊躇《ちゅうちょ》なく母親を殺す。我々は常に監視している。そして疑り深い。わずかでも疑念を抱けば、即座に喉元へナイフを突き立てるだろう。ゆめゆめ忘れることなきよう。それではこの辺りで終幕としよう。懸命な判断を願う』

映像が切れた。

「見てのとおりです。アタシも人質を取られちゃいました」

別人のように殊勝な声色で、恋はうつむいた。前髪の隙間から覗く表情は青白く生気を欠き、目も虚《うつ》ろだった。

ドクン、と心臓が跳ねた。そこにいたのはか弱く儚《はかな》げな女だった。目を逸らせば霞《かす》み消えそうで、一片の悪意も曇りも見られなかった。

慰めの声をかけてしまいそうになる。

が、ぎりぎり直前で呑みこんだ。騙《だま》されてはいけない。こいつは父親すら見殺しにした女だ。母親が殺されても悲しむようなたまじゃない。恋は本当のように嘘をつく。いかに本心のように見えても、黒く染まっているのだ。

「パパと違って、ママはいい人なんです。ほんとに大好き。アタシはどう思われてもどうなってもかまいません。けど、ママだけは助けてほしいんです」

俺の内心を見透かしたように、こうした言葉を重ねてくる。頭ではわかっていても、心はゆれてしまう。たとえ九割九分嘘だとしても、真実ではないかと信じそうな自分がいる。

「お願いです。花ちゃん、ママを助けてあげてください」

うるんだ瞳で懇願する恋。蜜柑はその様を、無表情に見つめていた。

「祇園寺さんでも、相手の居場所は推理できないの？」

「できたら花ちゃんに泣きつきませんよ」

「わかった。いく」

即断。確固たる決意を持った声だった。悩む時間すらなく、瞳にも声にも一切のゆらぎがない。

「ありがとうございます」

よろよろと立ち上がって恋は蜜柑の手を握った。

自らに危険が迫っても、誰かを助ける。それが蜜柑花子だ。否定する気は毛頭ないが、そういう気概が己《おのれ》を疲弊させている。

ならば俺がいかないという選択肢はない。

「わかった。俺もいく」

確固たる決意を持って、答えた。


今後一週間の仕事をすべてキャンセルし、荷造りをして古い外車に乗りこんだ。八〇年代のドイツ車で、以前のオーナーの妻が貸与してくれたものだ。去年免許を取ってからは、蜜柑の送迎は俺の仕事の一部だが、いま助手席には恋がちゃっかりと乗りこんでいる。

「出発は十五時半っスね。タイムリミットまで一四三・五時間。木曜日の十五時までっス」

スマホに『十五時半出発』と打ちこみ、メールを送信した。あのマスクの奴らに送っているらしい。

「目的地は大阪です。急ぎましょう」

恋の口調はいまだに硬い。

「大阪って……ここからじゃ七時間はかかるな」

「関東にだけ事件が集中してるわけじゃないっスからね」

「……いこう。しゃべってる時間がもったいない」

蜜柑が急《せ》くように言った。

「悪い……そうだよな。いくしかない」

俺はエンジンをかけた。いまにもどしゃ降りになりそうな曇天《どんてん》だ。どうか無事に旅を終えられますように。命が失われませんように。そう願いながら、重い重いアクセルを踏みこむ。

「つくまで事件の話をしましょうか。これもルールのひとつっスけど、アタシは事件に関して嘘は一切述べません。これからの話も事実と受け取ってください」

車が走り出す。

「あれは十二月初めの大阪。寒い寒い日のことでした」

2

夕暮れの寒空の下、アタシはホテルまでの道のりを歩いてた。密室館で花ちゃんを虐めて以降、おもしろい事件を求めて全国を放浪してる。大阪までやってきたけど、おもしろい事件にはまだ出合えない。いかに事件とやたら遭遇する星の下に生まれたと言っても、年に何十回も享受できるわけじゃない。根気が大事だ。

「あ～、早く事件が起こらないかなぁ～。バラバラ殺人なんか刺激的なんだけど」

いつか起こるであろう事件を夢想しながら、住宅街の曲がり角に差しかかる。そのときだった。

「たいがいにせえよ！　パイロキネシスなんかあるか！」

「きっとある！　わたしたちが陸《りく》ちゃんを信じんでどうすんの！」

曲がり角に面した一軒家から、男女の言い争いが聞こえてきた。パイロキネシス、という単語に野次馬レーダーが反応した。

これはおもしろそうな匂いがぷんぷんする！

立ち止まり、男女の声に耳を澄ました。

「陸ちゃんは嘘つく子違う。あなたも見たやろ。火の気のないところであの子の本が燃えてたんを。あれが悪戯《いたずら》なわけないやろ？」

「だから説明したやんか。あれは偶然が重なっただけやって。それを陸が超能力やと思いこもうとしとるだけや。近所の人から白い目で見られてんの気づいてないんか」

「どうしてあなたはそうなん？　近所の人なんかどうでもええやろ。あなたは父親やろ？　否定ばかりしんで肯定してあげてよ！」

これはいける！　ぱっとアイディアが浮かんだ。

胸を躍《おど》らせながら、印刷屋へとダッシュした。

名刺を作り、ホテルでスーツに着替えたときには、とっくに日が暮れていた。

ターゲットの家の前で息を整え、手鏡で身づくろいする。サイドポニーは解き、清潔そうにうしろでまとめた。銀縁の眼鏡で知的さもアップだ。ある調査によると、眼鏡のあるなしで見た目の知的さに差が出るのだとか。演じるキャラ的に、少しでも知的さがあった方がマルだ。

よし。できる女感は八十七点、といったところか。まあ合格点かな。

一度目を閉じ、これから演じるキャラを自分に定着させる。

目を開けると、呼び鈴を押した。ほどなくして、ドアが開く。

そこにいたのは、アタシと似た銀縁眼鏡に、真っ白いシャツを着た男の人だった。四十代ぐらいかな。清潔感があり若く見える、年下にモテそうなタイプだ。胸元をはだけさせてるのに痛々しくない。

「どなたでしょうか。宗教の勧誘ならよそへいってください」

大阪弁が消えて、声も聞き心地のいい低音ですな。

「わたくし、こういうものです」

作りたての名刺を差し出した。

「実はご子息の噂《うわさ》を聞き、ご迷惑とは存じながらご訪問いたしました」

「超能力研究所……戦場ヶ原《せんじょうがはら》恋、さん……ですか」

名刺を見て男の人が眉をひそめる。怪しさ満点の肩書だからね、無理もない。

「はい。ロシアでは公的機関が超能力研究を行っているのはご存じでしょうか」

奥に聞こえるように声を張って、偽の自己紹介をした。

「わたくし、ロシア本部から依頼され、全国各地から超能力の素質を持つ方を探しております。力があると認められた方には相応の育成を――」

「超能力研究所やって！」

狙いどおり、奥から叫ぶような声がした。

「詳しい話を聞かせて！」

髪をうしろでまとめた中年の女性が走ってきた。地獄で仏に会ったかのような切羽詰まった顔つきだ。男の方は、慌てたようにアタシの肩を押してくる。

「わかりました。とにかく外で話を聞きましょう。さあ早く」

「追い返したら許さへんからな！」

「立ち話もなんやし、しかるべき場所で話を聞くだけや。由果《ゆか》はここで待っとき。風邪がぶり返す。必ずまたつれてくるから！」

「必ずやで。話も聞かんと追い返したら離婚やから！」

「わかってる！」

バタン、と音を立てて男の人はドアを閉めると、獣から逃れたかのように深くため息をついた。

お冷やを出したウエイトレスが退くと、男の人は頭を下げた。

「先ほどは、お見苦しい場面をお見せしました」

「お気になさらず。超能力を持つお子様がいるご家庭は、訳ありのことが少なくありません」

「いや、お恥ずかしいところを……」

男の人がお冷やを呷《あお》った。

「ところで、超能力を研究しているというのは……」

「はい。胡散《うさん》臭いと思われるでしょうが、実在の機関です。批判、非難は多々ありますが、わたくしたちは真剣に取り組んでおります」

「そうですか。私としては、嘘か真かはどちらでもいいんですが……あ、改めて自己紹介を。私は内木勉《ないきつとむ》と申します。こんなところへおつれしたのは他でもない。あなたがもし詐欺師の類《たぐい》であるなら、それなりの謝礼を払いますので、妻へ通告してほしいんです。息子にはパイロキネシスの能力などないと。戦場ヶ原さんが本物の研究者であるのなら、偽りの超能力に舞い上がっている妻と息子の目を覚ましてやってください」

ここまでは概《おおむ》ね、アタシの想定した展開だ。名刺が偽物だろうが本物だろうが問題にしないだろうと思ってた。内木は息子の超能力を盲信する妻に不満を覚えてるようだった。ならアタシを利用して妻と息子を説得しようとするんじゃないか。想定は当たってたようだ。

もし疑って素姓を掘り下げてくるようなら、本部に電話をさせる予定だった。内木家に乗りこむ前に、ロシア人の友人に電話対応を頼んでおいた。どうせ内木にロシア語はわからないだろう。相手がロシア語でうだうだしゃべったら、普通の日本人であればなんとなく信じる方向に傾くものだ。それでも強く疑われたらとっとと退散すればいい。うまくいくものだけを選ぶのが、成功の秘訣だ。

「目を覚まさせる、というと……？」

アタシは意味がわからないという顔で訊《き》き返した。

「はっきり言います。息子がパイロキネシスをつかえるなどというのはただの勘違いです」

「しかし奥さんはあんなにも必死に主張していました。少なくとも、息子さんにパイロキネシスがあると思えるような現象は起こったのでしょう」

「ええ。息子の目の前で本が燃えたらしいのです。息子曰《いわ》く、怒りが頂点に達したときに燃えたと」

「本が？　まさにパイロキネシスじゃないですか」

驚いているふうの声を上げてみた。

「現象だけ見るなら、ですよ。しかし原因は明白でした。息子の部屋には金魚鉢があったのです。金魚鉢と聞いて真っ先にイメージするあの丸いやつです。もうおわかりですよね、金魚鉢がレンズの役割を果たし、黒い表紙の本を燃やしたのに違いありません。日差しが特に強い日でしたからね。こういう実例はあるそうですし、ちょっと現場を観察すれば判明することです。ところが息子は……」

「パイロキネシスがつかえると信じた？」

「ええ。息子の学校生活が順風満帆《まんぱん》であったなら、信じはしなかったでしょう。ですがタイミングが悪かった。息子は今年中学に入ったのですが、新しいクラスメイトたちに虐められているのです。こうなれば虐めた相手を恨むのは至極自然です。あいつらを殺したい、この世から消したい、そんなことを思ったそうです。本が燃えたのはその絶妙なタイミングでした。自分が燃やした、と勘違いしたとしても責められません。さらに息子はこう期待したのです。この力があれば、自分は人気者になれるかもしれない、と」

ようするに中二病か……いやいやまだ中一病か。自分に特異な力があると信じて、おまけに人気まで得ようなんて。天然記念物級の愉快な少年だ。

「息子の妄想だけで終われればまだよかった。頭が痛いのはそのあとです。息子の妄想に妻の由果までが追随したのです。元から息子には甘かったのですが、今回は本当に参りましたよ。超能力だパイロキネシスだなどという戯言《ざれごと》を信じるとは……」

文字どおり内木が頭を抱えた。

「由果はね、結婚する前は女優をしていたんですよ。そのころはバイタリティに溢れて輝いていた。たとえ顔は売れていなくても、生き生きとしていましたよ。情熱的だった。そんなところに惚れたのですが、いまや息子に甘いただの母親になってしまった」

結婚指輪のダイヤをさすりながら、輝かしい過去に浸り出す。おいおい、勘弁してよ。興味なさすぎて死ねる。

「……おっと、すみません。つい思い出話をしてしまって」

助かった。中年の恋愛話なんか、道端にこびりついたガムよりどうでもいい。あと二秒続いたらお金を要求するところだった。

「奥さんはパイロキネシスを信じているのではなく、息子さんの言動を信じているということですか?」

「そういうことです。息子が言えば、黒い鴉《からす》も白いと言い出しますよ」

疲れきった顔で苦笑した。

「私としてはこの異常な状況をなんとしても終わらせたいのです。そこで改めて戦場ヶ原さんにお願いしたい。謝礼はお支払いします。息子に超能力などないと、はっきり妻に宣言してやってください」

テーブルに手を突き、深々と頭を下げられた。

「頭を上げてください。事情はよくわかりましたから」

この無様な恰好を写メして楽しみたかったけど、一般的な行動として慌てたような声を上げた。

「それでは協力してくださいますか？」

「超能力者の発掘はわたくしの責務です。なので一度息子さんと会わせてください。それで力がないと判断できれば、お望みのようにいたします」

な〜んて。そんなことしたらおもしろくない。バカ母子と哀れな父親の喜劇はまだまだこれからだ。目の前のケーキを捨てるような真似はしない。それにうまく転がればもしかしたら……。

五厘刈《ごりんが》りの少年、陸はうんうん唸りながら黒い色紙に念を送る。その上にかざした筋肉のほとんどない腕がぷるぷる震えてる。白かった顔は力を入れすぎて真っ赤だ。

その傍《かたわ》らで由果が手を組み、陸に負けないほど必死に念じてる。内木家の居間は陸の唸る声だけで満たされ、新興宗教の祈禱《きとう》場面みたいだ。

なんてまぬけで愉快な絵だろう。YouTubeに投稿したら、十万回再生ぐらいは稼げそうだ。

撮るなら構図はどうしようか、などと想像してると、陸ががっくりと肩を下げた。

「あかん。つかん……ママ」

泣きそうな顔でママとか言われたら笑いたくなるんですけど。

「大丈夫よ、陸ちゃん。きっとやれる。諦めたらあかん。あなたには力があるんやから。自分を信じて」

由果が陸を抱き締め頭をなで始めた。

こういう母子は漫画かアニメのなかの存在じゃなかったの？　アタシの固定観念が完全に打ち砕かれた。真顔を保つのが大変だ。

「戦場ヶ原さん、陸ちゃんは調子が悪いだけなんです。本当です。これを見たでしょう」

母親が焦げた黒い本を掲げる。

「ライターやマッチで火をつけたんじゃありません。正真正銘なんの火種もなく燃えたんです。ほら、お父さんからも言ったって！」

懸命に弁解する由果を前にしながら、横目で内木を窺《うかが》う。お願いします、というように小さくうなずかれた。

ご期待のところ申し訳ありませんが、次に涙目になるのはあなたの方ですよ。

「よくわかりました。もう充分です」

「待ってください。日を改めていただければ必ず……」

「いいえ、もう充分です。陸さんに素質があるのはよくわかりましたから」

「え？」

母親の驚き以上に、内木が大きな声を上げた。

「陸くん。あなたは怒りを感じたときに力を発揮した。そうですよね？」

観世音菩薩《かんぜおんぼさつ》級のやさしい声と顔で語りかけてあげた。

「う、うん」

「だったらなんでもいい、怒ってください。怒りはしばしば火で表現されます。なぜそうしたイメージが作られたのか。それは古来、怒りのエネルギーが物質を燃焼させ得ると考えられたからです。わたくしどもの調査でも、怒りの感情と同時に発火現象が起こることが少なくありませんでした」

「そ、それじゃあ！」

陸は希望の光を見たように表情を輝かせた。

言ってて恥ずかしくなるでたらめだけども、アタシの肩書が威光となって鵜呑《うの》みにさせてる。一度信じさせてしまえば、あとは楽だ。この母子が求めてるのは超能力の肯定。望みどおりにしてあげれば、あとは犬のように尻尾《しっぽ》を振ってくる。あとあと、おかしな点が出てきても自分たちに都合よく解釈してくれるだろう。インチキを暴かれた自称超能力者が、その後ものうのうと活動してる事例がわかりやすい。人は信じたいものを信じる。

「怒りをうまくつかうことです。そうすればおのずと能力も開花するでしょう」

「じゃ、じゃあ陸ちゃんには才能があるんですね？　間違いありませんね？」

倒れそうなほど前のめりの姿勢になって由果が迫ってくる。

「ええ。現象は拝見できませんでしたが、なにか感じるものがあります。一緒に経過を見守っていきましょう」

「は、はい。ありがとうございます、ありがとうございます」

由果がコメツキバッタのように頭を何度も下げてくる。陸も承認欲求が満たされたようで、恍惚《こうこつ》としてる。アタシはそんなふたりを、教祖になった気持ちで見下ろした。大変気分がよいですなぁ。


内木家を辞去するとき、哀れな夫が追いかけてきた。

「話がちゃうやろ！」

寒空の下にあって、内木の顔は茹《ゆ》で上がりそうに赤い。

「陸さんには超能力者としての才があります。それを否定はできません」

真剣な声色を作って反論した。

「そんなはずないやろ。なにを根拠に言うとんねん」

「長年の勘です」

「ふざけんな！　やはり貴様は詐欺師やな。訴えたるから覚悟しとけよ」

ヒートアップする内木に対して、アタシは極めて冷静沈着に言葉を重ねる。一ミクロンでも狼狽《うろた》えたら、つけ入る隙を与えてしまう。嘘は自分自身が完全に信じた上で、堂々と演じることが大切だ。

「心外ですね。わたくしは本物の超能力者を探したいだけです。訴えるというのであれば止められません。ただ、今後も一切金銭を受け取るつもりはありませんし、なにかに勧誘することもありません。犯罪行為をする気はないと申しておきます」

ユーモア溢れる母子の信頼は勝ち取った。もはや内木にどう思われようが知ったことじゃないとはいえ、釘は刺しておく。

いまにも殴りかかってきそうな内木だったけど、恨みがましい視線を投げてくるだけだった。いくじがないなぁ。殴ってきた方が展開としておもしろいのに。

「私はどうしたらいいんや……」

内木は赤い顔を青くし、怒りの拳《こぶし》を収めた。

「陸さんを応援してあげてください。それが奥さんのためでもありますよ」

そう捨て台詞《ぜりふ》を残し、ホテルへと帰った。

＊

内木家へ訪問した際に仕掛けた盗聴器で動向を調べること十日。

女の勘と名探偵の勘、そして盗聴器からの情報が、そろそろお楽しみの時間がやってきますよ、と告げてた。

帽子やマスクで適当に変装して、内木家の近くに停めた車のなかで、アンパンと牛乳を楽しみながらその時を待つ。気分は四流サスペンスドラマで張りこみする刑事だ。調べでは今日、陸たちの中学は午前授業だ。もうしばらくすれば帰ってくるだろう。

暇つぶしに聞いていたラジオから、今年の漢字は〝税〟に決まりましたがボクとしては――とラジオパーソナリティのしゃべりが聞こえた。

アタシは断然〝楽〟だな。二〇一四年ほど楽しかった年はない。

なんでもない時事ネタに耳を傾けながら、これから起きそうな楽しいイベントを待つ。

ラジオの音以外、周囲は猫の鳴き声ひとつしない。共働きの世帯がほとんどのようで、平日の昼間はほぼ人通りがないようだ。

しばらく待ってると、学ラン姿の陸がやってきた。根拠のない自信があるようで、歩く様は堂々としてる。うしろには同級生らしい男の子が三人いる。この三人が陸を虐めてた奴らしい。耳にぶっといピアスをつけちゃって、絵に描いたようなやんちゃくんたちだ。三人のバカにしたようなにやけ面を見るに、和解はしてないんだろう。

ならなぜ四人で歩いてるのか。目的はひとつしかない。

陸はいよいよパイロキネシスを披露すると決めたみたいだ。

今後の予定は、派手に失敗↓赤っ恥をかく↓虐めっ子たち大爆笑↓さらに虐め加速↓不登校

↓ニート。といったところだろう。

けど、それじゃありがちだ。おもしろみに欠ける。希望としては……。

ラジオを止める。会話が聞こえるように少し窓を開けた。

「なぁ、早くパイロなんとか見せてぇや」

「まあ急かさんといてや。僕の家でたっぷり見せてあげるし」

先頭をいく陸のうしろで、三人のうちのひとりが笑いを嚙み殺す。もうひとりが、頭がおかしいんだろ、というようにこめかみを指差す。陸は真剣だけど、三人にしてみれば恰好のトークネタだとしか思ってないんだろう。

四人がアタシの乗る車の脇をとおりすぎていく。

「あ、ママ、パパ……」

陸が立ち止まり、小さくつぶやいた。虐めっ子の手前、マザコンは隠してるみたいだ。

五十メートルほど先の内木家から、由果と内木が出てきた。内木は厚いコートを着こみ、ニット帽を被って、口を覆うようにマフラーを巻いてる。由果のダッフルコートのボタンを留めるのを手伝ってた内木が、陸に気づいてこちらを向いた。同時に由果も陸の方へ一瞬視線を投げる。

内木は何事かを由果に言って背中を叩き、自分のパンツのポケットに手を入れた。鍵を取り出し、車庫へ向かう。それを見送ると、由果は陸に顔を向けた。

「陸ちゃ〜ん!」

虐めっ子がいてもなんのその。由果はちゃんづけをして、うれしそうに手を振った。

「おい、陸ちゃん、呼んでんで」

ピアスくんのからかいに、陸は顔面を真っ赤にした。他のふたりもくすくすと笑い出す。

「やめろよババア！」

初めて陸が母親に声を荒らげた。そのときだった。

急に由果の背中が明るくなった。そう思う間もなく、光が広範囲へと広がっていく。炎だ。見る間に背中が赤く染まっていく。帯のような炎が立ち昇る。

「なに！　いや、燃えてる！　なんで？　燃えてる！」

由果が服をばたばたとはたく。コートを脱ごうとするが焦りでうまくいかない。ダッフルコートのボタンが引っかかってるようだ。その間《かん》に火は勢いを増す。

大口を開けて固まる陸。なにが起こってるのか脳が処理しきれないんだろう。陸を嘲笑《あざわら》ってた三人も木偶《でく》の坊みたいに立ちすくんでる。普段偉ぶってても、いざ異常事態が起こるとこの程度だ。

手足をばたつかせながら由果は右往左往する。塀を引っ掻き、体をむやみに回転させ、獣のような叫び声を上げる。燃え始めのまぬけな対応と違い、死に物狂いの暴れようだ。

まっすぐに車庫へ走っていった。入り口にあるバケツを持ち上げ、一気にぶっかける。と、炎が何倍にも膨れ上がった。爆発したような勢いだ。断末魔の悲鳴が上がる。まるで地獄からの叫びだった。

やがて電池切れのおもちゃのように、火の塊が膝をついた。前のめりに倒れると、もはや動くのは火柱だけになった。石化したようだった内木がようやく動き出す。コートを脱ぎ、由果の体をはたく。しかし焼け石に水。いや、焼け人間にコート。炎は消えるどころかさらに燃え盛る。

ママ！　ママ！

そんな悲鳴を耳にしながら、アタシは快哉《かいさい》を叫んだ。

「……最っ高！」

3

「ちょっと待て」

長い回想の間に、自動車は高速に入っていた。

「黙って聞いてやったけどな。その人体発火事件はお前が関わってるのか？」

「これから話す四つの事件全部アタシが関係者っスよ」

無感情に言うと、虚ろな目で外を見やる。恋とは思えないほど物憂《ものう》げだった。

「マスクの奴らは花ちゃんにぶつけるに足る事件がほしかったんスよ。けどトリック殺人なんてめったにありませんからね。名探偵たるアタシのデーターベースに頼ってきたってことっスよ。アタシがマスクマンたちに呼ばれたのもそれが理由っス」

「お前なら、大抵の事件の謎は解けるはずだ。それなのに、マスクの奴らは事件の謎を解けと要求してきた。もし四つの事件がすでに解決されているなら、そんな要求はしてこない。だよな」

「でしょうね」

「つまりお前は事件に関わっていながら……たぶん、人体発火の謎も解いていながら、解決していない。違うか？」

蜜柑なら全力で事件解決へ向けて尽力する。

しかし恋は違う。楽しければ人が死のうが生きようが関係ない。真相が見抜けた事件でも平気で放置する。そして臆面もなくそのことを披瀝《ひれき》するのだ。

『それがなんか悪いんスか？』『解決しなかったからって、罪に問われるわけじゃないっスよね？』

そう言い放つのが、俺の知っている恋だが——。

「そうっスよ。また怒鳴《どな》るんスか？」

挑発するでもなく、自慢するでもなく、いまにも泣き出しそうな口ぶりだ。

その態度に、俺は二の句が継げなかった。いつもの調子でくるならば、遠慮なく感情を投げつけられた。しかし、こういう反応をされては強く出られない、こっちの調子も狂う。母親を人質に取られたのが、本気で応《こた》えているのだろう。

「こんなことになるなんて、思ってもなかったっスよ。予測できなかったのがムカつくっス。こんなバカどもが出てくることぐらいわかりそうなものなのに……これも天罰なんスかね」

恋とは思えない沈んだ口調だ。

「花ちゃんはどうっスか。アタシの立場だったとしたら、防げてました？」

後部座席を振り向く恋。

そこには爪を噛みながら窓の外を見る蜜柑がいた。目の下には隈《くま》ができ、頬もやつれている。さらさらだった金髪も絡み固まり、ピンクのスタジャンも色あせて見えた。

「……頼みますよ、花ちゃん。アタシは昔話するしかできないんスから」

無言の蜜柑へあとを託すように、それ以上恋が口を開くことはなかった。

昨夜、蜜柑は三時間しか寝ていない。そうでなくても連日の仕事で睡眠時間なんかろくになかった。そこへこの強行軍の旅だ。疲弊《ひへい》しない方がおかしい。

「蜜柑、事件について考えるのはいい。でも、少しでも寝とけよ。体がもたない」

「……うん」

バックミラーに映る蜜柑は、窓の外に視線をやったままだ。意味を理解しているのかいないのか。ただ、事件について脳を高速で回転させていることだけはたしかだった。

俺はアクセルを踏む足に力をこめた。

一分一秒でも早く現場へ。そこには事件の手がかりがあるはずなのだから。

残り、約一三七時間。

＊

内木家へ辿りついたころには、すでに辺りは暗闇だった。閑静な住宅街に建つ一軒家で、曲がり角に面した場所にある。コンクリート塀と高い植木で囲まれており、車庫にはミニバンが停まっていた。

「よし、切り替えるっス」

暗雲を吹き飛ばすかのように恋は声を張った。

「じゃいきましょうか」

ドアを前にした恋はスーツ姿に髪を後頭部でまとめ、銀縁の眼鏡をかけていた。このスタイルが戦場ヶ原恋なのだそうだ。

しばらく目を閉じてから、恋はチャイムを押した。ほどなくして、ドアが開く。

「夜分遅く、失礼いたします」

恋が恭《うやうや》しく頭を下げた。俺たちへの砕けた口調とは打って変わって、洗練された声。まるで別人だ。

「……戦場ヶ原さん？」

顔を見せたのは、恋と似た銀縁眼鏡をかけた男性だった。恋の話によれば四十代だそうだが、十歳以上は若く見える。白いシャツや整えられた髪型からも、清潔感が感じられた。左手の薬指には、大きなハート形のトップのついた指輪が目立つ。

「お久しぶりです。戦場ヶ原恋です。その節はどうもお世話になりました」

「なんの用や。あなたの求めるものはもう我が家にはない」

内木の声には隠しきれない敵意がこもっている。人体発火事件の真相がどうであれ、恋の介入が事態を悪化させたのは間違いない。内木にとって恋は疫病神以外のなにものでもないのだろう。

「例の件では慰めの言葉もありません。しかし、あれによりご子息の力が証明されたのも事実。失礼は百も承知ですが、いま一度調査をさせていただきたく参った次第です」

「よくもそんな寝言をいけしゃあしゃあと——」

「そのために、わたくしどもはこれ以上ない助っ人に協力を要請いたしました」

さっと恋が体を横にずらす。俺と蜜柑の姿が晒《さら》されると、内木は絶句した。

「名探偵として名高い蜜柑花子氏です。例の件が本当に超能力によって引き起こされた悲劇だったのか。稀代《きだい》の頭脳をもって、真実を解明してくださるでしょう」

想像もしていなかっただろう人物の登場に、内木は口をパクつかせる。

「協力、していただけますよね？」

了解が決定事項であるかのように、恋は微笑を向けた。内木は目を忙《せわ》しなく動かしていたが、

「……わかった」

ややあって、ドアが広く開かれた。男のあとに続いて、三人で敷居をまたぐ。

あくまで私見だが、前をいく内木の背中には緊張が見て取れる。これが殺人だとすれば、一番怪しいのはこの男だ。彼が実行犯であれば、蜜柑の登場は驚異のはず。だからこんなにも緊張感を漂わせているのではないか。

先入観に囚われるのは禁物だが、直感もまた大事だ。この世は純粋な論理で解ける事件だけではない。直感や想像が謎を解き明かすケースも多々あると、この一年で学んだ。

今後のことを考えると、俺も積極的に推理を巡らせていくべきだ。

「……お線香あげさせてもらって、いい？」

リビングへ入る直前、蜜柑がそう言った。内木より先に俺の足が止まる。

密室館の事件以降、蜜柑は線香だけでなく、関わった事件関係者の葬儀などにも欠かさず出席するようになった。そうなったのは俺が原因だ。

自分が関わる、または関わった事件の被害者を悼《いた》む。

正しい行いだがそのせいで、蜜柑の体力と時間が圧迫されてしまっている。それもまた事実だ。

「せっかくやけど、うちに仏壇の類はない。死んでしまえばそれまで。仏壇も墓も、自らを慰めるための道具や」

内木は不愉快そうに、申し出を一蹴した。

「それじゃあ、遺骨はどうしたんですか？　お墓は？」

信じられずに俺が訊くと、男は首を横に振る。

「妻の実家が供養してる。私の思想には共感してもらえんかったからね。ずいぶんと恨み言をぶつけられた末に移譲した」

ふっと内木は息を漏らす。

恋の話から受ける印象だと、内木夫婦の仲は芳《かんば》しくなかったようだ。遺骨や墓に思い入れがないのも理解はできるが、冷たすぎないだろうか。仏壇どころか墓も用意しないなんて、家族を亡くした経験のある俺には理解できない。

内木が由果を殺したのだとすれば、すべて納得いくが……。

リビングの壁にはいくつか写真がかけてあった。いまより若く見える内木が満面に笑みを浮かべ、若い女性と肩を組んでいる。これが妻の由果なのだろう。他の写真も、内木はどれも幸せそうで、となりには同じ女性が寄り添っている。

額縁に入った手紙も飾られていた。『お父さん。いつもお仕事をしてくれてありがとう。感謝してます』と綺麗な文字で書かれている。陸からの手紙だろう。俺の境遇と重ね合わせてしまい、胸が痛む。だが、書き損じでもあったのか、お父さんの部分だけ鉛筆で黒く塗りつぶされ薄く透けてしか見えない。

四人でダイニングテーブルにつくと、内木は煙草に火をつけた。黙って最初の一服を見守る。

「前置き、気づかい、お悔やみの言葉もけっこう。本題に入ってくれ。はっきり言って迷惑や」

「……わかった。じゃ、奥さんの死因を聞きたい」

「そんなことは警察に訊けばいいやろ。なぜ私に言わせる?」

「……警察とは仲よくない。時間かければ確認できるけど……時間ないから」

名高い名探偵とはいえ、蜜柑は所詮一般人だ。捜査情報をそう簡単に教えてはもらえない。なにより警察には、職務の領域を侵す名探偵を快く思っていない者が多い。はっきり言って目の仇《かたき》にされている。警察が四苦八苦している事件を単独で解決してしまうことで、意図せずとも面目を潰してしまうのだ。一部では警察は無能だと嘲《あざけ》る者まで出てきている。敵視されるのもしかたがない。全国で事件に関わったが、どこでも似たり寄ったりだった。そんな現状なのだから、些細《ささい》な情報でさえ口を閉ざされるのが常だ。それでも活動してこられたのは警視庁内に協力者がいるからだ。反撥《はんぱつ》する者がいれば、共感する者もいる。

しかし、協力関係は極秘だ。知られれば協力者の立場が悪くなる。その人物も蜜柑に情報を流すときは細心の注意を払っている。

そうした制約によって、都内の事件でも捜査情報を知るのには時間がかかる。なのにここは大阪だ。情報を入手できるとしても、かなりの時間が必要だろう。そんな時間はいまの俺たちにはない。

内木は煩《わずら》わしげだったが、

「……酸素欠乏が死因やったかな」

「火で亡くなったのは間違いない?」

「間違いない」

煙草を嚙みながら、苦い顔をする。

俺も助手をするようになって、いくつかの遺体を見てきた。刺殺、毒殺、墜落死。どれも目を背けたくなるありさまだった。焼死体を目にしたことはないが、その悲惨さは想像するだけで気分が滅入る。

「……わかった。次の質問。警察は、事件をどう結論づけたの？」

警察が自然発火、などという超常現象を受け入れるわけがない。なにかしら合理的な説明をつけたはずだ。

「息子はパイロキネシスだと言い張ってたけど、当然警察は別の結論を下した。妻の自殺や。バケツいっぱいのガソリンを被ったのが、決定打や」

「……奥さんは自然発火したって聞いてる。発火装置みたいなのはあった？」

「なかった。息子がパイロキネシスだと主張したのもそのためや。自然発火だと証言したのは中学生四人やからね。刑事も証言を鵜吞みにはしていないようやった。それで最終的には、妻がガソリンを染みこませた服を着てライターで火をつけた、という結論に落ち着いた。その証拠に、路上には妻の指紋がついた使い捨てライターが落ちていたそうや。ただし息子たちは、ライターなんか持っていなかったし、火をつける仕草もなかったと言い張ってたが」

淀みなく答えていく内木に、悲愴感はあまりないように見える。月日がたったことで悲しみが薄れたからだろうか。それとも死を悲しんではいないのか。

「……自殺の原因に、心当たりはある？」

「ないと言えば、嘘になるな」

男はまた煙草に火をつける。

「いずれわかるから、白状する。恥を晒すようやけど、浮気してた。この私がね」

ビジュアルといい雰囲気といい、客観的に見て内木はモテる部類だろう。しようと思えば、苦労せず浮気できそうだ。初めは遊びのつもりだったが、やがて本気になってしまい妻への愛情が薄れた。あまり悲しげに見えないのは、そんな理由なのかもしれない。

「……内木さんの浮気を苦にして、自殺した？」

「そういうことや」

「なんで陸さんの前で？　母親の焼死なんて見せられたらトラウマになる。内木さんの前でならわかるけど」

「ええ。私もそう思う。けど妻には息子の虐め問題があった。どうせ死ぬのなら、それを解決しようと考えたんやろ。息子と虐めの加害者の前で自らが火に包まれてみせる。そうすれば息子のパイロキネシスは実例をもって証明される。虐め問題は解決。そう一計を案じたんやろ。親が子に保険金を残すようにね」

「それ、納得してるの？」

ため息と共に内木は煙を吐いた。

「納得するしかない。正直なところ、数日前から様子がおかしかったから、いつも以上に気をつかっていたんや。死の直前にも声をかけた。そうしたら『わたしは息子のために身を捧げる』と意味深なことを言われてね。死を意識した言葉だとすれば納得や。意味に気づいていれば止められたかもしれんのに……」

うなだれ一際重いため息をついた。

「ガソリンの臭いはしなかったの？」

「あの日私は風邪ぎみで、口元をすっぽり覆ってマフラーを巻いてたからね。たしかに妙な臭いがした気はするけど、由果の体からだなんて思いもせんかった」

「そう……」

蜜柑がうなずく。

「じゃ……別の質問、なんで浮気したの？」

「したくもなる。蜜柑さんだっておかしいと思うやろ。妻はパイロキネシスだなんて幻想を信じていたんや。息子はともかくとして、いい大人が……いや、あなた方を批判しているわけではないですがね」

と、義理のようにつけ加えた。

「とにかく普通の感覚であれば、パイロキネシスなどというのは笑いの種や。それがあのふたりときたら……まるで、なんの前ぶれもなく家族が宇宙人に化けた感じやった」

家庭内での孤立が浮気へと向かわせたということか。もし犯行動機があるとすれば、浮気相手に入れこみすぎて妻が邪魔になった、などだろうか。

「……浮気相手とは、どうなった？」

「別れた。妻が焼死したのに、つき合いを続けていく気にはなれんからね」

俺の予想は二秒で否定されてしまった。妻が邪魔になったのなら、犯行後もつき合っていくはずだ。

いや、ほとぼりが冷めるまで待ってから再婚というパターンもありえるか。

「……よかったらでいい。教えて。浮気相手さんの名前。電話番号。住所」

「別にかまわんけど、名前は八重《やえ》樫《がし》百恵《ももえ》」

スマホを見ながら躊躇なく電話番号と住所を教えてくれた。俺はそれをメモ帳に書き写す。

内木と同程度に怪しいのが、浮気相手だ。内木ほしさに由果を殺害したということもなくはない。本人からも話を聞いておくべきだ。

「いまどうしてる?」

「さあね。別れたあとのことまでは関知してない」

「わかった。ありがと。次は、陸さんに話を――」

「それは無理やな」

内木は蜜柑の言葉を断ち切った。

「……なんで?」

「死んだからや」

息子が死んでいるだなんて初耳だ。まさか陸まで火に焼かれたというのか?

いや。それよりもありえそうなのが……。

「自殺したんです」

内木が煙草を灰皿に押しつけた。

「妻が死んでから、息子はずっと鬱《ふさ》ぎこんでた。虐められていたときが元気だと思えるほどやった。参りましたよ。部屋のなかに籠って、呼びかけてもなんの応答もない。まあ、理由が理由やったからね。自らの能力で母親を殺してしまった、と思いこんでいたわけやから」

母親の焼死がパイロキネシスによるものなら、殺したのは陸ということになる。陸と母親の濃密な関係を踏まえれば、罪悪感はあまりにも大きかっただろう。

「陸さん、最後まで信じてた？　パイロキネシスをつかえるって」

「ええ。口を開けば、僕が殺した、と呪いのようにつぶやいてたな。妻の真意は伝えたんやけど聞く耳を持たんかった」

「内木さんは、どう？　パイロキネシスの可能性、少しでもあると思う？」

「まさか。バカバカしい。息子に超能力なんてなかったと、断言できますね」

恋の回想によれば自然発火が起こったのは確実だ。たしかに中学生の証言だけなら信憑性《しんぴょう》が乏しいのかもしれないが、恋に限って見誤るとは考えがたい。恋の、嘘はつかない、という宣言を信用するなら、だが……。

「じゃ、陸さんを虐めてた三人。住所教えてほしい。由果さんなら、虐め解決のため家に出向いてるはず」

「たしかに何度となく相手宅に乗りこんでたな。そういう輩《やから》は親も親で、虐められる方にも問題があるだとか、うちの子はそんなことしないだとか、一向に非を認めんかったけど……と、どうでもいいか。ひとりは遠藤太子《えんどうたいし》という名前で――」

内木の言う住所を、俺はメモ帳に書き留める。

「ありがと。参考になった」

蜜柑は立ち上がると、ぺこりと頭を下げた。俺も慌ててそれに続く。

「礼なんかけっこう。ここから早く帰ってくだされば」

根元付近まで燃えた煙草を灰皿に投げ捨てた。

*

『はい。重村《しげむら》ですが』

受話口から男の声が漏れ聞こえてきた。未登録の番号のためか声は硬い。

「あたし、蜜柑花子……と申します」

蜜柑が慣れない敬語で身元を明かす。

『本当にあの名探偵の蜜柑花子さんから電話がくるとは、驚きました』

太子の家を訪ねたところ、修学旅行中で不在ということだった。母親からまず連絡してもらい、改めて担任に電話している。

「夜遅くにごめんなさい。陸さんのお母さんの焼死事件を調査してる。目撃した三人、いたら替わってほしい」

『わかりました。ですが、駒田《こまだ》は事件後転校してしまいまして、あとは遠藤と横井《よこい》しかいませんが、よろしいですか？　校長にも相談してからの判断になりますが』

「……わかった。それで大丈夫」

『そうですか。では、しばらくお待ちください。こちらからかけ直します』

待つこと数分、先ほどの先生から電話があった。

『横井ですが、事件のことは話したくないそうで。こちらも無理強いはできないので、すみません。遠藤のみ連れてきました。ほら、遠藤』

と、電話を替わったはずだが、なんの反応もない。

「遠藤さん？」

蜜柑が声をかけたとたん、飛び出してきたのは甲高い声だった。

『うわっ、ほんまに蜜柑花子。先生、すごいで！』

はしゃぐ太子を先生がたしなめるが、興奮した声は収まらない。蜜柑は一昨年まで押しも押されもせぬ人気タレントだった。十代から二十代にとっては、名探偵というよりはタレントとしての認知度の方が高い。

だとしても、はしゃぎすぎだろう。焼死事件について話を聞きたいというのは伝わっているはずなのに。

「事件の話聞かせて」

『あ～はいはい。あのおばさんが燃えたやつやんな。なんでも聞いて』

「……当時のことを詳しく。陸さんになんて言われて誘われたか、とか」

『あ～、それは……』

勢いそのままに答えようとした太子が、急にストップした。

『その前に、サインってもらえへん？』

先生に聞こえないようにか、声を細めている。こいつはなにを言っているんだ。

「……うん」

『やった。で、いついつ？』

「……六日後」

『そんなの遅すぎやって。明日。明日書いてや』

「……わかった。だから教えて」

『おっしゃ、明日帰るから会おうや。十六時に。そのときサイン……あ、それと写真も撮ってな』

「……わかった。だから……」

『オッケーオッケー。明日会ったときに話すって。サインと写真、忘れんといてや。じゃあ、そういうことで』

一方的に告げると、先生に電話を替わってしまう。待って、と蜜柑は止めるが、意気揚々と去る太子の声が遠ざかっていくだけだった。

推理に関係者の証言は絶対必要だ。それが得られないとなれば、解決は明日の夕方以降となる公算が高くなってしまう。時間が限られているなかでは痛い時間のロスだ。

「クズっスね。どんな育て方されたのか……ってアタシが言ってもギャグにしかならないか」

イラついた恋の声が夜闇に響いた。

その後、転校したという生徒の所在を調べ電話してみたが、事件のことは忘れたいと頑《かたく》なに証言を拒否された。やはり目の前で人が焼け死ぬというのは、強い衝撃だったのだろう。ましてや中学生だ。この対応は責められない。悪い意味で事件を忘れたような太子の方が少数派なのだろう。

以前の事件で知り合ったフリーライターに連絡を取ったりなどもしたが、恋の話以上の情報は得られなかった。

いずれにしても、関係者の証言に関しては手詰まりとなってしまった。こうなればいまできることをやるしかない。

内木と浮気をしていたという八重樫百恵は、こんな時間でもなんら警戒することなく俺たちをマンションに入れてくれた。巻き髪にスウェットというアンバランスな恰好だ。それなのに嫌な顔をするどころか全員分の紅茶を振る舞ってくれた。

「自殺の原因は浮気を苦にしたから、なんやろ。ワタシやって良心が痛んだよ、そりゃね。けどさ、誘ってきたんは内木さんからやもんなぁ」

八重樫は紅茶を一口飲んで語り出す。

「ワタシの働いている店にさあ、前からきてくれてたわけよ。それでいいなぁ、とは思ってたんやけど、ほら、あの人妻子持ちやん。ワタシからアタックはできんやろ。遠くから眺めるだけで諦めてたんやけど、忘れもせん去年の十二月四日やったわ」

身振り手振りを交えて楽しげに回想していく。

「びっくりやったんやけど、彼からアフターに誘ってくれたわけ。けど、ワタシだってそこまで痛い子やないからさあ。奥さんはいいのって訊いたわけ。そしたらなんか奥さんとはいろいろあるんや、とかって。そんな免罪符もらって、彼からアプローチまで受けたら、据え膳喰わぬはなんとやらやろ。浮気一直線してもうたわけよ」

マシンガントークのおかげで、カップに口をつける暇もない。

「……つき合ってた？　事件の日まで」

部屋に入ってからずっと体育座りの蜜柑が訊いた。恋はキャラを保って礼儀正しく正座をしている。

「そう、ずっと。事件後はすぐ切られたわ。まあしかたないんやけどね」

内木家前で恋がパイロキネシスの会話を聞いたのが、十二月の初めだそうだ。恋が事態をこじれさせたあと、数日ほどで浮気に走ったことになる。一応、筋はとおっている。

「……会ってるときの内木さん、どんな感じだった？」

「一言で表現するとクール。それしかないね。店じゃけっこう明るめやったけどさあ、外で会ってるときは煙草とたまの会話って感じ？　楽しさには欠けるけど、いられるだけで幸せ、みたいな。数回の逢瀬やったけど得がたい時間やったわ」

思い出し笑いをしながら紅茶をスプーンでかき混ぜる。

「……会う頻度はどれくらいだった？」

「一日おきにおうてたな」

「……それ以外で、会ったことは？」

「ないなあ。一回仕事帰りに会いにいったらさあ、死ぬほど怒られたわ。あれはビビった。ワタシやって奥さんに見つからんように、気をつけていったんやけどね。浮気にもルールがあるって学んだわ。いや、まあもうしぃひんけど」

苦笑いの軽さからすると、またやりそうな気がするが、いまは関係ない。

「……気を悪くしないで聞いて。事件の日、どこでなにしてた？」

「あ〜、そこ掘り下げるん？　まあ蜜柑ちゃんきてノータッチなわけないわな。警察にも掘られたし。けど幸いアリバイは完璧や。だってその日、友達と東京で関ジャニのコンサートいっとったからね。昼前に東京ついて、夜の開演までその友達とかファンクラブの子とかともずっと一緒やったわ。警察も検証済み」

「……そっか。わかった」

紅茶を一気に呷り、蜜柑は立ち上がった。

「あ、もう帰るん？」

「……うん」

「じゃあ、写メだけ撮っていい？　Facebook……は炎上しそうやから、友達に見せる用で」

頼みながらもすでにスマホを構えている。

「……一枚だけなら」

「やった！」

彼女は三枚もカメラに収めて、ご満悦で俺たちを見送った。

＊

こうして一日目の調査は終了となった。目撃者の太子が不在で、もう深夜であることから他の関係者にも連絡が取れない。それに蜜柑は昨夜からほとんど寝ていない。時間がないとはいえ、明日再始動するのが得策だという俺の判断だ。

「今日はやるべきことはやった。明日また全力でやればいい。だから今夜はすぐに寝るんだ」

ホテルの廊下。上の空の蜜柑に、もう一度念を押した。

「……うん」

「倒れたら元も子もないからな」

「……うん。おやすみ」

俺を一度も見ず、部屋に入っていった。まるでうるさい親から逃げるかのようだ。その背中へなにも言えなかった。どんな言葉を重ねても無駄だとわかっているからだ。おそらく蜜柑は今夜も睡眠を放棄するのだろう。

「アタシがしっかり監視しとくっス」

恋が前かがみになって俺の顔を覗きこんでくる。

「お前が？」

部屋は二部屋だけしか取っていない。ツインルームに蜜柑と恋。シングルには俺が泊まることになっている。恋が蜜柑に注意を払っていてくれるなら、多少は安心できるが……。

「今回ばっかは利害が一致してるっスからね。花ちゃんにはコンディション整えてもらわないと困る……って、信用できません？」

母親を救いたいという言葉を、信じたい。だが、これまでの鬼畜な行いを思えば簡単には信用できない。内心では母親が人質にされたことさえ楽しんでいるのではないか、という疑念がまだ拭《ぬぐ》えない。

「信じられないのもしょうがないっスね。狼少女っスから、アタシは」

諦めたように恋は踵を返した。

「あ、警察とかに駆けこんじゃダメっスよ。いろんな命がかかってるんスから」

「わかってる」

警察に垂れこんだところで、マスクの奴らの居場所が判明する保証はない。どこかに監視者がいる可能性もある。人質の命に関わる行動はなるべく避けるべきだ。やるなら絶対必勝の場合か、他に取るべき手段がなくなったときだ。

相手を信用するなら、という但《ただ》し書きはつくが、四つの事件を解決しさえすれば人質は解放される。危険な橋は渡らず、ルールに則って対処するのが利口だ。

「お願いします。けど覚えといてください。進捗《しんちょく》状況によっては、こんなやさしいこと言ってられないっスからね。こっちはママの命がかかってんス」

最後に強い口調で釘を刺し、部屋に入っていった。ほらほらもう寝てください、ドア越しに恋の声がする。俺は廊下でしばらく立ち尽くしたあと、自室へと足を向けた。

4

大阪で発生した人体発火事件。

恋が語った内容だけなら、パイロキネシスを持つと信じた内木陸がその超能力で母親に火をつけたように思える。しかし警察の捜査の結果、母親の自殺として結論づけられた。動機は内木勉の浮気を悲観したからだという。

これがもし殺人だとした場合、最重要容疑者は現時点でふたりだ。内木勉と浮気相手だった八重樫百恵。だが動機が微妙だ。内木は八重樫とくっつくために妻の由果が邪魔だったとしても、その後すぐに別れている。実際に殺してみると罪悪感でつき合い続けていられなかったのか。

八重樫は内木を由果から奪いたかったのかもしれないが、事件後あっさりと別れている。見た印象では、内木に未練があったようにも感じなかった。あれはフェイクで実は未練に縛られているのか。

ふたりが共犯で、一時的に別れている可能性もあるが……。

最大の謎は、どうやって由果に火をつけたか。詳しくは太子に確認してみなければならないが、恋が語った感じではライターなどつかってはいなかったようだ。目撃者の四人もそう証言しているという。自殺として処理されているが、ライターなどという単純な発火方法ではないはずだ。発火装置もなかったという。ならばどうやって人が焼け死ぬほどの炎を発生させられたのか。本当にパイロキネシスで発火させたというのではあるまいし。

そうして事件を考察しているうちに、俺は眠ってしまっていた。

＊

残り、約一一九時間。

午前中は蜜柑の希望で、由果の実家へ線香をあげにいった。年老いた母親と由果の弟は、内木への恨みをとつとつと語っていた。内木の証言と矛盾する点はなく、ふたりとも遺骨を納めたというペンダントをずっといじっていたのが印象的だった。死してなお遺骨を手元に置いておきたいほど、由果を愛していたのだろう。俺に子供はいないが、家族を亡くした身として気持ちはよくわかった。

新情報を期待して新聞社も訪ねたが、やはりそううまくはいかず、逆取材をされただけで終わった。

午後になってからは、内木家周辺への聞きこみに努めた。恋が言うには、平日の昨日は家人不在の世帯がほとんどだったそうだが、今日は土曜日だ。何件かで聞き取りすることができたものの、目撃者はひとりだけだった。事件当日は風邪で仕事を休み、叫び声を聞いて駆けつけたという中年男性だ。内木と共に由果の火を消したらしい。恋の説明と大差ない内容だった。

他に聞きこみから得られたのは、事件前の由果の言葉だ。どうやら「最近お父さんが協力的になってくれている」という旨の発言をしていたらしい。超能力を強固に否定していた内木のことを考えると、どうも不自然だ。これも事件に関係しているのだろうか。

そうした時間を終え、十六時現在。俺たちは事件現場近くの路上にいる。

「お〜、これで自慢できるわ。サンキュー蜜柑ちゃん」

大きなピアスをつけた少年が感嘆の声を上げた。修学旅行終わりですぐにやってきたのだろう、制服姿のままだった。

うかれる太子を見る蜜柑の目は充血していて血色も悪い。寝る間もなく調査を続けた影響だ。

「この聞き取りが終わったら、ホテルに戻るぞ。絶対に寝てくれ。嫌だって言っても寝るまでそばにいるからな」

赤い目で俺を見上げただけで、イエスともノーとも答えない。

「倒れたらそれこそ時間がなくなるんだ。頭の働きだって鈍る。トータルで考えたら絶対にいま寝とくべきだ。わかるよな、蜜柑なら」

なにも言わず蜜柑は佇《たたず》んでいる。頭ではわかっていても、気持ちが止まれないのだ。百も承知しているが、もう見ていられない。

「先輩。よけいなこと言わないでください。命には代えられないっス。世界の経営者はもっと寝ずにもっとがんばってるっスよ」

「倒れられたら元も子もないだろ」

「半日ほとんど進展ないじゃないスか。ここは突き進むべきっス。死んだら人は蘇《よみがえ》らないんスからね。先輩は誰よりも知ってるでしょ」

正論を掲げられては言葉もなかった。恋の立場からなら当然の意見だ。俺が取ろうとしているのはいわば安全策だが、それで目的達成ができなければ目も当てられない。間違っているのは俺の方なのか。そんな気持ちに囚われる。しかし蜜柑がダウンすればそれこそなにもかもおしまいで——。

と、いきなり肩を引っぱられる。

「助手のお兄さん、ほら写真。写真撮ってや」

笑顔の太子がスマホを俺に差し出していた。

怒鳴りつけてやりたかったが、怒りを胸に押しこめ、スマホを受け取った。太子にへそを曲げられては貴重な証言が得られなくなる。他のふたりを説得して証言を引き出している時間はない。

なれなれしく蜜柑と肩を組む太子を撮ってやる。

太子は写真を確認すると、ご満悦なのか友人へLINEを送り出した。

「浮かれてるっスねぇ。人生の絶頂じゃないスか、あれ」

皮肉も今回ばかりは賛成だ。

「ムカつくんで、アタシは散歩でもしてるっスわ」

恋はぶらぶらと歩き出した。

一方の蜜柑は、太子にはなんの反感もないようで無表情だ。

「それじゃ、事件のときのこと教えて」

ただ事件解決に邁進していく。

「あぁ、そうやったそうやった。ええよ。で、なにから聞きたい？」

太子はスマホを操作しながら返事をする。

「まず、陸さんはなんて誘ってきた？」

「なんか朝一で教室までずかずかやってきて、『僕はパイロキネシスがつかえる。今日僕んちで見せてやる』とかなんとか。ま、当然笑ったんやけど、ゴリ押ししてくるわけよ。そんな真剣にされたら、こっちもネタにしてもっと笑ってやりたくなるやん？」

事件現場であるにも拘《かか》わらず、太子はバカにした思い出し笑いをする。

「……目撃したのはどの辺り？」

「え～と、もうちょっと、遠くで……この辺やったかな」

内木家から五十メートルほど離れた位置で太子は立ち止まる。

「……ここまできたとき、陸さんのお母さんが燃えた？」

「そやねん。あれはマジビビったなあ。家から出てきて、陸ちゃ～ん、とか呼ぶから笑っとったらいきなり燃え出すんやもん」

「陸さんのお母さんのことは知ってたの？」

「うちに怒鳴りこんできたからな。陸を虐めただの喚《わめ》き散らして、ウザいおばはんやったわ」

太子に反省の色はない。こめかみが怒りでひくつくが、蜜柑に怒りの色はなく、ニュートラルに質問だけに意識を向けている。私情に惑わされないのは、探偵の基本だ。俺は密かに自分を恥じた。これじゃ蜜柑の手助けなんて、まだまだできない。

「……恰好はどんなだった？」

「ダッフルコートとスカート……ぐらいしか覚えてへんわ」

「陸さんのお父さんは？」

「ニット帽とコート、マフラーやったかな」

「……燃えたタイミングは？」

「えっと、おっさんが離れていって、おばはんが陸ちゃんって呼んで、陸がおばはんに、やめろよ、とかなんとか叫んだ瞬間やったな」

「火の回りはどうだった？」

「背中にバッと火がついたと思ったら、みるみる背中が燃えてったたって感じや。火ぃついたままバカみたいに暴れとったわ。あの姉ちゃんがおる辺りでな」

内木家の近くをうろつく恋を指差した。恋は道路を大股で歩いているかと思えば、クラウチングスタートからダッシュで曲がり角の向こうへ消えていった。なにをしているんだ？

「で、バケツ被ったとたんほんまもんの火だるまになっとった」

「……燃える寸前、ほんとに火の気配はなかった？　火のついたなにかが飛んできたとか。陸さんのお母さんが一秒でもポケットに手を入れてたとか」

「ないない。マジでいきなり火がついたんやって。刑事は半笑いやったけど……あー、思い出したらまたムカついてきたわ、あのバカ刑事」

太子が地面を蹴りつける。

「……まあけど、自殺や言うてたからな。なんか見逃したんやろな」

「でも、太子さんは、なにも見てない？」

「そうやな」

「消火したのは内木さんと近所のおじさん？」

「おっさんがまずコートでぱたぱたやっとって、あとからきたおっさんが家から汲んできた水かけたりな」

　蜜柑は一度、二度うなずく。

「……わかった。ありがと。いこ、日戸さん」

　蜜柑はお辞儀をすると、停めた車の方へ歩き出す。

「ちょちょちょ、待ってや。いきなりさよならはないやろ。マクドでも寄ってかん？」

　蜜柑の前に太子が回りこんでくる。

「用は終わったから」

　とりあうことなく会釈《えしやく》して太子の横をとおりすぎていく。ようやく溜飲《りゆういん》が下がった、と俺も思いながらあとに続いたときだった。

　舌打ち。

　反射的にうしろを向くと、太子がこれ見よがしに唾を吐いた。

「偉そうにすんなよ、このコミュ障。死神のくせによ。陸のおばはんやってあんたのせいで死んだんちゃうんか！」

　こめかみで血管の切れたような音がした。

「別にいい。いこう」

　蜜柑は太子の方を見てはいなかった。

　踏み出しかけていた足が止まる。蜜柑の言葉は、太子の暴言とほぼ同時だった。俺の怒りが臨界点を超えると察して先回りしたのだろう。

こんなにも冷静に蜜柑は対応している。俺も怒りの矛《ほこ》を収めるしかない。この冷静さも、また名探偵の資質……なのだ。

あるいは暴言に慣れているだけかもしれない。事件に招きよせられる名探偵は、死神と揶揄《やゆ》されることも少なくない。太子のみならず街で非難してくる人間はままいるが、蜜柑が目に見える反応をしたことはなかった。

俺たちは駐車していた車に乗りこむ。太子の暴言はなおも続いているが、言いたい奴には言わせておこう。エンジンをかけて車を動かす。徐行しながら恋のところまで進めた。

「おい、恋。いくぞ」

恋はスマホ片手に、道路を蛇行走行している。

「あ、アタシ用事ができたんで、先にいっててかまわないっスよ。行き先だけ教えてくれればば」

スマホを指差す恋。

「用事って、こんなときにかよ?」

「秘密の内容なんで、先輩たちには聞かせられないっス」

「もしかして、あいつらか?」

恋は定期的にマスクの奴らと連絡を取る手はずだった。

「その辺も秘密っス。ママの危険は回避したいんで」

深刻そうに恋は唇に人差し指を当てた。

マスクの奴らからなにか指令でもあったのだろうか。俺は意見をたしかめるべく、蜜柑を見た。

「……いこう」

蜜柑もスマホを操作しながら、ひとつうなずく。

「わかった。ホテルへ戻ってるからな」

「承知っス。んじゃ、また今夜」

恋は手を振ると、車から離れていく。なにがあったのか気になるところだが、優先すべきは謎解きだ。そしてしばしの休養。

車を発進させる。めぼしい関係者からの証言は集めた。寝ないまでもホテルへ戻った方がいいだろう。推理はそこでもできるのだから。

「解決の糸口は摑めそうか？」

「うん」

返ってきたのは一言だけだ。進展があったのかなかったのか、抑揚のない声からは判断できない。

「自然発火で人が死ぬなんて前代未聞だもんな。そう簡単にはいかないよな」

推理が続いているからには、まだ真相には達していないのだろう。なにせ特異な事件だ。一日二日で解明するのは連木《れんぎ》で腹を切るようなものだ。

そう思っての発言だったが、蜜柑はぼそっと言った。

「ううん、どうやって火をつけたかはわかった」

「えっ？」

思わず急停止しそうになった。相当驚いた顔をしていたのか対向車の男性まで驚いている。

「わかったって、自然発火の方法がか？」

「うん。自然発火だけなら難しくないから」

蜜柑といると本当によく驚かされる。俺には見えない光景を、いつの間にか見通しているのだ。感嘆すると同時に、能力の差を思い知らされる。

蜜柑と行動を共にしていたのだから、入手した情報は同一だったはずだ。俺にはバラバラのピースでしかない情報を蜜柑はひとつに完成させ、自然発火の謎を解いた。

「なんでこんな殺し方したのか。難しいのはそれ……」

と、蜜柑が不意に黙りこんだ。

何事かと思いバックミラーを見る。蜜柑はうつむき、真剣な表情をしていた。

「やっぱり、戻って」

蜜柑が顔を上げる。

「ひとりにしちゃダメだった」

めずらしく眉を小さく吊り上げている。

「すぐに引き返して」

と言われても、ここはUターンできるほどの道幅がない。もう少し先にいってから――。

そう返そうとしたとき、いきなりのブレーキ音がした。直後に衝突音が響く。

「止めて」

強めの蜜柑の声。俺はブレーキを踏み路肩に駐車する。蜜柑が即座に出ていった。エンジンを止め、あとを追う。

音のしたほうには車が停まっている。叫び声のようなものが聞こえてくるが、まだ距離があり、事の全貌は摑めない。

足の速い蜜柑に置いていかれないよう、必死で走った。声が鮮明になってくる。男が、痛い痛い、と狂ったように叫んでいる。聞き覚えのある声だ。

ようやく声の主のところへ到着する。

数人の野次馬が作る輪の中で、太子がのた打ち回っていた。脚が九十度近く不自然に曲がっており顔面からの出血もある。そばには先ほどすれ違った車が停まっていて、男性運転手は携帯片手におろおろしていた。

その近くには恋の姿がある。事故に驚愕《きょうがく》、というような演技をしているが、直感でわかった。間違いない。この事故は恋が引き起こしたのだ。

「違うんや。この子が急に飛び出してきて」

男性は俺の肩を摑んで弁明する。

「救急車は？」

「呼んだよ。呼んだけど……ああどうしたらええんや」

男性が頭を抱えてうろつき出す。パニックで、まともに話が聞ける状態ではなさそうだ。まずは応急手当をしなければいけない。腹の立つ奴だったが、見すごしにはできない。俺は野次馬のひとりを手で指した。

「そこの人、どこかからガーゼと包帯、それから水も持ってきてください」

指名されたことに驚きながらも、その人は指示に従ってくれた。その人とすれ違うように蜜柑が歩を進めた。野次馬の後方にいた恋に詰め寄る。

「なに、したの？」

「なにって、なにっスか？」

恋は事故に動揺した一市民のように返事をする。

「あなたがやったの、わかってる」

初めて耳にするほど、蜜柑の声には棘《とげ》があった。何人かの野次馬が蜜柑に目を向ける。

「聞いてなかったんスか。あの子が勝手に飛び出したんスよ」

「そう仕向けた。違う？」

「そんなことできるわけないっスよ。アタシは超能力者じゃないんスから」

方法は皆無なのだろうか。

いや、たとえば太子に、『やっぱり蜜柑の気が変わって、食事へ一緒にいこうと誘っている。早く追いかけないと』などと吹きこんで有頂天にさせたとしたら。曲がり角に面した内木の家は高い植木があり、乗用車ぐらいの高さなら隠れてしまって見えない。おまけに急かされているのだから、車への注意はゼロだっただろう。そんな条件が整い、走り出した太子は車に撥《は》ねられた。さっき恋がこの曲がり角でうろついていたのは、車が曲がり角まで達するタイミングなどを計っていたのではないか。

そんな想像が働くが、事故を狙ったところで成功確率は高くない。少しでもタイミングがずれれば、太子が思いどおりに動かなければ、狙いは不発だった。

だが、事故は起こった。これが恋の運だ。罪に問われることはない犯罪。

「なんでもかんでも人を犯人扱いするのやめてください！」

恋の大声に、野次馬全員の目がこちらを向いた。蜜柑を非難する女と、尋常ならぬ雰囲気の蜜柑に注目が集まる。好奇の視線に、蜜柑がまぶたを伏せた。恋は小走りに俺の元へやってくる。

「先輩からも言ってやってください！　もう嫌です、あの人！」

恋が顔を寄せ、首に腕を巻きつけてくる。すぐさま振り払おうとした瞬間、

「邪魔するお子様に罰を与えるぐらい、いいっスよね。あいつのせいで一日無駄になったんスから」

俺にだけ届く小声だった。

「怖い顔しないでくださいよ。先輩もすっきりしたでしょ」

硬直する俺を置き去りにするように、泣き真似をしながら離れていった。

ふと見ると、蜜柑はスマホでどこかへ電話をかけていた。救急車はすでに呼んでいる。だと

したらどこに……。

叫び声で、意識が太子に戻る。

とにかくいまはやるべきことをやろう。俺は救急車が到着するまでの間、応急処置に努めた。

5

俺は夕方のできごとを思い出していた。

痛みに泣き喚きのた打ち回っていた太子は、あれからほどなくして救急車に運ばれていった。命に別状はないそうだが、脚の骨折や頭部の裂傷などで入院を余儀なくされた。

たしかに俺は太子を快く思っていなかった……正直に言うならムカついていた。無礼な態度、人の死を笑い飛ばせる性格。調査でなければ一生関わりたくないタイプだ。だからといって痛い目に遭えと願っていたわけではない。

だが、問題点はそこではない。泣き喚く太子を見て、俺の胸が晴れたのかどうかだ。人の不幸を喜んだか。

恋の言葉が脳内で再生される。

――先輩もすっきりしたでしょ。

「もういきますからね」

その声で意識が外へ向いた。スポーツ刈りで筋肉質の由果の弟、幹久《みきひさ》が内木家のドアを叩く。

「出てこい、勉！　今日は休みやろ。おるのはわかってんねんぞ！」

応答はない。それでもしつこく何度も何度も乱暴に叩き続ける。

「落ち着いてください。蜜柑がくるまで待つ約束でしょう」

「待ってられるか！」

俺の制止を聞くはずもなく、殴るようにドアを打つ。
二、三分そうしていただろうか。ドアが開き、内木が顔を覗かせた。
閉められないように幹久がドアを摑む。声にドスが利いており聞く者を威圧する。

「いったいなんの用です？」

俺に目をやり、内木は標準語で問う。目があちこちに動いているのは、蜜柑を捜しているからだろう。だが、あいにくこの場にはいない。

「なんの用もくそもあるか。姉ちゃんが死んだ原因がわかったからな、実験しにきたんや」

「そうですか……なら蜜柑さんから聞きますよ」

内木に動揺は見られない。自然発火の方法が解かれるはずはないとの自信だろうか。

「そうはいくか。つうかな、これから実験するんは、おれが自分で考えたやつや。あの探偵さんがぐずぐずしとったからな。勝手にやらせてもらうことにしたわ」

「そんなことしなくても蜜柑が解き明かしてくれます。だからもう少し待ってください」

なだめの言葉をかけた俺を幹久が突き飛ばす。

「黙っとけ。おれなりにやり方は思いついとんねん。待ってる意味あるか」

「でも危険ですよ。間違えばあなたが焼け死ぬかもしれないんですよ」

幹久が手に持ったコートを指差した。そこからはガソリンの臭いが立ち上っている。

「覚悟の上や。心配せんでも必ず成功するわ。ほら、お前は己の役やれ」

力ずくで内木を引っぱり出すと、強引にダッフルコートを着せた。

「あの日、姉ちゃんが着とったんはこんな感じのやったよな」

「ちょ、やめてくださいよ。なんの権利があってこんな——」

子供のように内木は暴れるが、幹久の前では無力だ。

「姉ちゃんの弟なんやから権利大ありやろ！」

内木の胸倉を摑み上げ耳元で叫んだ。コートを脱ごうとした手を押し留《とど》めると、引きずるようにして道端までつれていく。

「そう心配すんなよ。おれも男や。失敗したら潔《いさぎよ》く諦めたるわ。お前を疑うようなこともせえへん。なんもやましいことがないなら協力せえよ」

耳元に囁《ささや》きながら、背中をバシバシと叩く。

「助手の兄さん。そこのバケツに水が入ってるから、火がついたらかけてな」

路上に置かれたバケツを示した。内木の顔はこれまでにないほど引きつっている。助けを求めるように俺を見てきた。

「幹久さん、悪いことは言いません。やめましょう」

そう言ってみたものの、もちろん聞く耳はもたない。

「聞けるか、さあやるで」

幹久が内木を突き飛ばす。

「お前も覚悟決めえや。さて、あといっこ用意するもんがあるから、そこで往生して待っとけよ」

車庫へ向けて幹久が歩き出す。その隙にと内木はコートを脱ごうとした。しかし、焦る手ではダッフルコートのボタンは外せない。力任せに引きちぎろうとするものの頑丈なコートは音を立てるだけだ。

「あんたも手伝ってくれ！」

助けを求められるが、俺はもう見守ると決めている。

脱ぐのを諦めた内木は壁に背をぶつけた。狂ったようにぶつける。ぶつける。

「無駄やで、勉さん」

あれほど威圧的だった幹久が笑いかけた。見物でもするように悠々と腕組みをしている。

それが内木の気持ちを断ち切った。

「わかった！　認める！　私がやった！」

内木が絶叫し土下座するように膝をついた。

俺は胸をなでおろす。よかった、これでひとつ事件解決だ。

「思ったとおりだった」

曲がり角から蜜柑と恋が姿を現した。それを見た内木は仰向けに倒れた。重圧から解放されたかのように目をつむる。

「まんまと嵌《は》められたんやな、私は」

自嘲するような笑みを浮かべる。

「観念するわ。こんな場面を目撃されては、言い逃れのしようがない。あなたがやってきたときから、こんな予感はしていたけどね。さあ、警察へいこうか」

腹を括《くく》ったのか、堂々と立ち上がる。

「ダメ。警察へは、あたしの推理を聞いてからにして」

蜜柑が首を横に振った。

「いいえ、けっこうですよ。自分の罪を見せつけられたくはありません」

「ダメ。聞いて」

「いや、だからけっこう――」

「聞いて」

「罪は認めてま――」

「聞いて」

「……」

頑なに首を振る蜜柑に、内木が怪訝《けげん》そうな顔をする。

それはそうだろう。罪を認め、出頭も拒否してはいない。それなのに推理を聞けと返されているのだ。本来なら、この場で推理を開陳する必要はない。

だが、こちらにも事情がある。

「すみません。蜜柑さんには、ジンクスというかルーティンがあるんです。関係者に推理を披露して、自らの推理が正しいか再確認する。名探偵の職業病というんでしょうか」

恋が作り話でフォローする。

実際はマスクのグループの指示だ。蜜柑が推理を述べる際は、関係者の前で披露しなければならない。事件現場にいた者も集めなければならないが、八重樫は当てはまらず、太子も入院中だ。他のふたりも距離的精神的に出てこられる状態ではない。恋がマスクグループに確認したところ、内木だけでよいとのことだった。

「迷惑な職業病やな」

「蜜柑さんの推理を拝聴できるなんて、一生に何度もありませんよ。刑務所土産《みやげ》にもらってはどうですか?」

恋の提案に、内木が弱々しく笑った。

「これも犯罪者の特権として、喜んで受けましょうか」

内木が蜜柑に手を差し向ける。

「どうぞ、お話しください。私の計画のなにがマズかったんか」

「わかった。ありがと」

蜜柑は頭を下げ、眼鏡を押し上げた。

「その前に、幹久さん。少し外してほしい」

「……ああ、約束だからな」

恨みの目を内木に突きつけているが、襲いかかるようなことはしなかった。内心はパンチの一撃でもくれてやりたいところだろう。

犯人に自白させる代わりに手は出さないという約束を、幹久は呑んでくれたのだ。

推理の全貌を知れば弟がどういう行動に出るかはわからない。それだけは防がなければならなかった。

幹久を外に残し、内木の家へ入った。あの日のようにリビングにつくと、蜜柑が眼鏡を外し、目を閉じた。静かに深呼吸する。一秒、二秒。三秒後、目を開けた。蜜柑のよく言えば気だるげ、悪く言えばやる気のなさそうな雰囲気が一変する。目つきが鋭くなり、唇も引き結ばれる。

「……まず、前提としておくことがあります」

雰囲気や表情だけでなく口調まで変化する。尊敬する屋敷啓次郎を真似しているのだとか、普段のしゃべり方では推理に説得力が出ないから、などいくつか説がある。俺は、野球選手や格闘家が試合に臨む前に行うルーティンのようなものだと解釈しているが、真相は謎だ。一度訊いてみたが、蜜柑は答えてくれなかった。

スタジャンのポケットから、蜜柑は手のなかに収まる小箱ほどの機械を取り出した。デジタル時計といくつかの配線、乾電池などで作られている。ホームセンターなどで材料を集めて製作したものだ。

「自然発火だけなら、こうした時限発火装置で簡単に発生させられます」

蜜柑がタイマーを三秒に設定する。スタートを押して三秒後、機械の金属部から火花が散った。

「ガソリンを染みこませた服と発火装置があれば、火をつけられます。自然発火と聞けば、発火方法に頭を悩ませるものですが、手を触れずに火をつけるだけなら簡単です」

機械を示す蜜柑に、内木は口角を上げた。

「なるほど。たしかに追いつめられる犯人というのは得がたい体験やな。せっかくや。私もあえて反論させてもらいましょうか」

気持ちを切り替えたのか、内木はよくいる犯人のように蜜柑と対峙する。

「その方法で火はつけられるやろう。疑問その一。ガソリンを染みこませた服などどうやって着せる？　臭いも肌触りも最悪。由果がそれらに気づかないはずがない」

「たとえばこう唆《そそのか》します。『陸は怒りの感情がパイロキネシスに変換される。もし今後力が発揮されるようになれば、怒るだけで人を燃やしてしまうかもしれない。それを防ぐには戒《いまし》めが大事だ。とはいえ人様に迷惑をかけるわけにはいかない。だから私たちで一芝居打とう。陸のパイロキネシスで着火させられたふりをするんだ。そうなれば陸は猛省する。自分の力は人を殺すこともありうる、と。パイロキネシスをつかいこなせるようになっても、人を殺さないように能力制御の努力もするようになるだろう。ついでに虐めている奴らに発火シーンを見せつければ、陸も一目置かれるはずだ』

こんな感じです。由果さんは陸さんのパイロキネシスを信じてました。そうやって諭されれば、息子を殺人者にしないため、虐めをなくすため、計画に乗ったはずです。

でもこの提案はパイロキネシスを信じてないと言えません。パイロキネシスを否定してる人の発言だったらなにかおかしいって思われます。だから内木さんは陸さんの力を信じる演技をしたんです。その証拠に由果さんは、最近内木さんが協力的になったと近所の人に話してます」

「なるほど。息子に執着していた由果なら、そう言えば従ったやろうな」

内木の笑みに暗い影が差す。

「内木さんは火をつけられる役を買って出ます。自分に着火させるから、そのサポートをしてくれと。たぶん、計画はこんな感じです。

まず、時限発火装置やマジックの手法なんかをつかって、陸さんにパイロキネシスを自由につかえるようになったと思いこませます。由果さんというサクラもいるので、難しくはないでしょう。そして今度虐めている三人を家に呼んで、能力を見せようと提案します。実行は平日、近所に人がほとんどいない時間。午前授業で陸さんが早く下校する日。その日、四人が家の近くにきたところで、わざと陸さんを怒らせます。虐めてた三人の前で名前を呼べばいいんです。いくら親子の仲が良好でも、陸さんは思春期の男の子。クラスメイトの前で母親から声をかけられるのは恥ずかしいものです。陸さんは恥ずかしさが転じて怒りを向ける。そのタイミングで人間に火がつけば、四人は陸さんがパイロキネシスで火をつけたものと思いこみます。陸さんには危険性を知らしめることができる」

「燃えてみせる人間というのは、私やったかな?」

「そうなります」

「私も危険な真似をするな。全身を包むほどの火を受ければ大火傷は必至や。下手をすれば死ぬかもしれない。いくら息子のためとはいえ、そこまでするか? 由果だって止めるやろ?」

「少しの時間なら危険は少ないです。ガソリンを染みこませた服の下に、耐火スーツを着てればいい。映画撮影で火に包まれるときとかそうしてます。ネットで買えますから、手に入れるのは難しくありません。耐火スーツのフード部分は、ニット帽やマフラーで隠せますしね。耐火ジェルをつかってもいいでしょう。YouTubeで火だるまになるパフォーマンスなんかにもつかわれてます。どっちにしても、短い間なら火を防ぐことはできる……っていう感じで説得はできるはず」

現に、内木はマフラーやニット帽、コートなどを着用していた。防火スーツやジェルをつけたふりをしていたのなら、ふさわしい恰好だ。

「だったら火だるまになるのは私やろ。しかし燃えたのは由果や。辻褄《つじつま》が合わん」

「由果さんのダッフルコートの背中にガソリンを塗ればいいんです。少しぐらい背中部分が濡れてても、普通は気づきません。そこに内木さんは発火装置を取りつけたんです。こんなぐあいにするといいです」

発火装置の背面にはピンを接着してあった。反対側と側面にはコートと同じ素材をつけてある。これで遠目からでは発火装置の存在は察しづらくなる。

「背中を叩くふりをして、ガソリン部分にこのピンを刺します。ダッフルコートは厚いから、刺したときの違和感はなかったと思います。あとは設定時間がくれば自然発火させられます。ダッフルコートのボタンは取り外しやすくないですから、火がついて焦ってる由果さんに脱ぎ捨てられる可能性は低い。それともなにか細工して脱げなくしてたのかもしれません。発火装置の回収は、火をコートではたいて消すふりをしてるときにできます」

「そんなものを背中につければ重さでわかりそうやけどな」

「これを取りつけたときには陸さんたちがきてて演技が始まってます。元役者の由果さんならそこでコートを脱いだり背中をたしかめたりはしないでしょう。少しぐらい違和感があっても演技を続けるはずです」

「臭いはどうする？　あらかじめコートにガソリンを染みこませたのだとしても、臭いでバレる」

「由果さんは、発火パフォーマンスするのが内木さんだと思ってます。ガソリンの臭いがしても、内木さんから漂ってるんだと勘違いさせられます。

　トリックの流れはこんなところです。

　当日、内木さんはガソリンを染みこませた服を着たふりをして、本当にガソリンを染みこませてあるダッフルコートをさりげなく由果さんに着せます。陸さんと三人がやってくるのを見計らうと、ふたりで家を出る。陸さんたちとは距離があるから、臭いで気づかれることはありません。内木さんは発火装置をコートにつけてから離れます。時間がくると発火装置が働いて、コートに火がつきます」

「由果に気づかれないという制約がある以上、大量のガソリンは染みこませられない。自然発火はさせられても、死にいたらせるには足りないのでは？」

「そこで登場するのがバケツです。偽の計画を話したとき、消火のための水をバケツに入れると伝えとけばいいんです。自分に火がついた由果さんは当然消火しようとします。でも火は背中ですし、コートも脱げない。そこで取る行動は水を被ることに決まってます。でも、バケツに入ってるのはガソリン。被ってしまえば一気に燃え上がります。こうすることによって、警察にも自殺だと印象づけられる。近くに由果さんの指紋をつけたライターをおいておけば完了です。八重樫さんと浮気をしたのも、由果さんの自殺の動機として必要だったから。自殺する動機がないと、このトリックはつかえません」

静かに耳を傾けていた内木が、煙草に火をつけた。

「では、最後に問うわ。なぜ私はこんな面倒なトリックを用いてまで、由果を殺したのか。ここまできたら、ぜひ蜜柑さんの見解を伺いたい」

絞殺や刺殺に比べて、焼き殺すのは高いリスクを伴う。山奥でならともかく、白昼の住宅街でならばなおさらだ。第三者に手際よく消火されてしまうかもしれない。火力が弱まっても、火やガソリンを継ぎ足しにもいけない。いくら場所柄人目がなかったとはいえ、失敗する可能性は少なくなかった。焼身自殺をはかった人が、数日生き延びた例も多い。もし由果が生き延び真実が語られてしまえば、即お縄だ。手間の割に、リスクばかりが大きい。それを取ってまで焼き殺した理由、それは……。

「内木さんは由果さんが邪魔だったとか、嫌いだったから殺したわけじゃありません。それどころかとても愛してた。浮気してましたし、お墓も建ててなかったから、由果さんが嫌いなのかと思ってました。でも、由果さんの自殺に説得力を持たせるため、愛は冷めてたって建前にするための浮気なら話は変わります。

リビングの壁に貼ってあるこの写真、全部由果さんのものでした。あの『お父さん。いつもお仕事をしてくれてありがとう。感謝してます』って手紙もそうです。最初、あれは陸さんが書いたものだと思ってましたけど、違いました。陸さんは内木さんをパパと呼んでます。一方で、由果さんは内木さんをお父さんって呼んでます。つまり手紙を書いたのは由果さん。飾ってあるのは全部由果さんのものなんです。それに、その指輪」

内木の薬指を指した。大きなハートが模された指輪だ。

「結婚指輪にしては派手だと思ってました。戦場ヶ原さんに聞いてたのとデザインも違う。ダイヤがついてません。なんで違ってるのか。デザインが答えです。ハートの部分に、遺骨を入れてるんですよね。幹久さんたちのペンダントも遺骨を入れられるものだったからわかりました。内木さんはずっと由果さんの遺骨を身につけてるんです。これで愛してなかったわけがない」

「私はそこまで愛していた由果を殺した。しかも焼け死なせて。なぜなんやろうか？」

蜜柑が、視線を落とす。

「陸さんを自殺させるため」

その指摘に、内木は宙を見上げた。

「トリックを推理してみれば、人体発火は仕組まれたものだってわかります。でも、陸さんにとっては違いました。母親を焼き殺したのはパイロキネシスだって、自分を責めたはず。中学生の少年には重すぎる事実です。それに耐えかねて自殺することを、内木さんは狙った」

感心したように内木は鼻を鳴らした。

「正解や。まるで頭のなかを隅々まで読まれているみたいやな。これが名探偵の力か。これこそ超能力や」

「内木さんはこれまで、陸さんを息子としか呼んでません。逆に、奥さんは由果と名前でも呼んでます。それに、由果さんの写真や手紙は飾ってあっても、陸さんのは一枚もありませんでした。内木さんは陸さんが嫌いだった。パイロキネシスを信じようとしなかったのも、そのせいじゃないですか？」

「パイロキネシスなんて、蜜柑さんだって信じてないやろ」

「……そうかもしれない。でも、ほんのちょっとでも信じてあげてほしかった。信じようとしてほしかった。そうすれば、なにか違ってたかもしれない」

内木をまっすぐに見つめる。

「それは無理や。なぜなら……」

突然、内木がテーブルを殴りつけた。

「あのガキが死ぬほど嫌いやからな！」

声を張り上げ、両目は業火のように燃えて見えた。

「あいつだけは苦しませて苦しませて死なせたかった。私と同じようにな。あのガキが生まれてから、由果は変わった。一にも二にも陸陸陸陸陸陸。あのガキが生まれるまではあんなに愛し合ったのに。由果は母親に変わった。ガキの誕生がすべてを変えたんや。俺は勉だ！　お父さんじゃない！」

拳を打ち震わせながら、自らの怒声に咽《む》せる。髪は振り乱され、隠されていた薄い頭頂部が覗いていた。眼球は血走り、垂れた涎《よだれ》を動物のようにする。清潔さのあった外見は見る影もない。

「……質問なんですけど」

ずっと黙していた恋が、ふいに言葉を発した。

「それなら陸さんだけを殺せばよかったのでは。一般的感覚だと、由果さんは殺さなくてもよかった。愛してたのならなおさら」

謎のつみ残しがないようにするためだろう。とっくに解明ずみの謎を問う。内木は鼻で笑うと、精神を落ち着けるためか指輪をなでる。

「あのガキだけを殺せばどうなる。由果は悲しみのあまり、一生ガキの幻影に囚われるやろ。死は消失などではない。永遠の存在となって由果のなかで生きてしまう。それこそがもっとも恐ろしかった。死は消失などではない。軛《くびき》となって残っていく。現に、由果の母親とあの弟もそうやったやろ」

内木の論理を全否定はできなかった。死者に囚われ、過ちを犯した俺には。

だが、それでも――。

「ガキはどうあっても殺したい。しかし殺せば由果のなかで生き続ける。二律背反やった。両立させるには、由果も殺すしかなかった。いや、むしろそれが最善やった。由果を殺せば、その魂は私と共に生涯生き続けるのやから。なあ、由果」

内木は愛おしそうに、遺骨の入った指輪をなでる。やさしい微笑みには心からの親愛が溢れていた。だからこそ、見る者の背筋を凍らせる。

たとえどんなことがあっても、共感はできない。内木は邪魔者を殺すどころか、人を殺すことでその魂まで支配しようとしている。赦されない罪を犯した俺でさえ、その企みには怖気《おぞけ》が走る。

指輪に頬ずりをしながら内木は煙草を吐き捨てた。火がついたまま床を転がる。俺はその火を、足でそっと消した。

＊

警察での事情聴取から解放されたときには、日付が変わる寸前だった。俺は三人がそろったところで、車のエンジンをかけた。煙草を踏み消して火傷した足の裏が痛む。

「どう思ってるんだ？」

助手席に座っている恋に問うた。

「ん、なんのことっスか」

恋はいつもの恰好に着替え済みだ。

「お前の願いどおり、人が焼き殺されて、あげく陸まで死んだ。そうなるように誘導した結果な」

「誘導って、人間がそう簡単に操れたら苦労しませんよ。そうでしょ」

「誘導したのが何十人もに及べばどうだ。ひとつ十パーセントの確率でも、十回やれば可能性は上がる。なによりこの事件の謎は解けてたんだろ。その推理を伝えてやってれば、陸の命は救えたかもしれない」

「アタシがはじめちゃんかコナン君だったら、そんな慈善事業したかもっスね。けど残念ながら、アタシはただのしがないニートっスよ。謎が解けたからって、ドヤ顔で発表する義務はありません。後悔してるのは、これが脅迫につながっちゃったってことだけっス」

恋も多少はこの件について後悔しているのではないか、という期待は切り捨てられた。母親への親愛が本物だとしても、他人はゲームの駒でしかないのだ。

「だよな、いまさらだな」

口を閉ざし、車を発進させる。

この事件は、事前に防げたケースだった。恋が介入しなければ、恋が謎解きを披露していれば。

なにもできなかった歯痒さを、アクセルを踏む足にこめた。蜜柑は毎回こんな気分を味わっていたのか。

「次は熊本へお願いするっス」

「ああ」

後部座席の蜜柑は、うつらうつらと頭をゆらしている。ようやく得たひと時の休息だ。

それを阻止するかのように、着信音がした。恋のスマホからだ。短さからしてメールかLINEだろう。恋がスマホを確認した。

その顔が、みるみる青ざめていく。

「やってくれるっスね」

スマホの画面を睨みつけながら、吐き捨てた。

「見てください、これ」

目の前にスマホを持ってこられ、一旦停車する。

最初はなにが写っているのかわからなかった。なにかの生ごみではないか、まぬけにもそう勘違いしてしまう。

写っているのは、赤くぐちゅぐちゅしているものだ。中心には杭《くい》が突き立っている。その正体を認識して思わず総毛立った。

人間の手の甲に杭が突き刺されている。傷は無数にあり、もはや肉塊だ。コップの中身をぶちまけたかのように赤い鮮血が広がっていた。血の合間から覗く五指は真っ白で、まるで死人だ。

恋が画像を消すと、代わりにメールの文面が表示された。

『この杭が最後に血を吸うのは生命の源、心臓だ。さらに迅速な事件の解決を望む』

気配がして、俺は背後を振り向いた。至近距離に蜜柑の顔がある。穴が開くほどスマホ画面を凝視していた。表情に大した変化はないが、鬼気迫る空気が肌を突いた。

「日戸さん、車出して」

有無を言わせぬ要求に、俺は返事をする間もなくアクセルを踏んだ。

「恋さん、次の事件の話して。いますぐ」

「ったり前っスよ」

恋は怒りの口調で気を吐いた。

「あれは三年前の夏。〈浄化の世界〉って宗教団体の施設であった人体消失事件っス」

残りは、約一一時間。

第二章　教祖と人体消失

1

「へぇ～。じゃあ暁美《あけみ》さんは沖縄出身なんだ。いろんな県から人がきてるけど、初めてなんじゃないかな。ちょうど夏だし、今度泳ぎにいきたいな」

〈浄化の世界〉の施設内にある居住区の一室。吉尾《よしお》正広《まさひろ》はしゃべりながら、テーブルにメモを滑らせてきた。そこにはこう書いてある。

『祐泉《ゆうせん》は啓示大祭の日に、なにかをやるつもりだ。そこでインチキの証拠をつかむ』

吉尾は背が高く細マッチョで、シャープな輪郭の男だ。逆立てた短髪とスクエア型の眼鏡が相まって、ぱっと見知的な感じだ。

「それはおススメできませんねえ。沖縄の日差しを舐《な》めちゃダメですよ。夏＋海＋太陽は地獄の日焼けという方程式が成り立ちます」

適当に返しながら、メモにコメントを書きこむ。

『確実になにかやるという証拠はあるんですか』

「へぇ。湘南《しょうなん》とは全然違うんだ。あそこはほどよく日焼けできるからなあ」

くだらない会話を継続しながら、メモに返答してきた。

『これをきけばわかる』

メモを読んで顔を上げると、吉尾はポケットからウォークマンを取り出した。聞いてみろとジェスチャーで促してる。

「けど沖縄は本当にいってみたいんだよな。観光スポットとかどんなのがあったかなあ。ちょっと調べてみよう」

アタシが証拠の音声とやらを楽しんでる間の尺を稼ぐためか、吉尾は説明台詞《ぜりふ》を言いながら旅行雑誌を捲《めく》り出す。その目はアタシにロックオンだ。早く聞けの圧が半端ない。四か月もかけて水を撒《ま》いてきたんだ。ぱっと花を咲かせたい。仕込みも大変だ。

トラックを再生してみる。ツインテールにした髪をよけ、イヤホンを耳に入れた。

「非常にまずい状況だよね。彼らを放置していたのがいけなかったよ。いかなる相手も舐めてかかるものじゃないね」

お、祐泉の声だ。口調は丁寧だけど、怒りの声音が色濃く表れてる。

「はい。今月だけで棄教者は二十三名です。たった半年で……このままでは、この施設も手放さなければならなくなります」

こっちは八人いる側近のひとり、力久《りきひさ》だろう。下の名前は忘れた。丸坊主の筋肉男なのは覚えてるけど。

「由々《ゆゆ》しき事態だね。教団をここまで大きくするのに、どれだけの汗を流したか、知っているだろう」

「はい。この場は我々の聖地であり、シンボルです。なんとしても死守しなければなりません」

「そのとおりだよ。それで、逆転はできそうなのかな?」

「……正直に申し上げますと、不利、と言わざるをえません。流れそのものが奴らに傾いてしまっています。最近では周辺住民からの悪評や抗議も届くようになってきました。町内にいるだけでも迷惑だなどと。それに奴らはコンサルタントを雇い、戦略的にネガティブキャンペーンを展開しています。祐泉様の奇跡も、合理的な理屈をもって解明したと豪語していました。どうやらプロマジシャンに教えを乞うたようです」

〈浄化の世界〉のアンチは、単純な抗議活動やネガティブキャンペーンには止《とど》まらない。金を払って心理学者や弁護士、マジシャンなどの力を借り、本気で教団を潰しにかかってる。そんなとき、祐泉は致命的なミスを犯してしまった。

「あぁ。悔やまれるよ。トリックを暴いたと放言されたところで、本来なら影響は軽微なのだ。所詮は想像の産物なのだからね。あのとき雨さえ降らなければ……」

ネタ明かしすれば、祐泉はマジックを奇跡に見せかけて、信者を集めてた。順調におバカさんが騙《だま》されて教団を大きくしてたが、化けの皮が剝《は》がれかけたのは突然だった。奇跡の実演のとき、雨のせいで手が滑ってタネが見えかけたらしい。祐泉はなんとかリカバーしたけど、そこをアンチ〈浄化の世界〉につけこまれた。決定的瞬間を映像で捉えられてたからたまらない。一気呵成《いっきかせい》にその傷を責め立てられ、棄教者が大量に出た。救いは映像が不鮮明で、まだ言い訳の余地があったことだろう。

「ふぅ。こうして悩んでいても、進展はないよねぇ。逆転の一手を繰り出さないと」

「……申し訳ありません。私が未熟なばかりに、有効な手が打てず……」

「いやいや。よくやってくれているよ。君たちの忠誠があったからこそ、ここまでこられたのだからね。信頼はゆるがないよ。これを教訓として、今後の教団運営を発展させていこうじゃないか」

「おっしゃるとおりです。しかし、どんな手があるでしょうか」

うなだれる力久が目に浮かぶようだ。まったく役立たずな側近だこと。

「私に腹案がある。その一手で勝負しよう」

「まことですか？　それはいったい？」

「シンプルだよ。私の奇跡の力を見せつければいい。考えてもみたまえ。信仰がゆらいだのはなぜだね。奇跡に疑問の余地が出たからだ。そこを正せば信仰はおのずと回復する。さらにはアンチの粛清《しゅくせい》にも有効だ。彼らが我々を攻撃してくるのはなぜだね。不幸にも命を落とした親族や友人の仇《かたき》を取るためだ。インチキの奇跡を信じて親しい者が死んだんじゃ、浮かばれないからね。ところが奇跡が本物だとしたらどうだ。彼らが攻撃する正当性も理由もなくなる。彼らを納得させれば、周辺の住民の声も小さくなるだろう」

「はい。おっしゃるとおりです。ですが……」

「みなまで言うものじゃないよ」

「……はい。申し訳ありません」

インチキをインチキと指摘しようとするなんて、デリカシーのない人だ。これだから脳筋は。

「うまく運べば逆転は可能だろうね。ただし、成功率は五分五分といったところかな。君たちの協力が得られたならば、六割には上げられそうだけどね」

「協力は惜しみません。ぜひその腹案をご教授ください」

「失敗すれば教団は崩壊だよ。現状でそれなりの対処をしていけば、あるいは沈静化へ向かうかもしれない。己《おの》が手で破滅を手繰《たぐ》り寄せることはない。それでも一か八かの賭けに乗る覚悟はあるのかな。私の一番の理解者である君に、まずは訊こうじゃないか」

「答えはただひとつです。たとえ分《ぶ》の悪い勝負でも、我々は挑戦してきたじゃありませんか。そして勝ってきました。勝率五割。望むところです。今後を占ういい機会です。勝負しましょう」

教団と祐泉への愛を熱っぽく語る力久。台詞《せりふ》だけ聞くとものすごく恰好いい。

「そう言ってくれると思っていたよ。では、続きは屋上で話そうか」

扉の閉まる音がして、音声は途切れた。

イヤホンを外し、メモにペンを走らせる。

『この腹案を阻止すれば、教団はほうかいしますね』

『インチキの証拠を今度こそがっちりつかむ。長かった潜入生活もこれでおわりだ』

吉尾はアンチ側の人間で、二年前から教団に潜入してる。そろそろ事態が進展しそうな気配を感じ取ったアタシは潜入を志願して、ここに送りこまれたのが四か月前だ。〈浄化の世界〉の被害者を装ってアンチの人たちに関わってたら、信頼されて作戦部隊の一員となった。

いよいよクライマックスが近づいてきた。アンチへの潜入から今日まで、約一年半だ。過去最長の仕込みがようやく花開く。感慨もひとしおだ。

そんな心情で微笑《ほほえ》んだら、吉尾は意味を勘違いして微笑み返してきた。

『なにをしでかすのかは不明だが、情報を得たのは大きなアドバンテージだ。ほかの仲間とも作戦をねる』

真剣な顔を作り、アタシは返事を書いた。

『気をひきしめていきましょう。祐泉の部屋に盗聴器しかけてたんですね。どうやったんです?』

吉尾がそこまでやれる男だとは意外だった。アタシのなかのできる男格付けじゃ、中の下ぐらいだったんだけど。

『心労がたたって腹でもやられてたんだろう。見張りをしてた力久が腹を押さえてトイレに走っていった。そこで別でつかう予定だった盗聴器をしかけた』

な〜んだ、ただのラッキーか。それにしても力久さん、役立たずどころか足引っぱってますよ。教団が傾いたのも、案外力久さんの天然っぷりが原因だったりして。

『これをみんなに公開しましょう。そうすれば教団はおしまいです』

希望に満ち満ちたっぽい顔をすると、予想どおり吉尾は首を横に振った。

『だめだ。それらしいことを言ってはいるが、めいかくにインチキだったとは言っていない。ただ奇跡の発現に失敗したことをくやんでいるようにもうけとれる』

アタシは残念っぽく肩を落としてから、気を取り直したようにペンを摑んだ。

『それでも、これは大きな武器になりますね』

差し出したメモに、吉尾は今日一の笑顔を見せた。

2

メモを灰皿で燃やしてから、吉尾と一緒に部屋を出た。一部の信者が入居してるこの宿泊所は、元々は旅館だった。経営難で破綻した旅館と土地を祐泉が買い取り、教団の本拠地として再利用してる。

外へ出てまず目に入るのは、三階建ての〈浄化の世界〉本部棟だ。屋上には金とグレーの教団旗が立てられてる。施設の外観は周囲にある鮮やかな緑の木々に対抗するように、あるいは遠く離れた金閣寺に喧嘩《けんか》を売るように金色に塗装されてた。

怪しげな体操にしか見えない修行に励む禿《は》げたおっさんや、呪文を朗読する薄幸女なんかで半年前は溢れてたけど、いまは閑散としたものだ。そんななかで、側近連中が本部棟まで伸ばすように地面へ大きな楕円を描いてる。数人が楕円のなかに入って、空をじっと見上げてるけど、まさかＵＦＯを呼ぼうとしてるんじゃないですよね？　そうだとしたら一秒でも早く逃げないとアタシの脳もやられそうなんですけど。

「おや、正広君に恋君。ご機嫌はいかがですか」

食堂へ向かおうとしていたアタシたちを呼び止めたのは、祐泉だった。小太りの糸目。髪はうしろへなでつけ、真っ黒な法衣を身に着けてる。

となりで会釈《えしゃく》をするのは祐泉の秘書、三堀日和《みつほりひより》だ。アタシにとっての秘書定番アイテムの銀縁眼鏡をかけ、髪もアップにまとめてる。冷たそうな吊り目もプラス査定だ。ただ、服装がアタシたちと同じで信者共通のダサいグレーの衣服なのは超絶減点だ。

「どうですか。啓示大祭まで残すところあと三日。準備は順調かな？」

「はい。順調そのものです。今年も盛大に開催しましょう」

どんと胸を叩く吉尾。心にもないことを。

ちなみに啓示大祭とは、祐泉が信仰に目覚めたとされる日で、なんでも女神から奇跡の力で人々を救いなさいとの啓示があったそうだ。間違いなくその日は危ない薬をやってたに違いない。二〇一二年の今回は、九回目という節目でもなんでもない年だ。

「たのもしいねぇ。恋君はどうかな。初めての啓示大祭、どうか楽しんでくれたまえ」

「はい。楽しみにしています！　教祖様の奇跡をこの目で拝めるなんて、幸せで泣きそうです！」

教団内でのアタシのキャラは、無邪気で疑うことを知らない薄幸の女子大生だ。失恋と友達の裏切りで人生に絶望してたところを、どんな不幸な思い出も消してくれると噂の〈浄化の世界〉に入信した、という設定。大学を休学したのも、この設定にリアリティを持たせるためだ。

「前回の失態で、奇跡の乱発は私の力を弱めると判明した。今年から一年に一度のお披露目となってしまって申し訳ないね」

と、言ってるけど、ミスが怖くて逃げてるだけでしょう。

「とんでもないです、教祖様！　恋がここまで立ち直れたのも、教祖様のおかげです！　恋なんかに奇跡を見せていただけるなんて、もったいないです、教祖様！」

「そうかね」

微笑でうなずきながらも、祐泉の鼻の穴はイったみたいにピクピクしてる。この変態は教祖様と呼ばれるのが大好きだ。穴がピクつくのがおもしろくて、密かに遊ばせてもらってる。

「それにしても教祖様と三堀さんは仲がいいですね。うらやましいです。恋もいつかその幸福のおすそわけに与《あずか》りたいです」

祐泉の右手は、さっきからずっと三堀の腰に回されてる。

「奇跡だけが不幸を払拭《ふっしょく》するのではない。愛もまた、不幸を消し去るのだよ」

祐泉がキスを求めると、三堀は頰を染めながら、かさついた唇を受け入れた。

き、も、ち悪っ！

「正広君とはどうなんだい。よくふたりで会っているそうじゃないか」

「や、やめてください！　れ、恋なんか、恋なんか正広さんとはとても……」

顔に力を入れて顔を赤くした。

設定的には、アタシがアプローチして吉尾との仲を深めようとしている、ということになってる。

「そうかな。正広君はまんざらでもないようだがねぇ」

顔を手で隠して、吉尾はうしろを向く。おい、演技下手すぎ！

「私はふたりを応援しているよ。恋愛大いにけっこう。日々の祈りや修行さえ怠《おこた》らなければね」

あとお布施もね、と心の中でつけ加えといてあげる。

〈浄化の世界〉は、よくある宗教のように禁欲は強いてない。不幸を消し去るのは対極にある幸せだ、という主張の下、麻薬や犯罪以外の快楽を推奨してる。救われたいが自堕落な信者には人気のシステムだ。セックス教団も実在してるこの世の中では、めずらしくもない設定の宗教だ。

教祖が率先して信者の前で恋人といちゃつくのもそんなわけだ。とは言っても、過剰なスキンシップは取ってない。アメリカ人夫婦と同程度だ。いくら快楽推奨でも、異性との過剰な接触は拒否反応を起こす人もいる。うらやましいと思えるレベルで止めておくのが賢い。推測だけど、いま残ってる信者の半分ぐらいは不純な動機で入信した奴らだと思う。

「ではいこうか、日和。まだまだ準備は山ほどあるからねぇ」

エスコートするように三堀の腰に手を当てた。さっと頰を染める三堀。吉尾と比べてどうよ、この自然さ。

けど、目の奥にはうっすらと嫌悪の色が滲《にじ》んでる。アタシじゃないと気づかないほど、ほんのちょっぴりと。

「はい。祐泉様」

従順に祐泉の一歩うしろをついていく三堀。本来は男勝りな性格らしいけど、祐泉好みの奥ゆかしい女性を演じてる。

「どう見ます、あのふたり」

顎の筋肉を硬くしてる吉尾に問いかけた。

「良好な関係、だろう」

「アタシもそう思います」

三堀に向ける祐泉の目つきはいやらしく、肉欲七割だろうが、好きなんだというのは伝わってきた。いまも軽く肩を抱き寄せてる。

アンチ側の策略は首尾よく機能してるみたいだ。三堀が祐泉好みの女を演じて取り入り、内部情報を入手する。インチキの証拠に限らずとも、なんらかの不正の証拠でも得られれば大きな武器にできる。

「アタシたちもいきましょうか」

「……ああ」

教団にのめりこみ金銭を搾取《さくしゅ》されたあげく自殺した弟の仇討《あだう》ちのために体を仇敵に許す女性。なんて感動的で陳腐なドラマだ。密かにその女性に思いを寄せる男は憤怒に打ち震える、と。祐泉がなにをしでかすのかは知らないけど、おもしろくなりそうなのはひしひしと感じた。

＊

「今日が勝負だ。抜かりないようにな。トリックが暴かれるか、それとも……」

啓示大祭の日に祐泉がインチキ奇跡を起こす。どんなことをやらかすのかは知らないけど、アタシはアタシの役割をまっとうしよう。なんでもかんでも首を突っこめばいいわけじゃない。つつくときはつつく、傍観するときは傍観する。メリハリが大事だ。

「わかってますって。それじゃ先にいっておきますよ」

アタシは部屋から出て、本部前の広場へ向かった。

外は夜の帳《とばり》が下りてるものの、四方八方に篝火《かがりび》がたかれてて視界は良好だ。幻想的な雰囲気が安っぽく演出されてる。教団旗もいつもより多くはためき、そこかしこで歓談の声がし、祈りを捧げる暇人もいる。数少なくなった信者でも、一堂に会すればそれなりに活気が出るものだ。

啓示大祭という日本で一番どうでもいいイベントは、祐泉が女神から啓示を受けたらしい日に行われてる。啓示を受けた二十時ちょうどに、幻覚の産物である女神に祈りを捧げさせられた。現在二十二時。あとは祐泉が演じるというインチキ奇跡を拝むのみだ。

本部棟の前では、三日前に側近たちが描いた楕円のなかに信者が集まってる。本部棟へ向かって伸びる楕円に沿うようにして、周りに大量の藁《わら》が置かれてるけど、ものすごいガソリンの臭気がする。こんなところで見物させないでよね。奇跡は屋上で行われるらしいから、近距離鑑賞禁止ってことなんだろうけど。さてさて、どんなマジックを見せてくれるのかな。予定ではそろそろ祐泉が登場するはずだけど。

「暁美さん。ここにいたのか」

人をかきわけ、吉尾がやってきた。紙片を密かに手渡してくる。

「どうです、調子は？」

「絶好調だよ。さあ、あとは奇跡を待つだけだ」

ってことは、三堀は祐泉の近くにいられるんだろう。インチキ中は他者の接近を拒むんじゃないかと吉尾は心配してたけど、順調のようだ。信頼を獲得していればいつか間近で奇跡《インチキ》の瞬間に立ち会えるかもしれない。その期待がついに叶うわけだ。

腕を組むふりをして渡された紙を読んでみる。

『舞台までは上がらせてもらえないが、ドア越しで見させてもらえるようだ』

ガン見は無理だけど、盗み見ぐらいならやれるってことか。

吉尾の衣服の胸ポケットには、密かに持ちこんだペン型カメラが仕掛けられてる。間近では見られないが、運がよければインチキの証拠が摑めるかもしれない。パフォーマンスの全貌を記録するのも大事だ。

三堀が隠しカメラを仕込むのは厳しいだろうけど、代わりにしっかりと欺瞞《ぎまん》を目に焼きつけてくれるはずだ。両面作戦で祐泉は一巻の終わり、という手はず。

ま、うまくいけば、だけど。

さあインチキ教祖はどんな手に出るか。この警戒を破って奇跡を見せてよね。

「信者の諸君」

突然、頭上から声がした。信者たちが顔を上げる。本部棟の屋上にあるものを認めると、一斉にどよめきが起こった。それと同時に藁に火がつけられる。

屋上には本日の主役、祐泉が立っていた。ゆったりとした金色の法衣を広げ、信者を見下ろしてる。恰好は驚くものでもない。異様なのは、祐泉のとなりにある篝火に照らされたものだった。柱に縛りつけられた男だ。その前方の両側にはパイプが立っている。男は猿轡《さるぐつわ》を嚙まされ身動きできないようだった。薬でも打たれているのか、もがく動きは鈍い。それでももがくたびに柱が小さく右に左にゆれ、またもがいては波のようにゆり戻されてた。

あれは……田中《たなか》だ。吉尾たちの仲間。

想定内の展開だったけど、周りに合わせて驚いておく。

「諸君、私だけではなくこの男がこうした姿でいることに驚いただろう。まずはそれをお詫びしよう」

祐泉が両手を広げ、小さく頭を下げる。

「これには訳がある。この男、田中育夫《いくお》だ」

張りつけの田中をでかいジェスチャーで指し示す。

「この男は私をペテン師と決めつけ、身辺を嗅ぎ回っていた。たしかに私は失態を犯した。だがそれは電子機器による電磁波、体調不良、観衆の悪意によるマイナスエネルギーによってもたらされたものだ」

教団内にパソコンなどの持ちこみが禁止されたのは、そのためだ。にしても何度聞いても言い訳が酷いな、おい。

けど、ここまで残った人はこの程度の言い訳でも信じる。信じたいものを信じるのが人間だ。

「それをこの男はペテンだとのたまい、私を襲いさえした。あろうことかナイフで切りかかったのだ。あの恐怖は忘れられない。信じていた仲間に襲われたのだからね」

祐泉は遠目でもわかるほど、表情を歪めた。

百パー嘘だけど、祐泉を信奉する皆さんは同情と嫌悪の声を上げてる。単純な人たちだこと。

「そこで私は考えた。この汚名をそそぐにはどうすればよいか。殺人未遂を犯したこの男をどうすべきか」

祐泉が屋上の端まで出てきた。

「インチキだと言うのなら証明しよう。私の力が本物であると」

屋上の縁の段差でわからなかったが、祐泉は足元にあったらしい教団旗を掴んだ。柱の前にある二本のパイプを伝って緞帳《どんちょう》のように教団旗が持ち上がる。田中は猿轡を破らんばかりに叫び声を発する。祐泉は取り合わずに教団旗を上げきった。ふたりの姿が旗のうしろに消える。いっそう大きくなる田中の叫び声。旗のうしろを見たくて回りこもうとしたけど、火の勢いが強くて無理だった。十数秒して、旗のうしろから祐泉が出てくる。その表情は見る人によっては荘厳に見えるだろう。もう田中の声はしない。聞こえるのは信者のどよめきだけだ。祐泉がゆっくりと旗を下ろしていく。

そこにはなにもなかった。背景の夜空があるだけだ。三倍増しのどよめきが津波のように発生すると、祐泉が誇らしげに両手を広げた。

「私が消失させられるのは人の苦しみや小物だけではない。人間さえも容易《たやす》い。いまごろ彼は異次元を漂っていることだろう。この祐泉の手によって！」

大歓声が上がる。畏怖や歓喜が入り混じり、まるでカオスだ。となりのお姉さんなんか目がイっちゃってる。熱気が炎に煽《あお》られて上昇気流となっていた。こういった雰囲気は初体験だ。

う〜ん、悪くない。よくもないけど。

吉尾はあんぐりと口を開け、アホみたいに屋上を見上げてる。そこでようやく、やってきた側近が消化器で火の一部を消していった。さてさて行動開始。

「祐泉様のところへいきましょう」

吉尾の手を引っぱる。

「そ、そうだな」

吉尾も別の意味で目がイってる。想定外に大きな規模のマジックに動揺してるんだろう。もしかしたら本当の奇跡なんじゃないか、と二パーセントぐらいは思ってるに違いない。

本部の入り口には祐泉の側近の男が消化器を持って立ちはだかってる。吉尾は驚きと恍惚《こうこつ》が六対四の表情を作って、

「祐泉様の奇跡、拝見しました。なにとぞ祐泉様への接見をお願い申し上げます。この口から直接礼賛させていただきたいのです」

プライドを捨ててぺこぺこと頭を上下させる。アタシとしても人体消失の謎は興味ありだ。現象直後の屋上はチェックしておきたい。

「けっこうですよ。奇跡を起こしたあとは、入場を許可してもよいとのお達しですので。どうぞお入りください」

側近は警戒することなく道を空けた。吉尾がぺこぺこしながら本部に足を踏み入れると、ちょうど奥の部屋から他の側近がぞろぞろと出てきた。七人は一様に仏のような笑みを張りつけてる。

「おふたりも奇跡をご覧になりましたか。あれこそが祐泉様の真の力です」

挑戦的な口ぶりだったが、吉尾は愛想よく会釈をする。

「まったくです。私も感動しました。どうしてもこの感動をお伝えしたく、一言お声がけさせていただきます」

「ええ、どうぞ。祐泉様も快く応じてくださるでしょう」

側近たちをやりすごして廊下を早足で進む。

「本当に田中さんを消したんでしょうか」

「……わからない」

「けど、跡形もなく消えてましたよ。奇跡だとしか思えませんでした」

「トリックだ」

その声にはひとつまみの自信もない。

「とにかく屋上へ」

「絶対消えてました。消えてましたよ……」

奇跡の目撃に狼狽《うろた》える薄幸少女を演じてると、階段にさしかかったところで急に吉尾が立ち止まった。背中にぶつかりそうになるのを回避し、視線の先を追う。

そこにはふらつきながら階段を下りてくる三堀がいた。

「日和、大丈夫か?」

三堀は虚《うつ》ろな目で吉尾を認める。

「大丈夫よ。わたしはね。ドア越しに見てただけだから……」

安否確認はけっこう。アタシは早く答えが聞きたくて吉尾を促す。

「吉尾さん、まず訊くことが……」

アタシたちには使命があるでしょ、という感じで訴える。

「祐泉は本当に田中を消したのか？」

核心を突く質問。

はてさて、三堀の解答は……。

「なに言ってんのよ。言うまでもないでしょ。ええ、間違いなく消したわ。その目で見たでしょ」

キツイ口調だけど、三堀ははっきりと言った。吉尾は信じられないものを見たように顎を震わせる。これはおもしろくなってきた。

「おや、まだこんなところにいたのですか。早く屋上へ参りましょう。祐泉様もお待ちですよ」

うしろからやってきたのは力久だった。そばには他の側近も五人いる。三堀が怯えたように道を空けると、力久はにっこりと笑った。

「いきましょう。アタシたちの目でもたしかめないと」

アタシは吉尾の手を引っぱる。三堀の姿にうしろ髪を引かれてるようだったけど、アタシについてきた。足元からは大勢の歓声が駆け上がってくる。他の信者もやってきたみたいだ。

「殺されるわよ！」

三堀の声は歓声にかき消された。わずかに聞こえたらしく吉尾が振り向くが、押し寄せる歓声と力久に背中を押され、上っていくしかなかった。

屋上に通じるドア前まで到着した。電灯が切れてるようで真っ暗だ。ドアノブを回し屋上へ出る。そこには信者の声援に応える祐泉がいた。二本のパイプと教団旗、篝火、打ちっぱなしのコンクリート床。柱を固定していただろう頑丈そうな器具があるだけだ。

「ようこそ正広君。恋君。私の力は見てくれたかな」

ゆったりとした足取りで祐泉が歩み寄ってくる。奇跡と称するものを成功させた自信からか、でかい態度だ。その圧力に当てられたのか吉尾は縮こまってしまう。

「これぞ奇跡だよ。どうかな、私の力は」

「……ええ、すばらしかったです」

吉尾はひくつく笑顔で返すのが精一杯だった。

「それはなによりだ。教団に仇《あだ》なすものに私は容赦しない」

「……はい。おっしゃるとおりです」

「そうだろう。おっと、これは預かっておこう。電子機器の持ちこみは禁止なのでね」

祐泉が吉尾の胸ポケットからペン型カメラを抜き取った。顔面が蒼白になる。バレていたのだ、という恐怖がありありと見て取れた。

背後から、いくつもの足音が押し寄せてくる。

祐泉様！　祐泉様！　祐泉様！　祐泉様！　祐泉様！　祐泉様！　祐泉様！

大勢の信者が屋上に雪崩《なだ》れこんできた。人と歓声にもみくちゃにされながら、吉尾は案山子《かかし》のように突っ立ってるだけだった。

3

「その後アタシは復学し、以来教団には近づいていないとさ、とっぴんぱらりのぷう」

車は熊本に向けてひた走っていた。

「田中さんってのはどうなったんだ」

「聞いてなかったんスか。消されたって言ったでしょ、教祖様にぱぱっと」

「そういうことじゃない。いまも行方不明なのか？」

「アタシは知らないっス。現地で調査してください」

「なら吉尾さんと三堀さんは？」

「吉尾さんはいまだにインチキを暴こうとがんばってるみたいっスね。三堀さんは行方不明っス」

さらりと衝撃的な事実を突きつけられた。

「三堀さんまで行方不明なのか？」

「はい。また教祖様に消されたんスかね」

「は？　祐泉がやったんじゃないのか？」

「三堀さんが行方不明になった、としか知らないっス。田中さんのときみたくパフォーマンス的なものがあったとは聞いてないっスね」

敵対者として秘密裏に消されたのか？　いや、吉尾も正体はバレていたのだ。吉尾だけ生かされて三堀が処分されるというのは解せない。

あるとすれば、三堀の方が近しい分恨みが大きかったから、などだろうか。

バックミラーを見る。

蜜柑は両目をぱっちりと開け、天井を見つめていた。結局のところ、休息に当てられるはずだった時間は、推理の時間に変わってしまった。いまある情報からできる限りの推理をしようと蜜柑の脳はフル稼働している。証拠が出そろわなくては完全な推理は不可能だ。しかし、見当をつけるだけなら可能。ありうるパターンを絞っておくだけでも以後の対応には差が出る。

探偵の行動としては正しい。

が、それが蜜柑の休息時間を削っている。

歯噛みしながら、アクセルを踏みこんだ。こうなったら、なるべく早く現場につくしかない。

「また移動に無駄時間取られるんスね」

恋がラジオをつける。ニュースでは、人体発火事件の解決が時間を割いて報じられていた。

＊

残り、約一〇一時間。

郊外にある〈浄化の世界〉の本部に到着したときには、日は高くなっていた。本部までの約一キロは、延々と雑木と畑だけの一本道だ。

結局蜜柑は数十分寝落ちしていただけで、目薬を差しコーヒーを飲みながら起き続けていた。駐車場に車を停めて施設を観察する。

恋の話だと建物は二棟ぐらいしかない印象だったが、目視できるだけで六棟ある。正面でぎらぎら光っているのが、事件現場である本部棟なのだろう。施設全体は雑木林に囲まれている。外には開かれているようだが、警備室のようなものがあり、グレーの衣服を着た男がいる。

「恋、お前は入って大丈夫なのか？　スパイだとバレてるんだろ」

「心配してくれるんスか。先輩やさしいっス」

抱きついてこようとした恋を振り払う。

「蜜柑だけならまだしも、お前がいったら門前払いされやしないかと心配なんだよ。なかに入れなきゃまともな調査はできないんだからな」

「心配ご無用っスよ。教祖様は自惚《うぬぼ》れタイプっスからね。脅威がないと見れば、あとは見下して泳がせてくれるっスよ。その証拠に吉尾さんがいまどこでなにしてるか知ってるっスか？」

「まだ教団を調査してるんだろ」

「その場所がヤバいんスよ。これがびっくり。本部内でご活躍中なんス」

「マジかよ！　吉尾さんは教団の敵だろ」

「敵の正体をわかっていながら、自前の檻で飼ってるんスよ。サドというか大胆不敵というか。

それぐらい牙城が崩されない自信があるんスね。盗聴器での会話じゃもう油断しませんみたいに言ってましたけど、本質は変わってないってことっス。つーわけで薄幸の美少女、暁美恋ごとき、教祖様は問題視しませんよ。もちろん花ちゃんもね」

恋は髪をツインテールに結び直し、車から出ていった。化粧も変えており、印象は普段の恋とはだいぶ異なる。眉毛も太くし、よく見ないと化粧をしているようには見えない。素朴な印象が前面に出ている。

「いこう。恋さんが言うなら、入れると思う」

信用できない奴だが堂々と嘘をつく奴でもない。こそこそしないで正面から乗りこむか。

車から降りて警備室へと向かう。近づくと、なかから男が出てきた。警備室の外にはカメラが設置され、俺たちの姿を捕捉している。

「なにかご用でしょうか。入信のご相談なら担当者を――」

「あ、けっこうです〜。それより教祖様に会わせてもらえませんか? ぜひぜひお願いしたいことがあるんです」

不躾《ぶしつけ》な恋の要求に男は苦笑いする。

「申し訳ございませんが、祐泉様は大変多忙につき、アポイントなしでの接見は受けつけておりません」

「暁美恋が会いにきた、って伝えてください。そうすれば許可していただけるはずです。会うまでは帰れないんです。お願いします。お願いします」

新入社員なみにお辞儀を繰り返す。よくこれだけキャラクターを変えられるものだ。男も気の毒に思ったのか、わかったわかったとなだめながら受話器を手に取ってくれた。恋は涙目で大人しく待っている。

しばらくなにか会話をしていたが、やがて、承知しました、と受話器を置いた。

「申し訳ございませんでした。お会いくださるそうです。間もなく担当者が参りますので、いましばらくお待ちください」

どうやらうまくいったようだ。祐泉はあのカメラで俺たちの姿を見ているはずだ。蜜柑がいるのもわかっているだろうに、それでも面談するのだ。恋が言うようにトリックが見破られない自信があるのだろう。

待っていると、七三分けで背の高い男性がやってきた。となりには中年の女性もいる。どちらも他の信者とおそろいのグレーの衣服だ。

「お待たせいたしました。わたくし、広報担当の榊《さかき》と申します」

榊と名乗る男性は人のよさそうな笑みで礼をした。

「さっそくで大変失礼なのですが、敷地内は電子機器の持ちこみが禁止されております。この仰々しい警備室もそのためなのです。電子機器はこちらの袋に収めていただき、お帰りの際にまたお返しいたします。祐泉様のお力に関わることですので、なにとぞよろしくお願いいたします」

榊は俺たちのスマホを袋に入れると警備室の男に渡した。

「申し訳ありませんが、もう少しチェックさせていただきます。重ねての失礼ですが、なにとぞご理解ください」

金属探知機で俺の胴体と手足を調べ始める。蜜柑と恋は中年の女性信者がボディチェックしている。施設が開かれているわりには、チェックは厳重だ。入場希望者全員にこうなのか。首元まで上がってきた金属探知機に、つい顔をしかめた。

背中や足元まで調べ怪しいものがないと判明すると、榊と女性信者はまた失礼を詫びた。

「それでは参りましょうか。祐泉様もお待ちかねです」

榊に誘導され、教団の敷地内に踏み入った。

恋がいたころには閑散としていたようだが、信者はざっと見るだけでも三、四十人はいる。絨毯《じゅうたん》が敷かれたスペースでは複数の信者が天に祈りを捧げ、ベンチでは男女が手をつなぎ身を寄せ合う。恋愛が推奨されているからか、人目をはばかる様子はない。使用用途の不明な半円形の建物や、ピラミッド形の建造物もある。等身大の女神像が本部への道を示すように等間隔で並んでいた。俺たちとすれ違う信者は、もれなく笑顔で会釈をしていく。

「それにしても大きくなりましたねえ。恋がいたころはもっとひっそりとしてたのに」

ものめずらしそうに辺りを見渡す。

「あのころの教団は危機的状況にありましたからね。祐泉様のお力で危機を脱し、現在では大きく成長いたしました。現在は全国各地からたくさんの信者が集まってきております。すべては祐泉様と女神様のお導きによるものです」

「この女神像も、すっごく精巧ですね。見惚れちゃいます」

「教団が危機に陥ったのは、女神様への信仰が足りなかったからだ、と祐泉様はお考えです。偶像崇拝を禁止する宗教もありますが、目に見えない存在に祈りを捧げるのは易しいことではありません。祐泉様は信者がより深く祈りを捧げられるよう、女神様を模した像を建立されたのです」

「すごいです〜。それに広報担当までできてるなんて。昔は榊さん、いませんでしたよね」

「ええ。わたくしは暁美さんと入れ替わりで入信いたしました。教団にはいわれのない誹謗中傷や疑問も届けられます。昔はその対応先が統一されていませんでした。危機を招いたのはそのせいもあるのではないかと反省し、独立した部署が設置されたのです」

あれこれと解説しながら本部前までくる。

「祐泉様は本部三階でお待ちです」

金色の本部棟へと招き入れられる。この屋上で人体消失のパフォーマンスが行われたのだ。外観と異なり内部は清潔な白で統一されている。受付には穏やかな顔の若い女性と、警備員らしい厳《いか》つい男がいた。榊は手を挙げて横をとおりすぎる。ふたりは笑顔で俺たちに会釈をした。

恋の話はアンチ側の視点だったこともあり、〈浄化の世界〉はあくどい宗教だという印象だった。だがここまで見た限り、人当たりのいい信者ばかりだ。

それでも、トップである祐泉は人をひとり消しているのだ。信者の一部もそれを知りながら信仰している。留意しなければならない。

三階まで上がると、両開きの扉があった。全面金色だ。

榊がノックをし、声をかけると、

「どうぞ。入ってもらいなさい」

これが祐泉の声か。自信に満ち溢れている。

「それではどうぞ」

榊が扉を開けてくれ、恋を先頭に入室した。

出迎えたのは、大きな女神像だった。外にあったものと同一デザインだが、こちらはさらに一回り大きく全身に金箔が張られている。

「お三方、こちらだよ」

横を向くと、法衣を着た小太りの男が手招きをしていた。あれが祐泉か。上座にある革張りのソファにゆったりと腰かけ、仏のような笑みを湛えている。背後の壁には金とグレーの教団旗が飾ってあった。

「お、お久しぶりです、教祖様。この度はお会いくださり、まことにありがとうございましたっ！」

慌てたように恋が頭を下げた。俺と蜜柑もマナーとして礼と自己紹介をする。

「堅苦しい挨拶は抜きにしようじゃないか。棄教したからといって、私たちが培《つちか》ってきた時間まで失われたわけじゃない。さあ、おふたりもかけたまえ」

促されるまま祐泉の前のソファに座る。

「では、雑談から始めようか。それとも本題から入るかな」

目的を察しているらしく、煽るように選択肢を投げてきた。

「本題から」

蜜柑は間髪を容れずに答えた。

「教団の成り立ちや教義についても語りたかったんだがね……ではまず私から訊こうか。誰からの依頼かな？　まぁ察しはついているがね」

「それは勘違い」

蜜柑が大きく首を横に振ると、祐泉が片眉を上げた。

「アタシは祐泉さんの噂を聞いた。それで調べてみたいと思った。興味が湧いたから」

「ほう、名探偵の本能とでも言うのかな」

半信半疑なのか、探るように蜜柑を凝視する。

「そんな感じ。調べてもらってもいい。疑うなら」

真正面から疑いを撥《は》ね返す。祐泉は目だけを恋に移した。

「れ、恋が元信者だって、蜜柑さんは調べてやってきたんです。それであたしたちだけじゃ入れないかもしれないから、つき添ってって頼まれて、それで……」

気まずそうに目を伏せた。祐泉は鼻息を荒くし、手を組んで黙りこくる。誰かの差し金ではないという点で嘘はない。しかし、祐泉が信じるかは別問題だ。俺たちの活動で他人に危害が及ぶのは避けたい。

「よろしい。信じようじゃないか」

祐泉は笑みを深めながら、背もたれに体を預けた。

「本当のところ、誰からの依頼であろうとかまいはしないのだよ。探られて困るようなものはないからね。いまさらなにを調べられようが私に怒る理由もない。いつものことだ。教団が大きくなると、いたるところから批判が湧くのだよ。昔と違い、もう慣れた。田中のように教団のみならず、私の身にまで危害を加えようとしなければ力はつかわないよ」

性格は恋の見立てどおりのようだ。大きな自信故《ゆえ》の余裕。象が蟻のひと嚙みを意に介さないようなものだろうか。

トリックにも絶対の自信があるのか、蜜柑を前にしても不敵な笑みは崩れない。

「それじゃ、調べさせてくれる？」

蜜柑が伺いを立てる。

「もちろんだよ。こちらからお願いしたいぐらいだ。天下の名探偵、蜜柑花子さえも解明不能だったとなれば、いかに疑り深い者でも私の奇跡を信じるようになるだろうからねぇ。我が教団にとってはとてつもないプラスだよ。そして未来はその一択しかない。断る理由がないよ」

及び腰になる様子は微塵《みじん》もなく、笑顔は挑戦的ですらある。

「ありがと。じゃ、いくつか質問、いい？」

「なんでも聞いてくれたまえ」

　俺は記憶違いがないように手帳とペンを取り出した。

「ものを消す力があるって、ほんと？」

「本当だとも。その力がなければ、教団など設立しはしないよ」

「人の嫌な記憶も消せるとか」

「そうだとも。元来私が行ってきたのは、負の記憶や感情の消去だからね」

「どうやって消すの？」

「難しいことはない。額に手をかざし、私の力を注ぎこむのだ。しかし悲しいかな、実現は簡単ではないのだよ。人間ひとりの感情や記憶を消すには膨大な力を要する。力の蓄積には半年は必要だ。よっていまここで実演するのは不可能なのだよ。もっとも他の信者を犠牲にして半年の時間をもらえるなら、蜜柑さんの不幸な過去も消してあげられる。どうかな？」

　蜜柑の頬が、ほんのわずかに動いた。一年を共にすごしたからこそわかる微細な変化だった。消せるものなら消したい。おそらくだが、蜜柑はそう思ったのだ。眠れないほど辛い記憶など、両手で足りないほど抱えているのだから。

「……別にいい」

　蜜柑は首を横に振った。

「安心したよ。私としても信者を半年も放っておけないのでね。それに現状、溜めた力は一度に放出はしていないのだよ。日々少しずつ、枯渇しないようにつかっている。一日にひとりの信者に注げる力は少量だが、いずれは充分に蓄積することになる。それが一定量に達したとき、信者は負の記憶や感情から解放されるのだ。それは強い信仰心や女神様への祈りによって加速される。だから信者は信仰心を忘れてはいけないのだよ」

大抵の人が、時間がたてばマイナス感情も薄れるに決まっている。快楽主義の教団で好きなことに興じていれば、その時間も早まるだろう。祐泉がしているのは自然現象に都合のいい理屈をつけているにすぎない。

「……わかった。じゃ、信者を犠牲にしてまで田中さんを消したの？」

「これは手厳しいね。あのころは私の未熟さのせいで、教団崩壊の危機を招いてしまった。それを覆《くつがえ》すには、私の力が本物であると大々的に見せなければならなかった。そこで小出しにしていた力を自身への蓄積に当てた。その間は言われたとおり、信者は犠牲にしたかもしれない。しかし、それが教団の成長を導いたのだよ」

偉大な快挙を物語るかのように、祐泉は双手《もろて》を広げた。

「ちょうどそのときだ、田中が私を襲撃してきたのは。それ以前から教団崩壊へ向けて暗躍していたのも把握していたからね。一石二鳥だと思ったよ。田中を信者の前で消せば、信頼を回復し、さらには敵対者への警告にもなるとね」

発言を録音される心配がないからか、または田中を消失させたのが正義であるという自負からか、臆面もなく言い放った。

「……消した田中さんは、どうなったの？」

根本的な疑問だ。田中がどうなっているかによって俺たちの対応も変わってくる。

「異次元に消えた、と答えておこうかな」

予想どおりのトンデモな返答だ。

「ははは。皆さん君たちのように怪訝《けげん》な顔をする。しかし、そう答えるしかないのだよ。私自身、この力で消したものがどうなるのかは把握できないのだからね。どこか別の世界へいったのかもしれない。地球のどこかへ移動したのか、はたまた存在自体が完全に消滅してしまったのか。私も知りたいぐらいだよ」

困ったようにしながらすっとぼける。物体消失の力など人間にあるはずがないのだ。田中の行方も知らないはずがない。

「でも、人がひとり消えてる。警察はその説明じゃ納得しない」

信者はともかく、吉尾は警察に通報しただろう。そうでなくともアンチの人たちは捜索を依頼するはずだ。警察がやってきたのなら超能力で人を消した、などという説明を真に受けはしない。なんらかの合理的解釈がなされたに違いないのだ。

「私はなにも隠し立てすることなく、奇跡の力によって田中を消したと説明したよ。ところが警察はこう結論づけた。田中と私はグルだった。私が教団旗を上げた隙に拘束を抜けて屋上からロープで下り、金をもらい逃走したのだとね」

それは俺も考えないではなかった。田中が祐泉とグルだったとすれば辻褄《つじつま》は合う。

「一笑に付したよ。しかし、警察の面々はその解釈で満足しているようだったのでね。あえて訂正はしなかった。信者の信頼があればいい」

内心はほくそ笑んでいたのではないだろうか。どうやったのかは不明だが、人を消しておきながらなんのお咎《とが》めもないのだから。

「……そっか。わかった」

蜜柑が手帳を閉じる。

「力になれたのなら幸いだ。満足いくまで、どうかゆっくりしていってくれたまえ……と言いたいところだが、不信の念はマイナスの力となって私の力を弱めるのでね。何日も滞在されては教団の存亡に関わる。非常に心苦しいが、期限は今日明日中とさせてくれたまえ。天下の名探偵、蜜柑さんだ。私の力に詐術があるというのなら、すぐにでも真実を暴けるよねぇ」

挑発するように白い歯を覗かせた。

「うん。あたしも、そんなに時間かけるつもり、ないから」

蜜柑はきっぱりと答え、立ち上がる。

「それはけっこうだね。榊君！」

大声で呼ぶと、榊が入室してきた。

「宿泊所へ案内してあげなさい。調査に協力するよう、信者にも通告しておいてくれたまえ。あの天下の名探偵、蜜柑花子さんが人体消失の謎に挑むと」

なんて奴だ。俺は小さく舌打ちした。

ここは私有地だ。明日までに謎を解けなければ、蜜柑は撤退するしかない。信者たちには、蜜柑が人体消失の解明を断念したように映《うつ》る。それは祐泉の奇跡の力が真であるという補強になってしまう。祐泉の力に対する信者の信仰心はさらに強固になるだろう。外部に発信すれば大勢の新規入信者も期待できる。勧誘に蜜柑を利用されるなんて……くそっ。

だが騒ぎ出せば調査さえも拒否されるかもしれない。黙って祐泉の定めたルールに従うしかない。

憤《いきどお》る俺とは対照的に、蜜柑は無表情だ。

「かしこまりました。信者にも通達しておきます」

榊は最敬礼で答えると、俺たちを出口へ促した。

「おっと、そうだ、蜜柑さん」

退出間際、祐泉が呼び止めた。

「噂によれば蜜柑さんも辛い人生を歩いていると聞く。いまは私の力を信じられないだろうが、あなたも我が女神に祈りを捧げるといい。きっと救われるよ」

蜜柑は、ほんの一瞬立ち止まり、無言で部屋を出ていった。

4

案内されたのは合宿所のような一室だった。二段ベッドと椅子、ミニテーブルがあるだけのシンプルな部屋だ。男女同室もあるらしいが、一般人である俺たちは男女別室だ。

荷物を置き、蜜柑たちと廊下で合流した。榊からは自由に施設内を調査してよいと許可を得ている。あとはどこへいくかだが。

「蜜柑花子さん、ですよね」

髭面の男が話しかけてきた。

「あれっ、もしかして、吉尾さんですかっ！」

恋が目を丸くする。この男性が吉尾正広か。頬はこけ、無造作な髪は肩まで達していて伸ばしっぱなしという感じだ。腕もほっそりとしており、恋の話から受けるイメージとはずいぶん異なる。面影を残しているのはスクエア型の眼鏡だけだ。だがそれもしかたないだろう。三堀と田中が消え、教団も大きくなっているのだ。完全なる敗北。憔悴《しょうすい》もするだろう。

「君は……暁美さんか。またここで会うなんて」

自嘲するように唇を吊り上げた。

「みすぼらしくなったものだろ」

「そんなこと……」

「着飾る意味がなくなってしまえば、こんなものだ。君たちの目的は聞いたよ。僕なら力になれる。部屋へきてくれ」

吉尾の目に光が宿った。祐泉のインチキを暴くという熱意は衰えていないようだ。施設内に残り続けているだけのことはある。

吉尾に案内され、部屋のなかへと入った。部屋にはホテルにあるようなベッドが二床あった。

勧められるまま、俺と蜜柑は二脚ある椅子に座る。恋と吉尾はベッドに腰をかけた。

「どういういきさつか知らないが、感謝するよ。ずっとずっと手詰まりだったんだ。歩《ふ》しかない将棋みたいなものだったよ。ようやくだ。ようやく、祐泉のインチキを暴く希望が見えたよ。そうだよな、もっと早く蜜柑さんに頼るべきだった」

悔恨する吉尾だったが、俺は心配で声を潜ませた。

「あの……これはいいんですか?」

ペンを走らせる真似をする。恋の話によると吉尾は秘密の露見を警戒してか、筆談をしていたはずだ。

「もう無意味だよ。聞き耳を立てられていたらまずいのではないだろうか。祐泉は僕がスパイだと知っている。その上で放置されてるんだ。牙の抜けた犬なんて怖くないってことだろう。祐泉からすれば、お布施だけ収める都合のいい飼い犬でしかない。信者の前で大っぴらに話さなければ害はないよ」

ドアを一瞥《いちべつ》する吉尾。

「僕への気づかいは無用だ。なんでも忌憚《きたん》なく訊いてほしい。知っていること、覚えていることはすべて答える」

「……それじゃ、あの日あったこと教えて。一部始終」

聴取は、恋の話とのすり合わせから始まった。恋が真実を話していても吉尾にだけ見えていたものがあるかもしれない。

しかし、得られたのは恋とほぼ同一の証言だった。田中が消され、三堀に会い、祐泉しかいない屋上に出る。

「確認がある。三堀さんは信用できる人？」

そう。田中だけではない。三堀が祐泉の協力者だとしても、人体消失は達成できるのだ。三堀の発言はアンチ側だから信用できている。もし教団の回し者であったなら発言の信頼度はゼロになる。〝消した〟という発言は虚偽ということだ。

「当たり前だ、と言いたいところだけどね。正直、僕も疑ったことがあったよ。最初から日和と祐泉は手を組んでいたんじゃないか。祐泉の秘書をしているうちに信仰に毒されたのか。それとも、脅迫されていたのかもしれない、とかいろいろね。だけど、どれもありえない」

吉尾の語調が強まる。

「最初から祐泉と手を組んでいたというのは時期的にありえない。日和の弟は、教団に散々金を搾取されたあげくに、自殺した。そのあと日和は同じような被害に遭った人たちを集め始めたんだ。

僕の父親も同じような最期を迎えさせられててね。仇討ちのために参加したんだ。つまり僕たちアンチの集まりは日和から始まってる。教団が危機的状況になってから日和が参加していたのなら、祐泉の回し者ということもありえたかもしれない。だけど、教団が順調だったときから日和は僕たちの仲間だった。教団に敵対する組織をあえて作らせる意味はない。日和と祐泉が初めから手を組んでいたなんてありえないんだ」

「恋はアンチの集まりができたのとほとんど同時期に三堀さんと出会いました。それからずっと仲よくさせてもらって、共感して、教団に潜入することにまでなったんです。だからわかります。祐泉と三堀さんが手を組んでたなんてありえないって、保証します」

恋が補足するということは、本当に三堀と祐泉に共犯関係はなかったのだろう。

「次は脅迫の可能性だ。これもないと断言できる。普通、脅迫のネタになるのは家族や友達、恋人だろ。だけど、日和の唯一の肉親だった弟は亡くなっている。友達や恋人もいない。日和は他者を寄せつけようとしなかったんだ。いつもひとりだった。脅迫できる弱みがなければ、脅迫はできないからね」

「でも、吉尾さんたちは三堀さんの仲間。仲間を助けるためなら、協力したかも」

「ないよ。日和は教団に潜入するとなったとき、僕たちにこう宣言した。もしみんなが危険な目に遭っても、私は助けない、とね。何度も何度もだ。日和は教団への復讐《ふくしゅう》に人生をかけていた。僕たちを餌に脅迫されたとしても乗りはしなかったさ。むしろ日和にとってはチャンスだよ。脅迫なんてしてきたら、それこそ教団を潰す武器になるんだからね」

「恋も同意します。三堀さんは、脅迫に屈するような人じゃありませんでした」

「ここで暮らすうちに祐泉に情を抱いた、という可能性もない。絶対にだ」

吉尾が声を荒らげる。

「三堀さんの恨みは片時も消えてませんでした。祐泉に見せる笑顔の裏で恨みの炎はずっと燃えてました。けど、それが祐泉に……」

そのあとに続くのは、『見抜かれてスパイ行為がバレたのかもしれない』だろう。恋は吉尾への気づかいと、祐泉への怯えが入り混じったような表情をしている。

「とにかくだ。日和が祐泉とつうじていたなんて可能性は排除して考えてくれ」

「そうですね。三堀さんは潔白です。恋は信じます。そんなことしなくても田中さんを消す方法はあるはずですよ」

念を押すように恋が言った。視線の照準は蜜柑に合わされている。口を挟むからには、三堀抜きで田中を消すことができるということだ。

「行方に心当たりは？」

「ない。だいたい日和の教団への恨みは晴らされていないんだ。それを放棄して失踪なんてあるはずがないよ」

「三堀さんは祐泉さんの力が本物だと確信した。教団を倒せないって悟って身を引いた、とか。それか報復から逃げたのかも。祐泉さんを騙してたわけだから」

「どんな訳があったにせよ、僕に一言ぐらいあるだろ。その日は気が動転していたんだとしても、今日までなんの音沙汰もなしだ。本当になにも。あの日の階段での会話が最後。僕にじゃなくとも、誰かになんらかの一報をくれるはずだよ」

ふと考えがよぎった。

三堀が祐泉の金を持ち逃げしたとしたらどうだろう。祐泉がどんな方法をつかったかは不明だが、三堀は祐泉の力を本物だと思いこんだ。力が本物なら教団は潰せない。しかし、教団は憎い。ならば、せめて慰謝料として金を盗んでいこう、そう考えたとしたら。

教団のものとはいえ、他人の金を盗むのだ。仲間には明かせないだろう。今日までなんの連絡がないとしても、おかしくはない。

「祐泉が拉致したに違いない、それか、もしかしたら……」

あとの言葉は続かなかった。吉尾は苛立《いらだ》たしげに膝を指で叩く。

「……わかった。じゃ、田中さんはどう？」

空気を変えるように蜜柑は質問を変更した。

「田中さんには熊本市内に車椅子を使用している恋人がいるんだ。彼女を置き去りにして失踪するとは思えない。警察は違う判断をしたみたいだけどね。仲睦まじいふたりを知っている僕からすれば、とんでもない暴論だ。だけど田中さんは姿を消してしまった。おかげで仲間うちにも祐泉の力が本物ではないかと尻ごみする者が出てきてしまったというわけさ」

「……恋人を盾に取られてたとしたら？　協力するかもしれない」

「それはどうだろう。その恋人は警察幹部の娘さんなんだ。もし手を出したら警察に喧嘩を売るようなものだよ。当時ただでさえ瀕死だった教団が、警察幹部の娘を盾にするだろうか」

「……でも、その彼氏を消すのも、喧嘩売ることにならない？」

「そんなことはない。警察幹部の父親は、娘と田中さんの交際を反対していたんだ。父親としては願ったり叶ったりだろう。田中さんは教団のせいで妹を亡くしていて、他の家族とは疎遠だったようだし、人質を盾に脅迫されたとも思えない」

「そうですね。恋も、田中さんは無関係だと思います。三堀さんも田中さんもシロだって前提で推理するべきです」

　恋がまたも吉尾に続く。

　証言を聞いた限りだと、ふたりが祐泉の協力者だったという線は薄そうだ。

「……わかった。次の質問。吉尾さんたちよりあとで三堀さんを目撃した人っていない？」

「ひとりだけいた。大祭の最中に車で外へ出てゆく日和を見かけたらしい……だが、どこをどう捜しても今日までなんの手がかりもないんだよ。間違いなく祐泉の手によるものだ。奴も、側近どももまともじゃない。そうだろ！」

　唾を飛ばしながら、吉尾はベッドを殴りつけた。

「ずっと蜜柑さんに依頼をしたかった。だけど人を簡単に始末してしまえる奴らだ。そんな集団と無関係な人を関わらせてはいけない。そう自らを戒《いまし》めて、仲間が撤退してもひとりで闘ってきた。なにせ仲間を離散に追いやったのは僕の責任なんだからね。当日の隠しカメラ映像を祐泉の手に渡してしまった。日和がその口で祐泉の力を認める発言をした映像をね。とどめの一撃には充分だったよ。僕たちの先頭に立っていた日和の発言だ。祐泉の力は本物だと恐れて、仲間は次々と離れていったよ。

　これは僕の責任だ。自分でまいた種は自分で刈り取らないといけない。そう思って自力で調査してきた……だけどもう限界だった。暁美さん、すまない。君の忠告を破ってしまったよ」

　胸のつかえを吐き出すように嗚咽《おえつ》しながら、恋へ謝罪した。

「謝らないでください。恋こそ、ごめんなさい。つまらないこと言ったせいで、吉尾さんを苦しめてたんですね」

これだけ不可解な事件だ。どうして数年間も独力で調査していたのか不思議だった。俺が吉尾の立場であれば、すぐにでも蜜柑に依頼をしていただろう。吉尾も同様に、その考えにいたったらしい。

それを恋が阻止したようだ。言葉巧みに吉尾の思考を誘導したのだろう。なぜなら謎が解かれてしまっては教団が崩壊する。そうなってしまっては恋にとっておもしろくないからだ。

恋は悲しげに吉尾を見つめていた。通常なら俺へおちょくるような笑みでも向けてきそうなものだが、暁美恋という人物を演じているためか、殊勝な態度を貫いている。

「僕みたいな人は全国にごまんといるだろうからね。先送りになる覚悟はしていたんだよ。なのに、こんな早くきてくれるなんて、ありがとう」

吉尾が九十度近く腰を折った。どうやら吉尾のメールか手紙での依頼を見て、俺たちがここへきたと思い違いしているようだ。

蜜柑は訂正せず、小さくうなずくだけだった。

四人で現場の屋上へやってきた。金色の床に、金色のドア。あるのはそれだけだ。他にはなにもない。厚く塗られた金色のキッさに目がくらむ。

「祐泉……様が立っていたのはこの位置だよ。もう跡はなくなっているけど、柱を固定していたらしい器具も設置されていたな」

屋上の端に吉尾が立つ。転落防止のためか、階段一段分くらい高くなっている。下では何人かの信者が、俺たちを見上げていた。

「二本のパイプが立っていたのは、祐泉様の少し横、屋上の端の方だ」

吉尾が二歩歩きパイプの場所を示す。二本のパイプの間隔は三メートルほどだ。

「そのパイプの間の三メートルほどうしろに、柱に張りつけられた田中さんがいたんだ。パイプにつけられた教団旗が幕のように上げられ、田中さんの姿が隠された。祐泉も一緒に旗のうしろに隠れたのが、せいぜい十数秒かな。出てきて旗を下ろしたときには、田中さんの姿はなかった」

ひとつひとつ再現しながら吉尾は説明してくれた。

「旗なんかつかってる時点で、手品丸出しだよな。本当に奇跡の力なんてのがあるなら旗で隠す必要なんてない」

ひとりごちると、吉尾が笑った。

「祐泉様に言わせれば、旗は力の増幅装置なんだそうだ。奇跡の力を注入しながら織ったもので、弱い力でも数倍に増幅してくれるらしい」

「うまく理屈をつけてますね。だとしても旗は田中さんの背中側に立てるべきですよ。隠したらその分胡散《うさん》臭くなる」

「僕もそうツッコんだよ。そしたら回答はこうだった。いくら旗に増幅効果があろうと雑念が浴びせられては奇跡の力を発揮できない。だから盾にするために信者との間に設置するしかなかった……だとさ。火で信者を囲んだのもこんな理屈だった。万一悪い思念を持っている者がいても、火で浄化することで奇跡に支障が出ないようにできるから。信者はみんなその説明で納得するんだ。ほら、超常現象研究家とかに、どれだけ超常現象を否定する証拠を見せても、屁理屈をつけて自説を曲げようとしないだろ。あれと似てる。一度大きく信頼に傾いてしまえば、それを正すのは至難の業《わざ》なんだ」

陸と由果もそうだった。パイロキネシスがあると信じきり、内木の論理的説明を受け入れようとしなかった。ここの信者も同じ状態なのだろうか。

「吉尾さん」

ドアの前で蜜柑が呼んでいた。吉尾が駆け寄ると、ふたりでなかに入りドアを閉める。なにやら話しているようだが、防音されているようで声は聞こえない。会話内容が気になったので、なかに入らせてもらう。ドアを閉めると、ふたりは会話を再開した。

「三堀さんが見てたのは、ここから？」

「ああ。日和はそう言ってたね」

蜜柑がドアの小窓に顔をひっつける。

「当日とドアに変化はない？」

「見てのとおり金色に塗りたくられ、それに伴って幾何学模様のでかい窓枠も取り外されましたね。奇跡を起こした神聖な場所から余分な装飾は排除するとかで」

小窓にはかすかに窓枠がついていたらしい跡があった。なんの装飾もない金色のドアは、穴の開いた金の延べ棒のように見える。

「田中さんとか旗とかは、どこにあった？　下から見たときの感じでいい」

「そうだな……」

蜜柑の頭の上に吉尾は顔を持ってくる。俺も隙間から覗く。ここは祐泉たちがいたという位置から左斜め後方に四、五メートルほど離れたところにある。小窓は一辺が二十センチメートル程度で、祐泉たちに対して九十度の角度を向いている。経緯は横目で見なければならなそうだ。

「あそこに祐泉様。うしろへ離れたところに柱に張りつけられた田中さん。パイプと旗は窓にくっつけばぎりぎり見える……ね」

指をさしながら説明していった。蜜柑は指でフレームを作るかのように、窓の縁に手を添わせて外を観察している。頭を上下左右に移動させ忙《せわ》しない。

「……そっか。ありがと」

蜜柑は納得したようで屋上へ戻る。ドアを閉め、屋上側についている――消失パフォーマンスを中から邪魔されないためだろう――サムターンを右へ左へといじる。首を前後左右にやると、散歩するように歩き出した。無意味で気まぐれな行動に見えるが、猛烈な速度で推理が展開されているのだろう。

俺も突っ立ってはいられない。ブレインストーミングではないが、思いついた説を披露していこう。

「たとえばこんなのはどうだ。柱が立てられていた床が可動式だったとか。旗を上げると同時に床が開いて、田中さんは下へ落下した。ドアまで距離はあるし、篝火があったとはいっても周囲は闇だ。薄暗いなかでいきなり落下したら、三堀さんからすると消えたように見えたんじゃないか」

「なるほど。すごいですね、日戸さん！」

感心したように恋が手を叩いた。心にもないことを。

蜜柑は柱が立っていたという地点までゆっくりとやってきた。たしかめるように足元を何度か踏みしめる。

「音は異常なし。色塗りは均一。継ぎ目なし。なにか仕掛けがある感じじゃない」

「事後に撤去したのかもしれないぞ」

「だとしたら、それなりの工事になる。そんなのあった、吉尾さん？」

「大がかりなものはなかったな。僕がきたあとで派手にやってたのは、モニュメントなんかを建てるときぐらいだね。それは人体消失の少しあとだし、時期からして関係ないだろう」

「施設周りは高い防壁があるわけじゃないですよね。入ろうと思えばこっそり入れる。夜間に業者でも入れて工事してたとしたらどうですか。信者に露見しないように毎日少しずつ作業すれば、いつかは元に戻せる」

「たしかに時間をかければできるかもしれないね。だけど、ちょっと考えづらいな。事後に僕は警察に捜査をしてもらったんだ。消失パフォーマンスの次の日だよ。そのとき屋上はくまなく調べてもらった。怪しげな新興宗教だから警察も警戒していたんだ。ある刑事さんがけっこう真剣に調べてくれたんだけどね。仕掛けはなにもないって結論だったよ」

「……そうなんですね」

警察がくるまでのスパンがたった一日だったとすると、仕掛けを撤去するのも厳しいだろう。この説は却下か。

ほんの少しだけ自説に自信がなくもなかったが、盛大に空振りか。まあいい。蜜柑だって一発必中で推理をしているのではない。多種多様な可能性を検討して、唯一の解答を導き出しているのだ。可能性のひとつやふたつが潰《つい》えたところで、気にしていては推理などできやしない。

「床は打ちっぱなしのコンクリートなんじゃなかった？」

蜜柑がなにげないように尋ねる。

「田中さんが消された直後はね。こうなったのはその翌日だよ。祐泉様が貴き行いをされた場所として、屋上一面も金色に塗装されたんだ」

「警察がくる前？　後？」

「前だ」

「かなり厚塗りみたい。作業のスピードはどうだった？」

「早かったよ。側近総出で、べったり塗料を塗って半日ほどで仕上げていたな」

「……そっか」

「蜜柑さんも引っかかるみたいだね。タイミングがいかにも怪しい。僕もこの間になにかした気がしてならない」

「消失の直後、屋上はどれぐらい調べられた？」

「ごく短時間だ。信者がすぐ屋上いっぱいに押し寄せてきたからね。あとは封鎖されてろくに調べられなかった。だけど、ざっと見た感じで怪しいものがなかったのは断言できる」

たしかに、この金色に塗られた床が無関係であるとは考えづらい。塗装だけで側近を総動員させることはない。業者か信者にでも任せればいいのだ。あえて祐泉の手のものがやったからには、トリックに関係があるに違いない。

「日戸さん、吉尾さん、お願いがある」

床を観察していた蜜柑が、屋上の端を指し示した。

「祐泉さんと田中さんがいた位置に、立ってて」

了承すると、蜜柑は階下へと走っていった。恋もさりげなくついていく。俺は吉尾が指示する位置に祐泉役として立つ。下ではまだ数人の信者がものめずらしそうにこちらを見上げていた。

「蜜柑さんは、トリックを解けるのかな」

吉尾がひとり言のように漏らした。

「名探偵に解けなかった事件はないですよ」

「そう、だよね。正直言うとね、不安なんだよ。ひょっとしたら物体消失の力は本物なんじゃないか、そう思い始めている自分がいてね」

三堀が消え、教団は繁栄し、仲間は次々と離散していった。そんななか、たったひとりで謎に挑み続けてきたのだ。弱気にもなるだろう。

「大丈夫です、必ず」

「ああ、信じるよ」

やがて下にある出入り口から蜜柑と恋が出てきた。信者が集まっていたという地点まで走っていく。蜜柑がなにかを言おうと口に手を当てたが、何人かがノートを手に寄ってきた。蜜柑はぱぱっとサインらしきものを書くが、まだなにかしゃべりかけられている。あたふたしながらも、どうにか説得できたようで信者たちは解散していった。

改めて口に手を当てると、

「日戸さん、そこに寝転がってみて。仰向けに。吉尾さん、その上にのっかって」

蜜柑にしては大きな声が飛んできた。若干の気まずさがあるものの、言われたとおりにふたりで寝転がる。

いつもならこのあとなんの思考もせずに、蜜柑に意図を尋ねるところだ。しかし、なんでもかんでも回答を求めていたら成長はない。自力で考えてみよう。

屋上で俺は仰向けに寝転がっている。上には吉尾、上空には太陽。蜜柑がいるのは地上だ。俺と吉尾に、祐泉と田中の立ち位置を再現させたのだから、事件当日の信者が見た光景を確認したいのだろう。だが、俺が寝転がってしまっては蜜柑からは見えなくなる。それでもやらせたということは、これが消失と関係があると推測しているのだ。屋上の周囲は階段一段分高くなっている。寝転がれば下から見上げた場合、死角となって消えたように映るだろう。つまり、田中が倒れたとすれば信者にはあたかも消えたように見えるのだ。蜜柑が確認しているのはそれだろう。吉尾を上に乗らせたのは柱の高さを足すためかもしれない。

「ありがと、日戸さん」

蜜柑の声が届いたので、起き上がる。推測が当たっているかの確認もかねて、蜜柑に俺の姿が見えたか訊いてみよう。

下を見ると、蜜柑と恋は本部棟の裏手に回っていくようだった。俺も吉尾とあとを追う。

急いで本部裏手までやってきた。周りに見るべきものはない。土の地面と、周囲に立ち並ぶ雑木ぐらいだ。蜜柑は不審な点がないか探るように壁や地面などへ視線を走らせている。俺も蜜柑に倣《なら》うが、目を凝らしたところで取り立てて話題にするようなものはなかった。

「そういえば蜜柑、下から、寝転んだ俺は見えたか？」

「見えなかった」

端的にそう言って蜜柑は調査に意識を戻した。

ということは柱を倒しさえすれば、下から見ている信者たちには田中が消えたように映る。信者たちを火で囲み、見る場所を制限したのも倒す瞬間を横から見られないようにするためではないか。だが、うしろの三堀の視点は誤魔化せない。柱が倒れたところで消えたようには見えない。どうすれば信者からも三堀からも田中が消えたように見せられるのか。

あれこれ考察しつつ建物周りの調査を続行したが、怪しい点や物質は発見できなかった。

諦めて裏手に戻る。

「ご苦労様です。どうですか、調査の方は」

開いた大窓から丸坊主の男が顔を覗かせていた。

「お疲れ様です、力久さん」

吉尾が丁寧に挨拶をすると、恋も慌てたように頭を下げた。あれが祐泉の側近、力久か。

「お久しぶりです、暁美さん。そうかしこまらないでください。女神様の祝福を受けた同士なんですから」

「もったいないです。ありがとうございます」

キャラクターに合わせて、恋はさらにかしこまる。

「ちょうどよかった。力久さんに質問」

「なんでしょう。入信のお問い合わせですか？」

くだらない冗談にはつき合わず、蜜柑は続ける。

「祐泉さんが田中さんを消したときのこと。力久さんはどこにいた？」

「側近は皆、ここで待機していましたよ。神聖な儀式です。私どもが近づくことで、祐泉様の精神を乱しては切腹ものですからね」

「でも、三堀さんは屋上にいた」

「彼女は特別ですよ。ふたりの関係は聞き及んでいるでしょう。スポーツ選手が試合会場に恋人を招く感覚ですかね。愛する人がいれば普段の何倍もの力を発揮できます。力を乱すというのは、あくまで私どものような者のみですよ。愛する方については適用されません」

いちいちもっともらしい理屈をつけてくる。こうしてあとづけでルールを追加しているのだろう。

「疑問は解消されましたか？」

「うん」

「よかったです。蜜柑さんもぜひごゆっくりとしていってください。ただ、あまり根を詰めては体に障《さわ》りますよ。体調が万全でないのは見ればわかります」

蜜柑の顔色は客観的に見ても悪い。血の気が失せたような白さだ。気づかわれても当然だが、おそらく力久の本意はそこではない。少しでも時間を消費させたいのだろう。

「……ありがと」

それだけ口にして力久の前をとおりすぎる。力久は余裕の笑みで蜜柑を見送った。

本部棟を一周したが、めぼしいものは見当たらなかった。壁の金色で目がちかちかしただけだ。これがトリックに関連していたりするのだろうか。

次に向かったのは、最後に三堀を目撃したという大島《おおしま》の部屋だった。初老の男性だ。

「あのとき私は足と腰を痛めていたんだ。いまでも非常に口惜しい。この部屋で賛辞を送ることしかできなかったのだからな」

笑顔で迎え入れてくれた大島だが、当時のことになると渋い表情になった。それは祐泉を間近で称えられなかったという後悔だ。人がひとり消されたという事実には、なんの感慨もないようだ。

「窓を開け、声を限りに賛辞を送っていた。そのときだったな。三堀さんが本部から出てきたんだよ。人波をかきわけるようにしてな」

「どんな様子だった?」

「熊にでも襲われたような青い顔をしていたよ。人波に酔いでもしたのだろうな」

人が消されたことに恐怖した、という発想はないようだ。

「それからどこに?」

「早足で外へと出ていったな。ちらっと見たら、駐車場から車が走っていった。病院へでもいったんじゃないかな」

「誰かがついていったりしてた?」

「おいおい、祐泉様が奇跡をお披露目になったのだぞ。それをほっぽってふらふら出ていく者はいない」

三堀はひとりで出ていった。そして今日まで行方不明、か。

「……ありがと。参考になった」

手帳を閉じて蜜柑は立ち上がる。

「これも祐泉様のためだからな。力になれたのなら光栄だ」

大島は愛想よく俺たちを出口まで送ってくれた。かすかな不気味さを感じながら、部屋をあとにする。

＊

日が暮れると祐泉は盛大に歓迎の宴を開催した。気は進まないが参加以外の選択肢はない。宴が閉じた二十二時に調査を再開したが、それもわずか一時間だった。信者の迷惑になるという理由で、二十三時までの調査しか許可しなかったのだ。

俺は施設のベッドで考えを巡らせる。

調査の半分ぐらいは信者への聞き取りに費やした。ここにいるだけあって、老若男女もれなく祐泉に敬意と畏怖を抱いていた。みんな好意的だったが、俺たちは敵といえば敵だ。腹のなかではなにを考えていたかわからない。なんらかの虚偽や事実の隠蔽《いんぺい》がなされたかもしれない。祐泉が箝口令《かんこうれい》を敷けば全員が従うだろう。信頼できるとしたら吉尾のみだが、吉尾は素姓がバレていながら教団に留まっていたのだ。万が一、その間になにかあり、祐泉に与《くみ》するようになっていたとしたら……。

あらゆるネガティブな可能性を想像してしまう。

疑い出したらきりがない。嘘の可能性を踏まえると検討事項は膨大な数に及ぶ。だが、たとえどこかに嘘があるとしても、それすら見抜き真相を推理するのが蜜柑だ。俺もその域にまではいけなくとも、わずかでも近づかなければならない。

いまある情報がすべて事実だとするなら、三堀と田中が祐泉に協力していた可能性は低い。

祐泉はふたりの協力なしで人体消失をやってみせた。これは単独でやったのかもしれないし、側近が協力したのかもしれない。単独か複数かはわからないが、前方からは吉尾と信者たち、後方からは三堀という監視をすり抜けて田中を消してみせたのはたしかだ。吉尾は事後、すぐに屋上を調べにいったが、いたのは祐泉だけだった。翌日の警察の捜査でもなにも見つかっていない。大掛かりな装置があった可能性は低いだろう。怪しいのは警察がくる前に行われたという屋上の塗装だ。

いずれにせよ、そんな状況で人体消失など不可能に思える。だが、奇跡の力を認めた時点で俺たちの敗北だ。なんらかのトリックがあるはずなのだ。少なくとも恋にはその見当がついているらしい。

厄介なのは、三堀がドア越しだが祐泉のパフォーマンスを観察していたということだ。正面からなら旗があるのだからなんとでもできる。だがうしろからも監視されていたのなら、とたんに難しくなる。

あのときには吉尾の素姓は暴かれていたのだ。同じように三堀の素姓も知られていた可能性が高い。その三堀にあえて危険な距離、位置で観察させたのだ。トリックの要はそこだろう。裏から見ても確実に消したと思わせられる方法があるのだ。

たとえばあの小窓がモニターになっていたとしたらどうだろうか。そこには田中を消失させるトリック映像が流されている。それならドアを取り替えるだけで仕掛けは撤収できる。だが、蜜柑がそうだったように、外をよく見ようとすれば窓に顔をひっつけるものだ。祐泉たちがいたのは斜め方向だからよけいにそうなる。そこまで接近したら、たとえ4Kモニターでも映像だとわかるだろう。

あと気になるのは、三堀と田中の行方だ。ふたりは教団にとって邪魔者であり、三堀にいってはは恋人を装っていた裏切り者だ。それこそ消された可能性は高いのではないだろうか。

三堀はなにか祐泉のミスを目撃したのかもしれない。祐泉はそれを察し、三堀を始末したのではないか。もしくは、やはり三堀が教団の金を持ち逃げして行方をくらました……？

そうだったとしても田中が消えたことに変わりはない。三堀の行方がわかっても人体消失のトリックがわからなければ意味がないのだ。

なにか摑めそうな感覚はあるのだ。だがそれは霞《かすみ》のようで、摑もうとすると薄れてしまう。これが摑めれば、謎が解けそうな気がしているのに……。

連日の運転や調査の疲れもあり、俺は間もなく寝入ってしまっていた。

5

残り、約七五時間。

正午すぎ。車を停め、再び教団の施設内に入る。例のボディチェックを受けたあと、蜜柑の足は、まっすぐに本部棟へと向けられた。途中で吉尾と合流して本部に乗りこむ。

「祐泉さんに会いたい。確認したいことがあった」

受付の女性に蜜柑は依頼した。愛想よく応対してくれ、電話を取る。何度かやりとりはあったが、許可は下りたようだった。俺、蜜柑、恋、吉尾の四人で祐泉の部屋へと赴《おもむ》く。蜜柑は眼鏡の位置を調整し、扉をノックした。

祐泉は相変わらずの笑顔で俺たちを招き入れた。祐泉が上座のソファに座り、俺と吉尾、蜜柑と恋がそれぞれふたつのソファに座った。

「それで、なにを確認したいのかな」

昨日と同じように余裕たっぷりでソファに深く体を沈める。

「……祐泉さんに超能力はないって、はっきりさせにきた」

また取るに足らない質問をしにきたと思っていたのだろう。ほんの一瞬、笑顔が凍りついた。

「おやおや、蜜柑さんが冗談を言うなんて、意表を突かれたよ」

気を取り直したように笑顔を復活させた。

「冗談じゃない」

蜜柑は射抜くような目で祐泉を見据える。

「おもしろいねぇ。それなら聞かせてもらおうじゃないか。名探偵、蜜柑花子さんの推理を」

それまで、でんと座っていた祐泉が前のめりになった。

「わかった」

眼鏡を取り、目をつむると深呼吸を始めた。

三秒後に目を開けると、推理を口にする。

「そのために、いくつか前提を確認してもらわなければいけません」

「まずひとつ。八人の側近は祐泉さんに忠誠を誓っていて、あなたも八人を頼りにしている。間違いはないですか？」

「ああ、信頼できる仲間だよ。家族と言い換えてもいいね」

「ふたつめ。田中さんと三堀さんは、祐泉さんの協力者じゃない」

その根拠を述べようとすると、祐泉が制止した。

「根拠はけっこうだよ。私の力は本物だ。協力者など必要がないね」

祐泉にはすっかり余裕が戻っていた。威厳を示すためか胸を張ってソファに背をもたれかからせる。

「それでは三つめです。屋上の田中さんがいた位置で寝転がれば、下からは死角になって見えません」

「蜜柑さんが言うならそうなんだろうね」

「最後に、祐泉さんは、吉尾さんや三堀さんがスパイだと把握していましたね」

「ああ、知っていたとも。しかし、私は悪魔ではない。悔い改める者まで消すようなことはしないよ。正広君を赦《ゆる》したのも、そのためだ。田中は別だったがね」

祐泉は臆面もなく言い放つ。

「それらの要素と、当時の状況を踏まえて人体消失のトリックを考えてみました。するとひとつの結論に辿りついたんです」

「ぜひ伺いたいねぇ。的外れな推理なのは確定しているが、名探偵がどういうこじつけをするのかは興味がある」

「ひとつずついきましょう。まず、田中さんを消すのは簡単です。旗で隠した隙に柱を倒せばいいんです。すると下から見上げる信者には、あたかも一瞬にして消えたように見えます。このときうしろから三堀さんが見ているわけですが、いまは措いておきましょう。視線は前からだけだったとして進行します」

「屋上に潜んでいた側近が抱えて逃げた、などとは言わないよねぇ」

「はい。屋上には祐泉さんがひとり、一階には入り口のひとりを除いた側近が七人という布陣でも田中さんは消せます」

「ほう、どのようにするのかな？」

「柱に縛られた田中さんの様子を聞いたとき、引っかかりがあったんです。田中さんが身動きすると、柱が右や左へ波のようにゆれたそうです。頑丈そうな固定具が床にあったにしてはゆれすぎだという印象を持ちました。この様子から柱は実のところちゃんと固定されていなかったんじゃないかと思ったんです。設置されていたのは、なにかもっと不安定なもの。しかし事後、屋上にそのようなものはありませんでした。なので柱を固定していたものは、移動可能な代物だったと思われます。想像するに、大きめのタイヤがついた台車のようなものだったんじゃないでしょうか。それなら柱の動きにも合致します。田中さんは弱っていたそうなので、乱暴に動かれて倒れたりする危険はなかったはずです。三堀さんからすると、移動させるために台車に乗せていると思ったことでしょう。これがトリックに関わると感づかれる可能性もありますが、そうなったところで問題はありません。祐泉さんがあとに起こす行動で、そんな疑念は一気に忘れさせられますから」

祐泉は笑顔を保っている。動揺を押し隠す能力は、さすが教祖と言ったところだ。

「台車に柱が固定されていて、それは根元から倒すことができました。簡単な工作でできることです。この台車を固定具の上に位置させました。あえてつかわない固定具を作ったのは、柱がこれに固定されていて移動は不可能、とあとでくるはずの吉尾さんや信者の人たちに印象づけるためです。しかし、柱を倒しただけじゃ消したように見せかけて終わりです。完全に消すには、もうひとつアイテムがいりました。それが細いワイヤーです。台車に固定し、屋上の反対側から下へ垂らしておきます。屋上のドアのうしろは電気が切れて真っ暗だったそうなので、やたらと太くなければ三堀さんに気づかれることはないでしょう。それに視線は田中さんと祐泉さんに釘づけだったはずですから視界に入っても意識はされないはずです。

あとはワイヤーを本部棟の裏手から側近たちが引っぱるだけです。そうすれば台車とその上に乗った田中さんは引かれていき、やがて段差を乗り越えて落下する。タイヤを大きなものにし、取りつけを台車の端にすれば段差に引っかかることはありません。これで柱ごと田中さんを消すことができました。

ネックは、引っぱったときに屋上の縁にできるワイヤー痕です。これを消すために屋上全体を厚く金色に塗ったんですね。縁だけ色を塗ると不自然ですから、側近総出で全体を塗らなければいけなかったんです。しっかり塗れば痕跡には気づきづらくなる。頃合いを見てちゃんと修復すれば痕跡はなくなります。こうしてトリックの証拠は消されてしまいました」

「おめでとう。これで人体消失達成じゃないか」

バカにするように祐泉が拍手をした。

「ただし日和がうしろで見ていなければ、という条件つきだがねぇ」

「はい。ここからが本題です。以上の状況を三堀さんは目撃していたわけです。それなのに吉尾さんには『消した』とはっきり言いました」

「そうだとも。私なら柱が倒れた時点で、これはトリックだ、と察するよ。位置的に斜めの視線になりはするが、一連のトリックを見すごすはずがない。君は日和が共犯ではないと見ているのだろう。ならば私に利するようなことはするまい」

「謎のヒントは、三堀さんの観察地点に隠されています。三堀さんが一連の消失パフォーマンスを見ていたのは、屋上にあるドアの小窓からでした。実際にやってわかりましたが、斜め後方から見えるのは祐泉さんと田中さんだけなんです。あの位置からじゃ旗もパイプも見えません。ただし、いまはぎりぎり見えます。なぜなら窓枠が取り外されているからです。大祭の日までは大きな窓枠がつけられていたようなので、逆にぎりぎり旗とパイプは見えなかったはずなんです。この絶妙な位置関係を成立させ、さらに下からも真実を見られないように、信者たちのいる場所を火の囲いで制限することも重要です」

吉尾に説明を受けていたとき、蜜柑が指をフレームのようにして窓に当てていたのは窓枠の代わりだったのだ。

「もうひとつ重要なのは、ドアの内側からだと外の音が聞こえないということです。それを前提に想像してください。三堀さんに現場がどう見えていたか。田中さんは柱に縛られ、祐泉さんがなにか演説している。しかし、内容はわからない。そんな状況で祐泉さんがこんな行動を起こしたらどうでしょう」

蜜柑が一拍、間を空ける。相当な圧迫感があるはずだが、祐泉は微動だにしない。不自然なほどに落ち着いている。

「旗に隠れた祐泉さんは法衣のなかからナイフを取り出します。短時間で死に至らしめ、三堀さんに田中さんの死を実感させるためには的確な凶器です。ナイフを三堀さんに見せつけると、田中さんに突き刺しました。引き抜けば返り血が飛び散りますから、引き抜かずに二本目を取り出したんじゃないかと思います。それも見せつけると、また突き刺した。同じことをすばやく繰り返し、田中さんを絶命させます。これらは推測ですが、殺意を明確にして三堀さんの危機感を煽るためにこれぐらいしたんじゃないでしょうか。肝はこのあとです。最後のナイフを取り出すと、今度は三堀さんの方へ足を踏み出すんです。三堀さんは当然こう思うでしょう。次はわたしを殺しにくる。三堀さんはすぐさま逃げ出します。あとは見送ってから柱を倒すだけです。祐泉さんは信者の前へ姿を現して、田中さんを消したと宣言すればいい。もううしろからの監視はないですからね。側近がワイヤーを引き、柱ごと田中さんを落下させます。そのころには大歓声が起こっているでしょうから、落下音は聞こえません。側近たちは遺体を一階の部屋の窓から引きこむと、廊下へ出て吉尾さんたちに姿を見せます。あたかもトリックとは無関係であるかのように」

鬼のような目つきで吉尾は祐泉を睨《にら》んでいた。

俺たちと違って、吉尾はこのあとの論理展開を教えられていない。それを知ったとき、吉尾が凶行に走らなければいいのだが。いざとなれば取り押さえなければならない。

大阪の件でもそうだったが、蜜柑は必要がない限り事件の関係者を集めたりはしない。そんなことをすれば、当該事件の被害者は犯人への復讐に走るかもしれないのだ。遺体がひとつ増える危険をわざわざ冒すことはない。

屋敷啓次郎は関係者を集めていたそうだが、被害者遺族の復讐には極力注意を払っていたと聞く。万一が起きないように俺が吉尾のとなりにいるが、ここからはいっそう注意しなければならない。

「祐泉さんと側近がやったのはここまでです。これより先は運の勝負です……ところで祐泉さん。スパイものやクライムサスペンスで、悪の組織が邪魔者を殺すとき、どう表現するでしょうか。殺す、以外の言葉で答えてください」

祐泉はその質問を噛み締めるように、数秒間沈黙していたが、

「消す、と言わせたいのだろう」

「そう。殺害を消す、と表現することはありますよね。祐泉さんの狙いはそこです。三堀さん

には旗が見えておらず、祐泉さんの声も聞こえていませんでした。その状況で殺人を見せられています。三堀さんにとっては、祐泉さんが信者の前で殺人パフォーマンスをしたようにしか見えません。

一方、吉尾さんから見ると、祐泉さんが田中さんを消した――と言うとわかりづらいので消失、と表現します――田中さんを奇跡の力で消失させたように映っています。吉尾さんは、三堀さんが人体消失を間近で観察しているのは知っているので、当然人体消失について尋ねるはずです。『祐泉は田中さんを消したのか？』と。もう一度言いますが、三堀さんは旗を見てはいません。なので殺人シーンは信者全員が目撃したものと思っています。そこで『祐泉は田中さんを消したのか？』と問われれば、三堀さんのなかで『祐泉は田中さんを殺したのか？』という意味に変換されたとしてもおかしくはありません。

留意しなければならないのは、会話を長引かせてはいけないということです。会話が増えれば、刺殺したという事実がダイレクトに発せられるかもしれません。それを防止するために、複数の側近がきて会話を断ち切ったんです。そうなれば三堀さんは会話を打ち切るしかありません。よけいな発言をすれば自分も殺されるかもしれないですからね。狙いどおり、吉尾さんと三堀さんは分断されてしまいました。

その後の三堀さんの行動は容易に予測がつきます。警察に向かったに違いありません。殺人現場を直に目撃したんですからね。その際、信者にも接触はしていないでしょう。なぜなら三堀さんの認識では、信者全員が殺人犯に歓喜の雄たけびを上げているように思えているからです。そんな人たちとは怖くて接触できません。つまりこれは、同じものを見ているようで実は見ているものが違う、という心理的なトリックだったんです」

「……終わったかね。それでは苦言を呈そうか」

祐泉はまるで世間話に応じるかのようにゆったりと切り出す。

「この推理を聞かされたら、百人中百人が首を捻《ひね》るところがあるねぇ。そのトリックの不確実性だ。たまたま日和が『消した』と発言したからよかったものの、『殺した』と素直に発言する可能性も大いにあった。そうなれば実にあっけなくトリックはご破算だよ。私なら怖くて実行できないねぇ」

真っ当な反論だが、蜜柑は動じない。

「『殺した』と発言したとしても、即座にトリックが破綻するわけではありません。吉尾さんから見れば、田中さんは完全に消失させられているんです。存在がなくなる、それは死と同義です。たとえ三堀さんが『殺した』と明確に表現したとしても、今度は逆に吉尾さんが『殺した』を『消した』と変換する可能性は少なからずあります。実際、三堀さんは最後の最後に『殺されるわよ』と叫んだそうですが、吉尾さんは素直に殺されたという意味には取りませんでした。刺殺された、とかなり直接的な表現さえつかわれなければトリックの露見まではいたらないでしょう」

「ほらみなさい、百パーセントではないじゃないか。刺殺された、と言われないとは言いきれない。実に危なっかしいトリックだ」

「祐泉さんの知らない事実がひとつあります。それは吉尾さんが、祐泉さんの部屋に盗聴器を仕掛けていたということです」

祐泉が一瞬、真顔になった。どうやら初耳だったようだ。だが心得たもので、すぐさま笑顔に戻る。

「この計画について、祐泉さんはこう発言していましたね。成功率は五分五分だと。まさにこのトリックは、祐泉さんの発言に合致します。トリックの成否は三堀さんの言動に依存するという点で」

祐泉が初めて視線を蜜柑から逸らした。

「それで！　それで日和はどうなったんだ！」

じれたのか、吉尾が蜜柑の方へ身を乗り出す。

「想像するしかありません。ところで吉尾さんが本部に入った直後、側近は八人とも姿を現したんですよね？」

蜜柑の問いに、吉尾はわずかに沈黙してから首肯《しゅこう》する。

「……ああ、間違いない。八人全員がいた」

「しかしそのあと、階段で会ったときには六人しかいなかったそうですが、どうですか？」

「正確な数は覚えてないが、全員ではなかったのは間違いない」

「側近の何人かはあの場にいなかった。ではその側近はどこへいったんでしょうか。トリックの概要を思い出してください。あの仕掛けは三堀さんの発言が鍵でしたが、同時に弱点でもありました。あとで三堀さんの話を詳しく聞けば、なんなくトリックが解明されてしまうからです。阻止するにはどうするか」

「あ、ああ……」

吉尾が表情を崩壊させ、頰に爪を立てた。

「すでに田中さんを殺害しています。三堀さんを口封じしたとしてもおかしくありません。三堀さんが教団から脱出したあとのなりゆきは、このように想像できます。屋上へいかなかった側近は密かに裏手から外へ出ていました。雑木林を突っ切り、信者に目撃されないように道路へ出ます。そこに用意してあった車で、急いで三堀さんを追います。教団本部への道は一キロほど一本道が続きます。この間に釘を立てた板などの罠を設置しておけば、タイヤをパンクさせて足止めできるでしょう。ほどなく追いついた側近は三堀さんを捕まえた……」

そこから先は言葉にしなかった。吉尾は呪言から逃れるように両手で頭を摑んでいる。

そんな吉尾を見下すように、祐泉は声を出して笑った。

「けっこうだね。しかし、証拠はあるのかな。すべて想像じゃないか。でかいタイヤがついた台車、我が側近の悪行、タイヤをパンクさせる罠。ただの推理では逮捕することも公判を維持することもできんよ。あとは顧問弁護士に相手をしてもらった方がよさそうだねぇ」

祐泉が持つ余裕の源はこれか。三堀も田中も消し、凶器や台車などもとっくに処分しているだろう。いくら正しい推理を繰り出しても裏づける証拠がなければ逮捕までにはいたらない。

だが、祐泉は蜜柑を甘く見ている。蜜柑はなんの勝算もなく推理の披露はしない。

俺は吉尾に耳打ちをした。はっと顔を上げると、赤く水気を帯びた目で俺を見やる。自らの役割を思い出したのだ。

「あたしはある事件で、こんな犯人と出会いました。その人は自らが殺害した人の遺骨を指輪に入れ、身に着けていたんです。その理由はなんだと思いますか」

「さあね」

「愛していたからです。殺害しながらも、愛していた。だからこそ死後にその魂と一緒にいようとしたんです」

俺が立ち上がると、吉尾も祐泉をひと睨みして立ち上がった。その様は一本芯がとおっており、数瞬前までの悲愴さはなかった。祐泉が、ゆるんだ口元を真一文字に結んだ。

「祐泉さんも、三堀さんを愛していたそうですね」

その言葉と同時に、俺と吉尾は走り出した。女神像に駆け寄る。やめろ、と咆哮。吉尾と一緒に女神像を抱え、床へ投げつけると、大音響と共に女神像は砕け散った。

ギャンブルだった。

俺たちには時間がない。気長に証拠捜しをしてはいられなかった。かといって、祐泉相手に自白は望めそうもない。

ならば祐泉が五分五分の勝負に賭けたように、こちらもギャンブルに打って出る。それが蜜柑の結論だった。蜜柑はこの提案を何度も何度も言い淀んでいた。大変な危険が伴うギャンブルだからだ。

だが恋や吉尾はともかく、俺が拒否するはずがない。俺は蜜柑の助手なのだから。

そして俺は蜜柑の推理力と勘、運を信じている。

果たして、女神像のなかにその人はいた。

「日和！」

砕けた女神像から、一部ミイラ化した三堀らしい遺体が出てきた。猛烈な死臭が鼻を突いたが、吉尾は泣き叫びながら抱きかかえる。部屋をゆるがすほどの慟哭《どうこく》が俺の胸を刺した。

そこへ深いため息が割って入る。

「やれやれ。生まれついての性格というのは変わらないものだねぇ」

決定的な殺人の証拠が目の前にあるというのに、祐泉は余裕綽々《よゆうしゃくしゃく》で居直っていた。

「どんな相手でも油断はするまいと肝に銘じておいたのだがねぇ。結局今回も油断が首を絞めてしまったか。日和とはしっかりお別れをしておくべきだった」

「貴様っ！」

吉尾が涙と唾を飛ばして叫んだ。三堀の体をそっと床に下ろし、血走る目で飛びかかろうとしたときだった。

扉が開き、男が大挙して押し寄せてきた。祐泉の側近たちだ。八人全員がそろっている。迅速な動きで祐泉の前に立ちはだかった。

「大事ありませんか、祐泉様」

「見てのとおりだよ。ベストタイミングだねぇ。危うく殺されるところだったよ」

男たちの壁に守られ、祐泉は悠々と構えている。これも想定内ということか。油断はあったが最悪の事態に備えて準備はしておいたのだ。

さりげなく扉を見る。ふたりの側近がすでに逃げ場を封じていた。

「力久、どうしようか。言い逃れができない状況だよ。これは輪っかをかけられるより他ないかねぇ」

「ご冗談を。我々がそんなことさせませんよ」

「当たり前だ！　てめぇは確実にぶち殺す！」

吉尾が啖呵《たんか》を切るが、相手の人数は俺たちより多い。迂闊に手が出せない。

こうして睨み合っていてもじり貧だ。恋はあてにできない。ひとりで三人を瞬時に倒せればなんとかなるが……どうにか時間稼ぎをしたいところだ。蜜柑は臨戦態勢だ。吉尾も不恰好ながら敵の動きを注視している。

「正広君の言うとおり、私がしでかしたのは許されないことだ。罪は償わないといけないねぇ」

「その必要はございません。こいつらさえ消えれば、秘密は守られます」

力久が懐からナイフを取り出した。他の側近もスタンガンや包丁などを手に持つ。

「おいおい、そんな物騒なこと、私は望んでいないよ」

口だけの制止を聞かず、側近たちが武器を手に間合いを詰めてくる。迎え撃つべく構えを取る。

「そこまでだ！」

扉が音を立てて開き、ふたりの側近が前のめりに倒れた。

入ってきたのはさっきとは比較にならないほどの人の雪崩《なだれ》だった。

遅い。ひやひやしただろ。

「な、なんだ貴様らは！」

突然の闖入者《ちんにゅう》に、祐泉が顔面を崩壊させた。

「鈴木《すずき》則夫《のりお》。お前を死体遺棄罪で逮捕する」

スーツ姿の男が、祐泉こと鈴木に向かって宣告する。側近八人もあっという間に警官に取り押さえられた。

「な、なにがどうなって……」

自らの言葉どおり手錠をかけられ、鈴木は茫然《ぼうぜん》自失だ。

「秘密はこれだ」

吉尾は蜜柑の眼鏡を示した。眼鏡の側面に小さな穴が開いている。

「隠しカメラで警察に映像を送ってたんだよ」

午前中、俺たちは蜜柑の推理を引っ提げて、警察へ足を運んだ。だがなんの証拠もない推理だ。いくら蜜柑の推理とはいえ警察は信用しなかった。そこで蜜柑は断言したのだ。

『探偵としての命をかける』と。

警察としても蜜柑がそこまで言える推理を切り捨てるわけにもいかなかった。しかし、捜査令状もなく私有地に押し入ることはできない。そこで蜜柑が隠しカメラをつけ、一部始終を送信することにしたのだ。

電子機器の持ちこみは厳重にチェックされるが、精工に作られた眼鏡型カメラが見抜かれることはなかった。入り口でのチェックも胴体と手足だけで、頭部までは調べられない。とはいえ気づかれるか否かは賭けだった。発覚すれば立ち入りを拒否されるかもしれない。しかし、映像以上に説得力のあるものもない。危ない橋だったが、どうにか賭けに勝てたようだ。

「ありがとうございました」

吉尾は蜜柑、俺、恋に頭を下げると、年配の刑事の元へ一直線に向かった。何度も何度も頭を下げる。

「あのときの方ですよね。ありがとうございます」

消失事件のあと、真剣に捜査してくれた警官がいたという。それがこの人らしい。

「礼には及びませんよ。私も、この教団には恨みがありましたから」

ねぎらうように吉尾の肩に手を置いた。ダムが決壊したかのように吉尾はむせび泣く。三堀の元へいき、止める警官を振り払ってもう一度抱え上げた。これまでの悲しみを解放するかのように、いつまでも泣いていた。

その姿を見ていた俺の耳に、小さくだがはっきりと声が聞こえた。

「調子に乗るなよ、一般人が」

はっとして顔を上げた。祐泉たちが連行され、残りの警官が辺りをいきかっている。声が聞こえるとしたらまだ近くにいる警官しかいない。だが、全員俺たちには目もくれていない。

わかっていたことだ。俺たちは警察から敵視されていると。蜜柑の案に乗ってくれたとはいえ、警察が欺《あざむ》かれていた事件を解決したのがおもしろくないのだろう。

わかっていても、胸を押しつぶされるような気持ちは無視しようがない。直接言われたわけではない俺でさえそうなのだ。

それなのに、蜜柑は何事もなかったかのように佇《たたず》んでいた。当たり前であるかのように。

*

事情聴取を終え、俺たちは次なる事件へ車を走らせていた。目的地は埼玉だ。

祐泉は田中を埋めた場所を自白した。その情報は悲惨な事件での小さな吉報だった。しかし俺の頭のなかは不信で満ちていた。

蜜柑と恋は長距離移動に備え、コンビニで食料を見繕っているところだ。

ラジオからは〈浄化の世界〉での事件が大きく報じられている。それを聞き流しながら、ずっと黙考していた。ここまで頭の中でずっと疑っていることがある。ちょっとした違和感が発端だった。俺が気づいたぐらいだから、蜜柑も間違いなく気づいているだろう。しかしなんの指摘もない。追及する気はないということだ。言ったところでなにもできないからだろう。

だが、俺はどうしても黙っていられない。

ふたりが食料を持って車内に戻ってきた。当たり前のように恋が助手席に座る。

「訊きたいことがある」

「なんスか？　スリーサイズ以外なら教えるっスよ」

「お前は事件のことで嘘はつかない。そうだな？」

「はい。誓います」

　恋が片手を挙げた。

「でも、事実を隠すことはある。だよな？」

「そりゃそうっスよ。この事件の犯人は誰ですか？　はいはいそれは祐泉と言ってですね、とかやっちゃったらおしまいっスよ。ちょっとでもママを死なせるような危険は冒せません」

「そうか」

　確認はそれだけで充分だ。

「なら訊く。お前の回想でこんなシーンがあったな。啓示大祭の当日だ。『今日が勝負だ。抜かりないようにな。トリックが暴かれるか、それとも……』『わかってますって。それじゃ先にいっておきますよ』。このやりとりはおかしいんじゃないか？」

「どこがっスか。戦い前のよくあるやりとりでしょ」

「どうかな。俺は最初に発言した男が吉尾だと思っていた。でも、だとするなら不自然だ。吉尾は盗聴されていても大丈夫なように、教団に関することは筆談で会話していた。ところがいくら実行日だからって――いや実行日だからこそ慎重にならなければいけないのに、堂々と祐泉のトリックを暴くというような発言をしている。吉尾がそんなことをするか？」

「しないっスか？」

「あの発言、本当は力久辺りが言ったんじゃないのか？　抜かりがないようにな、というのは恋が祐泉からなんらかの指示を与えられたからだ。その指示を遂行するかしないかで、トリックが暴かれるかどうかが左右された。違うか？」

意を決して確認したつもりだったが、恋はなんでもない顔で、

「そっスよ。よく気づきましたねぇ。花丸あげましょう」

臆面もなく認めた。朝の挨拶のように気軽に。

「それがどういうことかわかってるんだろうな」

「アタシはただ、消失パフォーマンスのあとに屋上へ吉尾さんをつれてこいって言われただけっスよ。裏でなにをするつもりだったかなんて全然知りませんでした。あんなことになって驚いたんスから」

「どうだかな。おかしいことはまだある。どうして祐泉は三堀さんたちをスパイだと見抜けたのか。お前が情報を流してたんじゃないのか」

「だとしたらなんなんスか。別に犯罪じゃないっスよね」

まったく悪びれる様子もない。

「最初はアンチの回し者と疑われたんスけどね。祐泉の鶴の一声で信用を得たんス。通じるものがあったんでしょうね、アタシは敵じゃないって。アンチ側からすると、結成当初からいたアタシがまさか祐泉と手を組んでるなんて夢にも思わなかったんじゃないスかね」

なぜそんなことをした？　愚問だ。

おもしろいからやった。それが答えに決まっている。

恋はアンチ側の将来の躍進を見越して、裏切るつもりで設立当初から取り入った。予期したようにアンチ側が教団を衰退させたところで、祐泉へ協力を持ちかける。そこからの逆転劇はこれまでのとおりだ。

「そんなキレ顔しないでくださいよ。たしかに祐泉へラブコールは送りましたよ。けど、スパイが誰だとか隠しカメラはどこにあるとかを暴露した覚えはないっス。まあ、アタシのひとり言を盗み聞きして、勝手に解釈されることまでは知らないっスけど」

警察署で恋が咎められたような様子はなかった。恋が言うように明確な協力関係は結んでいないというのだ。手を汚すことなく望みどおりの展開を手に入れた。

無力感に打ちひしがれる。秘密を暴いたからといって事態はなにも好転しない。恋への怒りが増しただけだった。

「空気悪くなっちゃったっスね。じゃ、お口直しに次の事件でも語りましょっか」

恋は罪の意識なく、コーラを飲んだ。

「それは多くの偶然が重なって出合えたイベントでした」

第三章　友人たちとダイイングメッセージ

1

「なにげに奇跡的だよな、こういうの」

雑談がBGMとなってる居酒屋。都《と》甲《こう》明《あ》希《き》彦《ひこ》はビールジョッキを傾けながら言った。

ワックスで遊ばせた茶髪に、シャープな輪郭、キリリとハリウッドスターのように上がった眉などから漂うイケメンオーラ。ジャケットから出た二の腕も筋肉の隆起がはっきりと見て取れる。かといってマッチョということもなく、ほどよい太さだ。総合するに、さぞやモテるんだろう。アタシのタイプじゃないけど。

「だよね。雨が降らなきゃ、雨宿りしてた間《ま》桐《とう》さんとこうして出会えなかったわけだし」

間桐恋と名乗っているアタシにビールを注ぐのは、塩《しお》野《の》純《じゅん》平《ぺい》だ。

都甲が名匠の仕上げた至高の刀だとするなら、塩野は近所の少年が道端で拾った木の棒という感じか。背は高いが、筋肉がないせいでかなり貧弱な印象だ。一重まぶたはぼってりとしてる。洗濯機でかき回したような天パーで、たらこ唇から覗く歯はガタガタだ。せめてもの抵抗か、服装はテーラードジャケットとジーンズで決めておしゃれな感じに仕上げてる。

「おかげさまで、女子率の偏《かたよ》り解消されたしね」

都甲に笑顔を投げるのは六宮色羽《ろくみやいろは》だ。ショートの髪をゆらして大きな目を都甲に向けてる。漫画化するなら目は間違いなくハートだ。ワンピースから露出させた細腕は、都甲の腿にさりげなく置かれてる。明らかに都甲ラブ。店に入った際も無意識にだろうけどアタシと都甲との距離を離してたし。

悲しいことに愛しの君は気にしたふうもない。鈍感なのか、単に無視してるだけなのか。まあどっちでもいい。他人の恋路に興味なし。

「最初はナンパかと思って警戒したんですよ。こんなアットホームな集まりでよかったです」

アタシは笑顔でビールを一口飲んだ。

「ナンパとは心外だなあ。同じ軒先《のきさき》で雨宿りしてたら世間話ぐらいするでしょ」

都甲が慌てて釈明する。

「しないって。その誰にでもなれなれしく話しかけるの、控えた方がいいよ」

六宮が口調を尖らせる。

「俺のそのスキルがなきゃ、こうして三人出会えてなかったんだぞ。同じ大学に通ってるってわけでもなし。同級生ってわけでもなし。そんな面々をつないだのは俺なんだからな。もっと褒め称えてくれよ」

「む～り～」

妖怪っぽく言って、六宮はカクテルを呷《あお》った。

「明希彦が声かけてくれなきゃ、僕は確実にみんなと出会えてなかったけどね」

控えめにつぶやく塩野。その視線はほんの一瞬だったけど、六宮に向けられてた。心のうちを描写するなら、明希彦が声をかけてくれなきゃ六宮さんと出会えなかった、といったところか。

いいねえ、これが三角関係ってやつか。いや～、思わずにやけちゃうなあ。アタシが遭遇してきたドロドロの人間関係歴に比べたら、まるでお花畑だ。こんな事件の匂いがしないところになんか長居する予定はなかったけど、たまにはこういうのもあり……かな。

「そりゃわたしだって感謝してるけどさ。限度ってもんがあるでしょ。限度が」

拗《す》ねる六宮に、都甲も苦笑いだ。実に面倒臭そうな関係だなあ。すばらしい。

「それはそうとさ。やっぱこられないのかな、中《なか》さん」

塩野が場を取り繕うように言った。

「なんてったって新米刑事だからな。そうそう自由は利かないだろ」

「え、刑事のお友達なんているんですか？」

魅力的なワードに、少しテンションが上がった。

「そういや言ってなかったっけ。ちょっと前まではよくこの三人プラスその新米刑事と飲み会やってたんだ。刑事になってからは四人そろうなんてめったになくなったけどな」

「前もせっかくそろったのに開始五分で呼び出されて出てっちゃったもんね」

「風呂入るときもスマホをビニール袋に入れてるって言ってたよね。僕は無理だな、そこまで仕事に追われるのは」

「あいつの場合、追われるっていうより追いかけてる方だろ」

「だよね。わたしもあれぐらい仕事にのめりこみたいわ」

「それで、その新米さん、今日はこられそうですかね？」

期待をこめて訊《き》くと、都甲は、

「微妙かな。ＬＩＮＥにも無理そうだってきてたし。期待せずに待つのが正解だな」

「刑事とかに興味あるの、間桐さん？」

「はい。趣味に合うんで」

照れてるっぽい顔を作った。

「え〜、どんな趣味？　気になるなあ」

「いえいえ、ちょっとお近づきになれたらいいな〜、と思って」

事件に、ですけどね。

「いいねいいねえ。彼女いないみたいだし、恋が生まれる予感？」

目を輝かせる六宮。恋バナに興味津々というのに加えて、アタシが恋のライバルとならないと知ってご満悦のようだ。思わずにやにやしてしまった。

そこからは自然と恋愛話に会話がシフトし、お酒の量と共に夜がふけていった。

＊

「だからお前は童貞なんだよ。気持ちを伝えなきゃ女とつき合えるわけないだろ」

顔を赤らめた都甲が塩野に唾を飛ばした。

「それは僕の顔になってみてから言ってくれよ」

同じく赤ら顔の塩野は気が大きくなってるのか、声に険がこもってる。

「顔は関係ないんだよ。お前の攻めなさっぷりを言ってんだ。勝負しなきゃ勝てないんだよ、わかってんのか」

「そーよそーよ。黙ってても告白されるなんてね、幻想よ幻想」

自分だって告白しないでべたべたしてるだけだろ。

思い人から批判された塩野は渋い顔でビールを飲む。

「そうだよねぇ、間桐さん。アグレッシブにいかないと恋は摑めないよね。間桐さんも彼がきたら攻めまくるつもりだったでしょ」

「もちろんですよ、肉食男子復活希望です」

地方選挙よりどうでもいい話題だけども、酔ってるふうを装って空気に乗っておく。

これきっかけで殴り合いの流血沙汰にでも発展すればおもしろいけど、そうそう期待どおりに運ばないのが現実だ。お腹もいっぱいになったし、そっちに誘導してみるのも一興かな。でもなあ、そんなプチトラブルに頭をつかうのもせっかく取ったカロリーがもったいないし。

方針を決めかねつつレモンサワーを楽しんでる間も、よけいなお世話の説教が続いてる。塩野はうんざりぎみって感じだ。六宮も塩野の気持ちにはまるっきり気づいてないようで、傷口に塩を塗りまくってる。酔った上でのこととはいえ、ある意味拷問だね。鈍感ふたりに責められる塩野を見てるのも、酒の肴《さかな》としては美味だ。安っぽい味だけど。

「それよりさ、朝からずっと弱い雨が続いてるよね」

少し声のトーンを落とし、塩野が切り出した。

「雨より純平の今後だ。俺はお前に——」

「一日中降り続いてる雨だよ。それも現在十一時三十分ときてる。あの廃校いってみない?」

ぱたっと、説教が止まった。酔った頭で意味を整理してるようで、都甲と六宮はジョッキを持ったまま停止してる。

「ああ、あの怪談か!」

ろれつの回らない口調で都甲が声を出した。

「そっか、十二時の雨男ね」

六宮も手を叩く。

「え、え、なんですか、十二時の雨男って」

少し興味を引かれる。

「近所に廃校があるんだよ。そこにまつわる怪談があってさ。一日中雨が降り続いた日の夜十二時、校庭にハンチング帽を被った男が現れるらしいんだ。で、なんだっけ？」

都甲が塩野にパスを渡す。

「男が現れるのはグラウンドで、雨のなかじっと立ってるんだ。その男に近づいていくと、煙みたいにすうっと消える。噂じゃそうなってるね」

「へぇ〜、そんなのがあるんですね。ちょうどチャンスじゃないですか。この雨」

会話を止めてみれば、窓を打つ雨の弱い音。ここで安い恋バナと説教を拝聴してるよりずっとおもしろそうだ。一刻も早く話題を切り替えたいだろう塩野の意向に添ってあげよう。

「新米刑事さんもこないようですし、いってみませんか。アタシ、すごい興味あります」

目を輝かせてみせ、いかにもオカルト大好きですといった感じで声のトーンを上げた。

「この雨だけど、そんなにいきたい？」

都甲は窓の方に目をやる。

「いきたいです。ちょっとぐらい濡れても、みんなでいけるチャンス、もうないかもしれないですし」

「そうだなあ、たしかにチャンスっちゃチャンスか」

「せっかくだし、いかなきゃ損だよ」

当然ながら塩野も都甲の背中を押す。六宮の意見がどうであれ、都甲が同意すれば六宮も追随するはずだ。

「よっしゃ、じゃあちょっといってみるか」

残りのお酒を飲み干して都甲は立ち上がった。煙草をシャツの胸ポケットへ入れ、スマホを窮屈そうにジーンズのポケットへ突っこんだ。愛の説教はすっかり忘れてしまったようだ。塩野はほっとしたようにバッグを持って腰を上げた。

「もう、待ってよ、わたしもいくから」

六宮は都甲のシャツの袖を摑んで立ち、いそいそと用意を始めた。

心霊スポットか。なんか事件でも起これればおもしろいんだけどな。いくら事件に縁があるからって、ぽんぽんぽんぽん遭遇できるわけでもない。今日はぬるま湯の一日を楽しむとしましょうか。長い人生、くだらないイベントでも楽しむのが飽きないコツだからね。

アタシは肝試しにわくわくしてるっぽい表情をしながら、三人のあとに続いたのでした。

＊

校門前。びしょ濡れになるほどじゃないものの、土の地面には所々水溜まりができてる。雨のベールから垣間見える夜の学校は、アタシの感覚からしても不気味だった。とはいっても、この感覚はビターなチョコレートみたいで好みだ。

校舎は道路にある街灯にかすかに照らされてるだけで、よけいに怖さを演出してる。そこへこの雨音が交じってるんだから、一般人がビビるのももっともだ。

六宮はここぞとばかりに傘を閉じて、傘をさした都甲の腕に抱きついてる。はみ出た半身が雨に濡れてもおかまいなしだ。それを塩野が指を咥えてガン見していた。ご愁傷様。

「順番はジャンケンで決めたとおりな。純平、俺、色羽、恋ちゃん」

「え～、ほんとにひとりずついくの？」

情けない声を出しながら六宮が上目づかいをする。

「ったり前だろ。複数じゃ雨男には会えないって噂なんだから」

「ほんとに怖いんだけど～」

さらに強く都甲の腕に抱きつくと、塩野の嫉妬の視線もさらに強くなった。

「ほら、もうすぐ五十五分だよ。時間がない。そろそろいかないと」

塩野が腕時計をこれ見よがしに掲げながら急《せ》かす。雨男が出るのは十二時らしいけど、目撃するにはひとりきりじゃないといけない。なので五十五分から三分ごとにひとりずつ出発する手はずになった。十二時ちょうどに出るとは限らないから、前後の時間も押さえておくためだ。誰かが会えればラッキーっていう感じ。

「そうだな、雨男さんに逃げられちゃ濡れ損だ。ほら、色羽も自分で傘させよ。雨男に会う前に風邪ひくぞ」

赤ら顔の都甲は六宮の腕をぽんぽんと叩いた。六宮は名残惜しそうにしながらも腕を解放する。塩野の腕に需要はない。

「よっしゃ、気合入れるために、水分放出してくるわ」

「もう～、汚い。どんな気合よ」

陽気に手を振りながら、都甲は校舎の陰へ歩いていった。

「まったく、時間が迫ってるってのに明希彦は」

「しかたないですよ。待ってましょう」

都甲がいなくなると、とたんに六宮は静かになった。スマホを片手で扱いながら、

「この調子じゃ彼、きそうにないね。せっかくだったのにごめんね、間桐さん」

「いえいえ、しばらくは滞在するつもりなんで、刑事さんとはまた機会があれば」

「あっちも女の子の噂はさっぱりだからね、間桐さん次第じゃひょっとするかもね」

「純平は自分の心配しなさいよ」

無邪気に笑う六宮に、皮肉や嫌味な調子は一切ない。恋は盲目っていうけど、自分に向けられる熱視線は見えてないみたいだ。都甲が六宮のアプローチに乗り気じゃないのも、塩野に気をつかってるからなんだろうな……なんてしょうもないことを考えてしまうぐらい暇な待ち時間だ。

「ところでずっと気になってたんですけど、そのバッグはなにが入ってるんですか」

「あ、これ？」

塩野がバッグを少し上げる。

「贔屓《ひいき》にしてた店が閉店するらしくてね。仕事終わりにダッシュだよ。帽子とか伊達メとか、あとジャケットも買いにいってたんだ。ほら、こんなに」

塩野はこの雨のなか、バッグを開いて見せてきた。さも興味があるかのように黄色い声を出

してあげる。

「へえ～、そうなんですか。いいですねえ」

つまらない。爆弾ぐらい入れといてくれないと。訊くんじゃなかった。

それからは記憶にもないようなつまらない会話が続き、都甲が戻ってきたところで余興スタートとなった。塩野、都甲、六宮と校舎の向こうへ消えていく。

律義にその場で三分待って、いよいよアタシの番となり、風が強くなってきた。

どうか幽霊に出会えますように。じゃなきゃ濡れ損です。雨天にお願いしながら、歩き出した。

そのわずか三歩目だった。暗闇を割るように足音が迫ってくる。噂の雨男さんか、と期待したけど違った。前方から水飛沫《しぶき》を撥ね上げ走ってきたのは、六宮だった。この世のものとは思えない崩れた顔をしてる。トラブルの匂いに胸が高鳴る。

「どうしたんですか、六宮さん。雨男が出ました？」

期待を押し隠し、当たり障《さわ》りのないことを言っておく。

「間桐さん！　明希彦戻ってきてない？」

「いえ、きてませんけど」

正直に答えると、六宮は肩で息をしながら、嘘でしょ、と誰にともなく呻《うめ》く。相当急いだようで服はびしょ濡れだ。束になった前髪の間からは不安定に動く瞳が覗いてる。

「なにかあったんですか？」

「明希彦がいないの、どこにも。わたし怖くて、明希彦に追いつけるように急いでいったの。あのペースならまだ近くにいるはずなのに……」

「ルートは決めてましたよね。終点まで捜したんですか？」

「もちろんよ。でもいなかった。純平も見てないって」

「そのへんで休んでるんじゃないですか。かなり酔ってる感じでしたし」

心配げな声をかけてあげるけど、六宮は納得しない。

「いなかった。どこにもいなかったの」

「裏門以外から外へ出たのかもしれませんよ」

「そ、そっか」

やや生気を取り戻す六宮。

「こっちにきていないんなら……階段から」

言うが早いか六宮が踵《きびす》を返した。アタシも追いかけていく。

校舎の向こう側へ回ると、そこは自転車置き場だ。ここをまっすぐいって左に曲がればグラウンドがある。自転車置き場越しにグラウンドが垣間見えてる。自転車置き場の角を曲がったところで、六宮が急停止した。そこには雨に濡れた塩野がいた。

「明希彦は？」

「いない。もしかしたら階段を下りていったかも。あそこからも裏門へいけるし。わたし見てくる」

手短に言って、六宮はまた走り出す。

グラウンドを見渡してみたが、都甲も雨男もいない。

斜めに突っ切りグラウンドの端まできた。この先は下りの階段になっていて公道につながってる。そこに傘が転がってた。視線を落とすと街路樹の並んだ歩道が見える。アタシたちがいる地点は真っ暗で顔の判別もできないほどだけど、下には街灯があり明るい。その光が、尋ね人を浮かび上がらせてた。

「明希彦！」

傘を放り投げ、六宮が駆け出した。雨に濡れた階段を猛スピードで下りていく。胸を高鳴らせ、追いてかれないようについていった。

思わぬイベントに遭遇したようだ。笑ってしまわないように表情を引き締めて都甲の元へ向かった。

街灯がうすく照らす歩道で都甲はうつぶせに倒れてた。後頭部からのおびただしい鮮血が歩道を流れてる。ぴくりとも動かない。とっくに死んでるのは、経験と直感からわかった。

けど、そんなことはどうでもいい！　そんなことよりこれこれ！　アタシの興味が引きまくられるのはただ一点。木の根元にある文字だった。

「これって、ダイイングメッセージじゃないですか」

木の根元に敷きつめられた土は、雨によって湿ってる。上に生い茂る葉のおかげであまり濡れてはいない。そこに倒れた都甲のそばに文字が刻まれてた。

「ええと、これは……い、い、づ――」

「明希彦！」

追いついてきた塩野もその文字に目をやった。けどほんの一瞬。すぐに都甲へ注意を転じる。

おっと。すっかり存在を忘れてた。いけないいけない。いまは都甲を心配するふりをしないと。

文字から意識が離れると、雨音を切り裂くほどの泣き声が鼓膜を襲ってきた。うるさいなあ。

六宮は都甲にすがりついて狂ったように泣いてる。激しく都甲をゆさぶってるけど、頭部を怪我した人にはご法度だ。殺すつもりか！　って、もう死んでるか、テヘペロ。

アタシはとっておきの神妙な表情を練り上げて、パニクりながらも六宮より冷静さを保ってる塩野に語りかけた。

「ここにいると雨に濡れてしまいます。六宮さんを雨の当たらないところへつれていってあげてください」

「いや、でも……」

あらゆるものを拒否するように泣く六宮に、塩野は目をやる。

「都甲さんは頭を打ってます。ゆらしたりするのは危険です。それより、一一九番に通報して、救急車がきたら誘導するようにアドバイスしてあげてください。それが都甲さんのためにできる一番のことだと。バスの待合所なら雨も避けられます」

歯の浮くような言葉をかけてあげると塩野はうなずき、その旨を六宮に伝えた。六宮は自分の行為が危険だと知ると、弾《はじ》かれたように離れる。

「そうだ……そうだ……救急車、救急車呼ばなきゃ」

「僕のスマホは防水だ。これで電話しよう」

塩野は震える指で一一九をタップする。六宮の肩にさりげなく手をかけ、十メートルほど先にあるバスの待合所までつれていった。

よしよし、うまく離れさせられた。どうせすぐ都甲恋しさに戻ってくるだろうけど、ほんの数秒稼げれば充分だ。

ふたりが待合所近くまでいくのを待って、地面の文字に近づいた。

スマホを取り出す。顔の前に掲げて構図を確認。はいチーズ。

2

「遺体の前で写真撮影したのかよ。正気の沙汰じゃないな」

「死体とじゃないっスよ。地面にあった文字と記念撮影したんスよ」

「屁理屈言ってんじゃねえよ。お前に常識を求めたって無駄だろうがな」

「そんなことないっスよ。常識があるから、ふたりを遠ざけたんスから」

「それが屁理屈ってんだよ」

悪魔に説法だとわかってはいるが、怒りが収まらない。

悔い改める気配など微塵《みじん》も感じさせず、恋はスマホを取り出した。

「アタシがなにをしたかなんてどうだっていいじゃないスか。ここに重大な証拠がある、大事なのはそこっしょ」

声には非難の色が混ざっていた。恋の言うことは一部正論ではある。いま過去を咎《とが》めたところで、なんの発展性もない。一秒でも早く母親を救いたい恋からしたら、俺の発言は雑音でしかないのだろう。しかし釈然としない。

「アタシへの文句ならあとでいくらでも聞きます。まずはこっちに集中してください」

信号待ちになったところで、恋がスマホを見せてきた。

まず目に入ったのは恋のアップだ。笑顔で画面の半分を占有している。不謹慎極まりないがそれは二の次だ。注目すべきは濡れた地面に書かれた文字。

『いいづか』

はっきりそう書かれていた。都甲の人差し指には泥がついており、指先が置かれているのは『か』の書き終わりだ。

「ほら、花ちゃんも見てください。よく撮れてるっスよ」

俺からスマホを取り後部座席を向いた。蜜柑は身を乗り出し、画面を凝視する。疲労の色を感じさせないほど集中した顔つきだ。

恋への怒りは措いておき、俺もダイイングメッセージの解読に注力しなければ。ダイイングメッセージなら、俺でも解く余地があるかもしれない。しかしそれにしても……。

「ダイイングメッセージなんて本当にあるんだな」

思わず口から漏れた。

いくつかの事件に関わってきたが、ダイイングメッセージなど初めて見た。自殺に見せかけるためや、鍵を開けられる特定の人物に罪を着せるために密室が作られることはあった。アリバイ工作なんかはよくある事例だ。だがダイイングメッセージだけは初見だ。俺が知る限り、過去に蜜柑が携わった事件のデータベースにも例がない。

それもそのはずで、瀕死の人間が第一に取る行動は生き残ろうとすることだ。生存本能を無視して犯人の名前を残そうとするなんて、現実的に理解しがたい。

「アタシも最初見たときは、ほんとにダイイングメッセージがあるなんて！　って感動しちゃいまして、つい記念撮影しちゃったのもその心理っス」

「どんな心理だよ。それより蜜柑はどうだ。ダイイングメッセージなんて見たことあるか？」

「ない」

蜜柑はスマホに目をやったまま答えた。

「やっぱり、そうだよな」

「ダミッセージならあるけど」

「え、ダニがどうしたって？」

「……ダミッセージ」

「なんだそりゃ」

「ダイイングみたいなメッセージの略」

なんだそりゃ、が脳内で渦巻いたが、その後の蜜柑の説明でおよそ納得した。

どうやら高校時代の事件で、そのダミッセージと遭遇したらしい。階段から突き落とされた被害者は、気を失う寸前に犯人の名前を残したという。被害者は一命を取り留めたようだが、普通は生きるか死ぬかの瀬戸際で犯人の名前を残そうなんて発想にはならない。しかし、この被害者の場合はフィクションを現実へ移すに足る事情と状況があった。

「なるほどな。被害者がミステリマニアだったのか。おまけに逃げこんだ部屋は密室になっていて、携帯も壊れていた。なにかしなければと考えたとき、普段読んでいるミステリの影響もあって犯人の名前を書き残さなければと思った、と」

「そゆこと」

「それならダイイングメッセージ……いや、ダミッセージだっけ、まあとにかく犯人の名前を書き残したのもどうにか納得がいったよ」

かなり特殊なシチュエーションだが、この世の中、絶対ないことなんてないようだ。

「恋、都甲さんはミステリマニアだったのか？」

「そう聞いてますけど、詳細は現地で収集してください」

恋が肩をすくめる。

「警察はダイイングメッセージをどう判断したんだ？　これだけはっきり残ってるんだ。完全無視はしないだろ」

「それが撮影直後にちょっとしたトラブルがあったんスよ。興奮状態の六宮さんが踏み荒らしちゃって。死んじゃ嫌々って言いながらそれはもう盛大に。まったくよけいなことしてくれましたよ。写真に撮ってたからよかったようなものの」

「その写真は見せたんだろ。警察の解釈は？」

「いやいや、勘弁してくださいよ。こんな写真、見せられるわけないじゃないスか。人が死んでるのに笑顔で写真撮ってんスよ。超怪しいじゃないスか。警察に睨《にら》まれたくないっスよ」

もっともだが、もっともらしく言うな。

「メッセージの部分だけトリミングすりゃいいだろ」

「そっスけど、考えてみてくださいよ。人が死んでるのに冷静に写真撮ってんスよ、アタシ。どっちみち超怪しいじゃないスか」

などと言っているが、真実は事件を解決させたくなかっただけだろう。恋にとってはその方がおもしろい展開だったのだ。

「じゃあ『いいづか』って人は都甲さんの知り合いにいたのか？　お前のことだから調べはついてるんだろ」

「その辺は自力で調査してください。アタシが語れるのは都甲さん死亡直後までなんで」

恋は蜜柑に見せていたスマホを、ポケットにしまおうとした。直前でスマホが鳴る。

不吉な予感がした。恋は無言で俺たちを見てからスマホを操作すると、画面を見つめたまま動かなくなる。

舌打ち。鋭い八重歯を覗かせながら、スマホを突きつけてくる。

そこには二本の脚が映っていた。幾本もの赤い筋が刻みこまれている。裂けた肉が目を背けさせる。そばに放置された血濡れのカッターナイフが、なにが行われたかを物語っていた。

「日戸さん」

「わかってる」

続く言葉は言わせなかった。アクセルを踏みこみ、多少強引に前方の車を追い越す。恋を断罪している暇はなかった。俺がすべきは限界まで急ぐことだ。第三の目的地を目指し、高速道路をひた走った。

＊

残り、約五七時間。

恋と交互に運転しつつ埼玉の田舎町に到着したのは早朝のことだった。浦和《うらわ》や大宮《おおみや》と比較すると人も建物も少ない。のんびりとした空気が流れ、見渡せば山々も望める。殺人事件など無縁そうな町だ。

早朝だったが、塩野純平とのアポイントメントが取れた。出勤までの数十分、時間を作ってくれるらしい。

オープン直後の喫茶店に入って、塩野を待つことにする。

「いらっしゃいませ。何名様でしょうか」

笑顔で応対する店主に、恋が指を三本立てた。

「三人です。あとでもうひとりきますけど」

店主に案内され、席につく。適当に注文して待っていると、数分で待ち人はやってきた。スーツ姿の男性だ。この男が塩野だろう。懐かしそうに恋へ向けて会釈《えしゃく》する。

「お待たせ。突然、間桐さんから電話がきてびっくりしたよ」

「いきなりすみませんでした。どうしてもあの事件のことが気になって、蜜柑さんに依頼したんです」

恋はしかつめらしく立ち上がり、お辞儀をした。俺と蜜柑もご足労に対し礼を述べる。それぞれ自己紹介を交わし、塩野も席についた。

「けど事件のことって言ってもねえ。あれは事故だろ」

気を落ち着けるように、塩野はお冷やを一口飲んだ。

「やっぱり、警察は事故って?」

蜜柑の質問に、塩野がうなずく。

「階段の上に明希彦が吐いたものがあったんだ。警察は、明希彦が階段を踏み外して転落したんだろうって。相当酔ってたからね」

「間桐さん、明希彦さんが犯人の名前を書いてたって言ってる。それはほんと?」

「ああ……たしかにそれっぽいのがあったね。中さんにも訊かれたなあ。だけど、なんて書いてあったかはうろ覚えなんだよ。六宮さんが足で消しちゃったみたいで、見返せてなかったんだ」

やはり塩野は、恋が記念撮影したとは知らないらしい。恋に目をやると、わかってますよとばかりにウインクしてきた。

「それって、『いいづか』じゃなかったですか？」

恋が訊くと塩野は眉間を押さえながら、

「言われてみれば……そんな感じの文字だったな」

「文字が書いてあったのは間違いない？」

蜜柑が念を押すと、はっきりうなずいた。

「それは間違いないよ。なにか書かれていたのはたしかだ。『いいづか』って文字だったかな……たしかに」

塩野は難しい顔でどうにか記憶を探っているようだった。

「都甲さんて、ミステリマニア？」

蜜柑が確認を入れる。

「ああ、けっこう好きだったみたいだよ。あれで読書家だったからね。よく知らない海外作家まで読んでたよ」

「……わかった。じゃ『いいづか』って名前の人、知り合いにいる？」

「知らないないなあ。明希彦はわからないけど」

「そっか。それじゃ、あの日の塩野さんの行動教えてほしい。肝試しが始まったときからスタートで、詳細希望」

「あのとき、僕は一番にグラウンドまでいったんだ。自転車置き場の前をとおってグラウンドに出て、外周に沿いながら歩いた。それで北側の裏門から外にいって、また正門まで帰るってルートだった。グラウンドの東側には例の階段があるんだけど、不審者とかはいなかったと思う。でも、注意して見てたわけじゃないから、絶対とは言いきれないな。グラウンドにももちろん誰もいなかった。裏門から出て歩いてると、僕を呼ぶ声が聞こえたんだ。六宮さんだった。急いで戻ってみたら、明希彦がいないって言うじゃないか。恋さんとも合流して必死で捜した。そしたら階段下で明希彦を見つけた。そんな流れだったな」

「六宮さん以外の声は聞こえた?」

「ないなあ」

「不審者だけじゃなくて、なにか怪しいものとかなかった?」

考えこんでいた塩野だったが、首を横に振った。

「それもないなあ。殺風景なグラウンドだったよ。錆《さ》びた朝礼台とゴールポストぐらいかな、あるとしたら。階段とは逆方向だったし、関係ないとは思うけど」

「失礼なの承知で、訊く」

「な、なに?」

不安げに声を震わせる。

「六宮さんが、明希彦さんに手を下した可能性、ない？」

塩野の顔つきが豹変した。眉間や目元に鋭い皺《しわ》を刻み、テーブルを殴りつけて立ち上がった。

「ふざけるな！　六宮さんはそんな人じゃない！　犯罪者扱いするな！」

あまりの剣幕に背中の産毛が逆立つ感覚がした。数人いた客が動きを止めて、こちらに注目する。キンッ、と時間が凍りついたかのように店の全員が固まっていた。

恋の回想からある程度予想できた反応だったが、ここまで激しいとは。

異変を感じ取った店長がやってくるが、塩野はひと睨みで追い返した。射殺すような目で蜜柑を睨むが、こちらは無表情を崩さない。真っ向から受け止めている。

いつもの聞き取りなら、もっと慎重に相手の懐へ飛びこんでいく。だが今回は事情が事情だ。心情を慮《おもんぱか》っている時間がない。怒りを買ったとしても単刀直入に切りこむしかないのだ。

「ごめん。でも、推理に必要」

「推理に必要なら、誰彼かまわず犯人扱いしてもいいってのかよ」

「関係した人はみんな疑う。じゃないと真実は見えない」

「僕のことはいくら疑ってくれてもかまわない。でも、六宮さんを疑うのだけは許さない。彼女は人殺しなんて大それたことができる女性じゃない。しかもよりによってあの明希彦を殺すなんて、あるはずがない。犯人は『いいづか』って奴なんだろ。六宮さんは無関係じゃないか」

不穏な発言に店内の視線がさらに集まる。しかし、怒りに燃える目には蜜柑以外映っていないようだ。

「ちょっと待ってください」

　恋が割って入った。

「犯人を見つけるために、情報はひとつでも多く仕入れたいんです。真相を見つけ出す。それが六宮さんのためにもなるんじゃないですか？　嫌かもしれませんけど、それが六宮さんにとって一番なんです。六宮さんを第一に考えてください。協力して、事件を解決すべきです。彼女のために」

　六宮のため、という言葉の効果だろうか。波が引くように塩野の顔から険が取れていく。怒りの火が消えたのか椅子へ座りこんだ。残った熱気を取り去るかのように、塩野は水を一息で飲み干す。額に浮いた汗を拭くと、

「……悪かった。頭に血が上って」

「あたしも、ごめんなさい」

　蜜柑も頭を下げた。拠《よんどころ》無い事情があるのだが、それは口にできない。塩野も落ち着いたようで、ぼそぼそとしゃべり始めた。

「ちゃんと話すよ。答えは同じだけどね。六宮さんが明希彦に抱いてたのは恋心だけだった。マイナスの感情なんて爪の先ほどもなかったはずだ。それはもう、僕がこうして取り乱してしまうぐらいにはね。他になにか質問はある？　なんでも答えるよ」

「塩野さんはどうだった？　都甲さんのこと」

ストレートな質問だったが、今度は取り乱さなかった。むしろ口元には笑みが張りつけられている。

「なんのマイナス感情もなかったと言えば嘘になるかな。とっくにわかってるんだろう。僕は六宮さんが好きだ、いまでもね。もっとも六宮さんはまるで気づいてなくて、気づいてたのは明希彦の方だったけど。じゃなきゃ、あんなどっちつかずな態度を取るはずがない。それが多少鼻についたよ。情けをかけられてるみたいでね」

コップの底に残ったわずかな水を、無理やり飲み下した。

「だからって殺しはしないよ。言うまでもないけどね」

「ありがと。とても参考になった」

蜜柑がこれで終了だと示すようにコーヒーを一口含むと、塩野の肩から力が抜けた。

「あとは任せてください。きっと蜜柑さんが解き明かしてくれます」

恋が声をかけると、塩野の頬がゆるむ。

「そうだね、期待してるよ。六宮さんのところへもいくんだろ?」

「はい。このあと電話してみます」

「やっぱりね。だけど、いまはダメだ」

「なんで?」

蜜柑が首を傾ける。

「電話をするにせよ会いにいくにせよ、昼すぎじゃないと会えないんだ。この時間は寝てるからね」

「今日はお休みかなにか?」

「だったらいいんだけど」

塩野の声が暗く沈む。

「あれ以来、六宮さんは魂が抜けたみたいになってしまったんだ。あんなに明るかったのに、いまはほとんどしゃべらない。仕事も辞めて引きこもり状態だ。それどころか自分を……」

六宮の心情は痛烈なまでに理解できた。俺も家族を失っている。しかも無残に殺害されて望まぬ死を迎えさせられた。あのときの悲しみは言葉にできない。

俺は悲しみを怒りに昇華させ、蜜柑に向けた。だが、六宮は悲しみを自らに向けたのだろう。

「そんなわけでね、昼すぎまでは布団のなか。訪ねるなら昼以降にしてもらいたいかな」

「そこまでだとは思ってませんでした……悲しいですね。なんとかしてあげたい」

「ありがとう、間桐さん。僕も手を尽くしたんだけどね。なにも変えられなかったよ」

「諦めないでください。さっきも言いましたけど、真相がわかればなにかの助けになるかもしれないじゃないですか。アタシがこうしてきたのもそのためなんですから」

もし真実を知ることが六宮の癒しにつながるのなら、俺もなんとしてでも力になりたい。

「そう、だね。僕も協力は惜しまないよ。それで、昼まではどうするつもり?」

「どうします蜜柑さん。まずは現場へいきましょうか……あ、例の新米刑事さんに会ってからの方がいいかもしれないですね。情報は先にそろえておきましょうよ。連絡先、知ってますよね、塩野さん」

刑事から情報を得られるのなら願ったり叶ったりだ。

「僕から連絡してみよう。でも、ただでさえ忙しい上に平日だからね。きてくれるかは微妙だな」

前置きしながらも、塩野は相手へ電話してくれているようだ。蜜柑はわずかな休息を享受するかのように、コーヒーを口に入れた。

やがて電話がつながったようで、塩野が声を上げる。

「あ、悠介《ゆうすけ》。ちょっと頼みがある——」

言い終わらないうちだった。

突然の破裂音に思わず身構えてしまう。

音は俺の真横で発されていた。

「ど、どうしたんだ?」

口からだらだらとコーヒーを垂らす蜜柑。テーブルは吹き出されたコーヒーでびちょびちょだ。比喩ではなく目を丸くしている。毒でも盛られたのではないかと心配するほどだったが、大事ないようだ。塩野と恋は噴出されたコーヒーを避ける形で固まっている。

「ほら、服が汚れるぞ」

原因は不明だが、とりあえずハンカチで口元を拭いてやる。その口が細かく動いているのに気づいた。なにか言っている。耳を澄ましてみると、

「別人別人別人別人別人別人別人別人別人別人別人別人別人別人別人別人別人」

蜜柑とは思えないほどの早口でつぶやいていた。

3

悠介という刑事とは、現場の廃校で待ち合わせすることになった。ここで刑事から得られる情報と併せて現場検証を行い、真相に近づかなければならない。それが俺のやるべきこと……なのだが、どうしても蜜柑に意識が奪われてしまう。

蜜柑は校門前をあっちへいったりこっちへいったり、うろついている。ハムスターのようにちょこまかと落ち着きがない。さっきからなにがしたいのか。何度か訊いてみたが、まるで要領を得なかった。

気になってしょうがない。無駄だとは思うがもう一度訊いてみよう。

そう決めたとき、恋がどこかを指差した。

「あ！　あの人じゃないっスかね」

そのとたん、ぴゅー、とねずみのように蜜柑が門の向こうへ走っていった。これまでお目にかかったことのない速度だ。明後日《あさって》の方向を見てなにやら顔を赤くしている。あまりにも不自然だ。

刑事を観察してみるが、特に怪しいところはない。短髪で、意志の強そうなきりっと上がった目と眉。スーツの上からでも引き締まった肉体が見て取れた。

「今日はよろしくお願いします」

恋が恭《うやうや》しく挨拶をすると、刑事は折り目正しくお辞儀をした。俺も倣《なら》う。

「中葉《なかば》悠介です。こちらこそ、よろしくお願いします」

「アタシは間桐恋。こちらは日戸涼です。お忙しいところすみませんでした。勝手なお願いをきいてもらって」

「いえいえ、かまいませんよ。重大な事件はいまのところ発生していませんので。真実を追い求めたいと思うのは自然なことですから」

と、中葉はやさしげな笑みを見せた。

「私にできることでしたらなんでも力になりますよ。会って間もなかったですが、都甲さんとは親しくさせてもらってましたから」

「ありがとうございます。これで百人力です。なんといっても、現役名探偵と刑事さんがコンビを組むんですから」

「えっ!」

中葉は目玉を落とさんばかりに目を剥《む》いた。口も生まれたての赤ちゃんのようにあんぐり開けられている。

「なにしてるんですか蜜柑さん。刑事さんきてくれましたよ」

恋が呼びかけると、びくんっ、と感電したように体を跳ねさせた。

「蜜柑って……まさか」

中葉の唖然とした声に観念したのか、蜜柑が人見知りの子供のように顔を出した。

「……ひさ、久しぶり」

「蜜柑！　マジであの蜜柑なのか？」

「……うん、いちお」

「なんだよ、この偶然。こんなところで再会とか。あーあ、一人前になってから会う予定だったのに」

天を仰ぐ中葉。慇懃《いんぎん》だった口調が崩れている。一方の蜜柑は赤い顔をしたまま、もごもごと声にならない声を上げていた。

「あ、あの、えと、そだ。しおりんさん、どうしてる？」

「姉さんか……」

中葉は苦笑いしながら頭を掻いた。

「千賀《せんが》さんと引っ越したよ、渋谷《しぶや》に」

「……そなんだ」

「まあ、収まるべきところに収まったって感じかな」

からからと笑う中葉を、瞳孔が開いた蜜柑が見つめていた。さっぱり意味のわからない会話だが、ふたりの間でだけは意思疎通ができているようだった。

居心地の悪さを感じ、俺は割って入った。

「ふたりは知り合いなんですか？」

「あ、あぁ、すみません。つい取り乱してしまいまして」

取り繕うように中葉が表情を引き締めた。蜜柑はいつもの無表情に戻るとまぶたを落とす。

それは旧交を邪魔されたのを拗ねている……かのように俺には見えた。

「蜜柑とは高校の同級生なんです。ふたりで簡単な事件を調査したりいろいろと、な？」

「……うん」

心なしか蜜柑が顔を赤くしながらうなずいた。いろいろとは、いったいなんなんだ？

「すごい偶然ですね。そういうのってあるんだ」

両手を合わせて恋は感嘆の声を上げた。

俺は恋に寄っていくと、中葉に聞こえないように耳打ちする。

「お前の仕込みじゃないだろうな」

「人聞き悪いっスねぇ。最初に言ったっしょ。これは多くの偶然が重なったイベントだったって。アタシはありのままを語っただけっスよ。全部偶然、神様の悪戯《いたずら》っスよ」

「できすぎな偶然だな」

「同意っス。神様は悪戯好きっスね」

蜜柑と中葉は再び親しげにしゃべっている。

「もしかして先輩、ジェラってるんスか？」

「バカ言え。なんで俺が嫉妬しなきゃならないんだ」

「そりゃあ自分が花ちゃん唯一のパートナーと思ってたら、ひょっこり昔の男が現れたわけっスからね。内心穏やかじゃないんじゃないかと。男は独占欲の強い生き物っスから」

「蜜柑と俺は探偵と助手の関係だ。嫉妬なんか入りこむ余地はない」

「かっこいいこと言ってくれますねぇ……それが本心なら。なんせ花ちゃん、元モデルで元芸能人のかわいい女の子っスからね。四六時中一緒にいたら、恋が燃え上がってもおかしくないんじゃないかなぁと」

「ないって言ってるだろ」

いつの間にか接近していた恋を押しやる。

「冗談っスよ。そんなことより、ちゃっちゃと事件解決しましょ。ラブコメしてる暇はないっス」

シャッターを切るように恋は真顔になると、ふたりの元へ向かった。

「話してるところ悪いっスけど、そろそろ調査に入りましょう」

「あ、そうですね。すみません、気持ちを切り替えます」

中葉がスーツを正す。

「うん、いこう」

つい数時間前まで疲労に塗りつぶされていた蜜柑の顔には、生気が戻っているように見えた。

「まずはどうする蜜柑？」

訊くと、中葉に目をやった。

「現場見ながらいろいろ教えて。警察の見立てとか。言える範囲でいい」

「承知。ぶっちゃけ調査に協力っていっても、こっちには守秘義務があるからな。あんまり力になれないかな、と思ってたんだ。でも他ならぬ蜜柑の頼みだ。限界ギリギリまで協力させてもらうよ」

「ありがと、感謝」

「ってわけで、こっちの方は頼むな」

中葉が立てた人差し指を唇に当てた。他言はしないでくれということだろう。

「そしたら、さっそく現場へいきましょうか」

中葉に先導され、俺たちは自転車置き場をとおってグラウンドへ出た。グラウンドはフェンスに囲まれており、錆《さ》びたサッカーゴールや朝礼台以外に見るべきものはない。東側の並木の途切れたところが現場に通じる階段だ。中葉は階段の前で足を止めた。

「このフェンスの根元に都甲さんのものらしい嘔吐《おうと》物があった。当夜は相当酔ってたみたいだから、もどしてしまったんだろう。歩き出したところで足がふらつき階段から転落した」

階段はコンクリートでできており、下までは四、五メートルあるだろうか。落下すれば、重傷は免れないだろう。

「階段前に争ったような跡はなかった。都甲さんの体にもだ。通り魔の犯行って線はないだろう。雨のなかとはいえ、見通しのいいグラウンドだ。まったく接近に気づかずに突き落とされたってことはないだろうからな。それに酔っていても元ボクシング部だ。なんの抵抗もせず落とされはしないだろう」

「警察は事故って結論?」

「ああ。下には街灯があるが、ここは暗い。足を踏み外すのは充分にありうる。状況から言って事故。それがおれたちの見立てだ」

ふらっと蜜柑がフェンス前までいく。前屈みになると、しばらく停止した。上体を起こすとふらふら歩き出す。階段を一段下り、そこで立ち止まった。あとはじっと視線を下に落としている。

「都甲さんは全身傷だらけだった。階段に血痕なんかの痕跡もあったし、ここから転落したのは間違いないだろう」

中葉の補足に蜜柑はうなずくと、ゆっくり階段を下っていった。俺たちも下り、学校の外に出る。階段下は並木道になっており、のどかな雰囲気だった。子連れの女性が笑顔でとおりすぎていく。中葉はそれを見送ると、木の根元を指した。

「その近くに、うつぶせで都甲さんが倒れてたんだ。死因は脳挫傷《のうざしょう》だった」

「即死じゃない?」

木の根元を注視しながら蜜柑は尋ねた。

「即死じゃなかったようだ。這《は》ったような跡もあったから、しばらくは意識があったものと見てる」

つまりダイイングメッセージが書かれた可能性はある、ということだ。

「間桐さんと塩野さんはダイイングメッセージが書いてあったって言ってる。悠介さんは、見た？」

難しそうな顔で中葉は顎を押さえた。

「ダイイングメッセージ、か。当時もそのことで、先輩が困惑してたよ」

「でも本当なんです。アタシ見たんですから！」

必死そうな声で恋が訴える。

「疑ってるわけじゃないんです。実体験したこともありますし、な」

「うん。ダミッセージ」

ふたりは視線を交わした。アイコンタクトのみですべての意思疎通ができる、そんな感じだ。

「ダイイングメッセージの条件はどうだった？」

蜜柑が尋ねる。

「ああ、ダイイングメッセージを書くにはその余裕がなければならない、だろ。鑑識さんが調べたところだと、当日のメンツ以外の何者かが下にいった形跡はなかったらしい。雨が降ってたから絶対とは言えないって但《ただ》し書きはついてたけどな。とはいえ高い確率で犯人は倒れた都甲さんの元にはいってないってことだ。まあ靴を脱いでたとしたらその限りじゃないんだけど、そこまで冷静に行動できるならダイイングメッセージにも気づいて消してるはずだ。額面どおり見るなら犯人は都甲さんの元にはいっていない。つまりダイイングメッセージを書くだけの余裕があった。さらにスマホはジーンズのポケットにきつく入ってたから瀕死の状態で取り出すのは難しかったはずだ。仲間も三分後じゃないとこない。助けなど求めていられないってことだ」

「うん、一応ダイイングメッセージを書く条件はそろってる」

自らに確認するように蜜柑はつぶやいた。

「その上都甲さんはミステリ好きだった。瀕死の状態で犯人の名前を残すなんて奇矯な発想が出るとするなら、そういう人間の可能性が高い。ダイイングメッセージを書くだけの状況的余裕もあった。この条件がそろったら、おれには頭からダイイングメッセージを否定することはできない」

中葉が恋に向き直った。

「そんなわけなので、ダイイングメッセージの人物についても独自に調べてみました。『いいづか』という人でしたよね、間桐さん」

「はい。たしかにそう書いてありました」

「この町及び、都甲さんの交友範囲に『いいづか』という人物は数名しかいませんでした。死の間際に名前を書き残せるぐらいですから、面識があったはずです。条件に当てはまる『いいづか』はひとりでした」

「じゃあその人が犯人で決まりですよ」

「ところが、その『いいづか』さんにはアリバイがありました。会社で残業をしていたようで、常に同僚といたんです。ほぼ完璧なアリバイと言って差し支えありません」

「トイレに抜けることぐらいあったんじゃないですか。その隙に殺しにいったのかも」

「会社からここまでは車で片道十五分はかかります。そんなに長時間抜けていれば証言があるはずです。それに、その『いいづか』さんに限らず他の方もそうだったんですが、都甲さんを殺害するようなトラブルなどはないようでした。正直アリバイ面でも動機面でも『いいづか』という人が犯人の可能性はかなり低いかと思います。未知の『いいづか』がいれば別ですが、私の調べでは都甲さんの身辺にそのような人物はいませんでした」

ダイイングメッセージなどという荒唐無稽《こうとうむけい》な話を中葉は真剣に調べてくれたようだ。警察の捜査力を駆使した調査ではなかったのだろうが、中葉の証言は信用に足るものだと思える。

「そう、なんですか……じゃあ、あの文字はなんなんでしょうか」

落ちこんだかのように恋が声を沈ませた。

「あのときも言いましたけど、実物の写真などは残ってないんでしょうか」

「はい。六宮さんが足で消してしまって。取り乱してたから止める間もなかったんです。消されたあとで、しまったと思ったんですけど、すでに遅くて……」

「いえいえ、冷静に写真を撮れる人の方が希有《けう》です。ただ、ものがものですからね。言葉だけではイメージが難しいかと」

「すみません」

申し訳なさそうに恋はうなだれているが、俺たちは嘘だと知っている。

「代わりに、と言ってはなんですが、もう一度ダイイングメッセージを再現してはもらえないでしょうか。記憶にある範囲でかまいません。ここに水は用意しておきました」

中葉はバッグから水の入ったペットボトルを出した。

「それならお安いご用です。ちょっと待っててください」

恋はペットボトルを受け取り、木の根元にしゃがんだ。水で土を濡らし、指をつかって文字を書いていった。

「アタシが最後に見たのはこんな感じでした」

地面には『いいづか』とたどたどしい字で書かれていた。写真と瓜二つだ。忠実に再現されている。

「これが事実なら、たしかに『いいづか』としか読めませんね。間桐さんたちがこだわるのもわかります」

「ですよね。だから『いいづか』さんが犯人だとしか思えないんですけど……」

「しかし、都甲さんと関係がありそうな『いいづか』さんに犯人がいるとは、やはり思えません。アリバイはある、動機はない、という人たちばかりでしたから。となるとこの『いいづか』とはなんなのか。ひょっとすると、まったく別の意味なのかもしれませんね。本当は『いいづか』じゃないんじゃないかな、蜜柑」

中葉がふると、蜜柑は文字を凝視しながら黙りこんだ。上下左右、高低からも文字を眺めて回る。

「なくはないかも。でも、こんなにはっきり書かれてると……どうだろ」

「名前じゃなくて、地名とかその他ってことはないか」

「ダミッセージのときも考察してみた。死ぬ直前なのに、犯人の名前以外のメッセージ残してる余裕なんてない。そこまで重要な地名とかその他ってあるかな？」

「なら偽装って線はないか？　鑑識さんも絶対じゃないって言ってたみたいに、実は都甲さんの死後に下まで犯人が下りてたとしたら。『いいづか』さんに罪を着せようとしたのかもしれない」

「都甲さんに関係してる『いいづか』さんにはアリバイがある。犯人と考えにくい。罪を着せるつもりなら、その時間にアリバイが確実にない人を狙う。アリバイがある『いいづか』さんのなかに、たまたまアリバイができた人っていた？」

「いないな。日々のルーティンのなかでのアリバイだった。時間が時間だからな。証人は家族だったり恋人だったりだけど、かばい合っているような感じはなかったよ。突発的にアリバイができた人はいなかった。罪を着せようとしていた『いいづか』さんにたまたまアリバイがでてきてしまった、ってケースはないな」

そこで中葉は首を傾けた。

「偽装って線は……薄いか」

「あたしも、そう思う」

「偽装だとしたら、初めに犯人の名前が書かれてて、それに手を加えたパターンか、なにもないところに『いいづか』と書きこんだかのどっちかだ。前者とするなら、そんな手間のかかることをするより、消してしまった方が早いし安全だ。後者ならそれこそ愚行だ。現場に長く留《とど》まることになるし、よけいなことをすれば自分に捜査の手が及ぶ危険も増す。しかも今回はアリバイの関係上『いいづか』って人に罪を着せることもできていない」

「だね。偽装はなさそう。もし、なにかの隠し場所を示したとか誰かへのメッセージとかだったとしたら?」

「一応調べてみたよ。埼玉には飯塚ってところもあるからな」

「どうだった?」

「縁はなさそうだったな。他の『いいづか』って土地に住んでた記録もない。家族も関係はないだろうって返答だったな」

息の合った議論に割って入れずにいると、すぅっと、どこからか恋が寄ってきた。

「息ぴったりっスねえ。さすが刑事と探偵。早期解決が期待できそうっス」

「……そうだな」

ふたりはああでもないこうでもないと、議論を戦わせている。俺は完全に蚊帳《かや》の外だ。入りこむ隙がない。現役の刑事と探偵だけあって、次から次へと仮説が生まれては消えていく。俺が口を挟んだところで野暮にしかなりそうにない。

しばらくディスカッションしていたが、得心したようにふたりはうなずき合った。俺の方へ蜜柑が歩み寄ってくる。

「塩野さんがきてくれるまで時間ある。それまで『いいづか』さんのとこいくことにする」

「『いいづか』は犯人と違うんじゃなかったのか?」

「そだけど、会って確認したい。都甲さんと面識あった『いいづか』さんと」

「賛成です。その『いいづか』って人、アリバイトリックでもつかったのかもしれませんし」

恋はすっかり被害者の友人モードに切り替わっている。

「いこ」

蜜柑がいつものトーンで声をかけてくれた。久しぶりに俺に向けられた蜜柑の声を聞いた気がする。

「ああ、急ごう」

中葉ははるか先を歩いている。俺は置いていかれないように、足へ力をこめた。

*

中葉がコンタクトを取ってくれたところ、飯塚孝則《たかのり》は自宅にいるとのことだった。昼前なのに在宅しているのは、会社がフレックスタイムを導入しているかららしい。なんにしても幸運だった。

飯塚の自宅は職場の近くにある。約束の時間までの間、ためしに現場から職場まで車で往復してみたが、往復で約三十分かかった。どう工夫してもその壁は超えられそうにない。バイクや徒歩でのルートも検討してみたが、縮められても二、三分だという結論が出た。

確認作業を終えると、ちょうど約束の時間になった。

飯塚と都甲は、人気ラーメン店の前で行列して待っているときに親しくなったらしい。恋たちのときと同じく、都甲から話しかけてきたようだ。本当に誰とでも仲よくなる性格だったのだろう。

その飯塚は長身痩軀《そうく》で、細い目に眼鏡をかけ、薄い唇を引き結んでいる四十代ぐらいの男性だ。気難しそうだが、応対は丁寧にしてくれた。

そんな飯塚だったが、恋を見たとたん予想外なリアクションをした。

「あれ、ひょっとして君、間桐さんじゃないか？」

「やっぱり、あの飯塚さんだったんですね。あのときぶりです」

顔を見合わせて驚き合っている。恋のは演技だろうが、飯塚は本気で驚いているようだ。

「おふたりは知り合いなんですか？」

中葉が尋ねると、飯塚が首肯《しゅこう》した。

「ええ、いつだったかな……」

「飯塚さんの奥さんが指輪なくして、アタシが見つけたんですよね」

指輪を取り上げるジェスチャーをする恋。

「そうだったそうだった。妻が指輪をなくしたと道端で騒ぎ出してね。明希彦君と色羽ちゃんにも協力してもらって捜していたんだ。そこに間桐さん登場だよ。間桐さんのなにげない一言で、指輪のある場所に思いいたったんだ」

「へえ、そんなつながりがあったんですね」

「まさかこうして再会するとは……そうか、蜜柑さんに依頼したのは間桐さんなんだね」

「はい。都甲さんの件で、どうしても気になることがあって」

「そうなのか。気がかりがあるのなら気のすむまで調べるといい。ワタシも力になろう」

「ありがとうございます」

「証言はいくらでも惜しまない。しかし、今日は時間をあまり割けないんだ。あと十分で出勤しないといけないんだよ。近所にあるとはいえ、遅刻するわけにはいかないからね」

俺たちをリビングへ招くと、飯塚はソファに腰を沈めた。

「ええ、けっこうです。ご協力感謝します」

慇懃に中葉は頭を下げた。

「それにしても、警察が探偵と手を組んでるなんて驚きました」

「いいえ、蜜柑さんとは偶然そこで出会ったんです。私も驚きました。こんな偶然があるんだと」

「ほう、そうなんですか。まあ、ワタシとしては手間が省けてよかったですよ。別々にこられていたら大変ですからね」

「すみません」「ごめん」

中葉と蜜柑の声がシンクロする。

「いえいえ、警察への協力は市民の義務ですからね。ただ、やはり事情聴取は何度やっても緊張してしまうもので。今日はあの有名な蜜柑さんもいますしね」

飯塚は笑顔ながら、わずかに表情が硬く思える。刑事と探偵が連れだってきたのだから自然な反応だが、怪しく見えなくもない。

「私の方は以前の確認だけです」

「あたしも、ちょっとしたことだけ」

それで安心したのか、少しだけ表情をゆるめた。

「では、まずは私から――」

中葉は当日の行動など、俺たちが既知の情報を再度尋ねていた。当日は残業していたこと、同僚と常に一緒にいたのでアリバイは完璧なこと、都甲に他の飯塚という知り合いがいる様子もなかったことなどが確認された。

ここまでは形式的質問だ。あとを受けて蜜柑が口を切る。

「……写真、いっぱいある」

室内を見回しながら、蜜柑は言った。

「は？　ま、まあそうですね」

虚を突かれたかのように飯塚は口ごもる。

「嫁がアメリカ人ですからね。撮った写真をそこら中に飾ってるんです」

言われてみれば、海外ドラマでは職場のデスクやリビングに家族写真を飾っているのをよく見かける……だが、それがなんだというのか。事件とは関係なさそうだが。

「全部外出先で撮ったの？」

唐突な質問に俺だけでなく飯塚もきょとんとしていたが、

「ええ、そうですよ。これはニューヨークで、あちらは京都で撮ったものです」

写真には、黒いハットとジャケットを身に着けた飯塚、肩を露出した金髪の女性が写っていた。顔を寄せ合ってどちらも楽しげだ。もう一枚の写真も、同じようにふたりが写っているが、これといって不審な点はない。

「奥さんのフルネーム、教えてもらっていい？」

「飯塚ケイトリンです」

「……そっか」

それだけで蜜柑は黙りこんだ。他の質問を待ってみるが、沈黙の時間が続くだけだった。中葉や飯塚も顔を見合わせるように困惑している。恋は被害者の友人モードを保って神妙だ。

蜜柑は、飯塚の妻の犯行を疑っているのだろうか。妻が外国人であっても、夫の姓を名乗れば飯塚となる。都甲は飯塚ではなく妻の方の名前を書こうとしたのかもしれない。

だとすると解せない。妻の名前を残そうとするのなら常識的には『ケイトリン』あるいは『ケイト』と書くのではないだろうか。そうすれば一発で伝わる。飯塚孝則と間違えるかもしれないのに、苗字を書く意義は薄い。

部屋の時計を見つめながら、蜜柑は考えにふけっているようだ。

痺《しび》れを切らして、声をかけようとしたときだった。

「ありがと。もう帰る」

蜜柑はぺこっとお辞儀をして、帰ろうとする。

今度は俺と中葉の声がハモり、芸人のように立ち上がってしまう。

「ちょっ、待てよ」

「お邪魔しました」

やおら蜜柑はリビングを出ていく。

「ご協力感謝します。すみません、私もこの辺りで失礼します」

きょとんとしている飯塚に礼を述べ、中葉もあとを追う。置いていかれないように俺も続いた。

飯塚宅を出ると、蜜柑は近くに停めてあった車に向かう。俺が鍵を開けると、蜜柑は後部座席へ乗りこんだ。

「なんだったんだ蜜柑。もしかして真相がわかったのか?」

「ううん、まだ」

飯塚の家を眺めながら言った。

「けど、なにかは摑んだんだろ」

「……たぶん、だけど」

「思い出したよ。昔からこんな感じだったもんな。いきなり謎が解けた、みたいなこと言い出して。あのときの驚きが蘇《よみがえ》ったよ」

後部座席に乗りこんだ中葉が軽い笑みを浮かべる。

「そんなこと……」

無表情ではあるが、蜜柑が恥ずかしげなのはなんとなくわかった。

「なにか狙いがあるんだろ?」

「……うん。まだ言えないけど」

蜜柑にしてはめずらしい。いつもであれば不確かな段階でも推理を教えてくれる。推理小説や漫画と違って、現実では隠すことにあまり意味がないからだ。よくいる名探偵キャラのように「不確かな推理は披露できない」などと言い出す性質は持ち合わせていない。

ただし、推理を公開することで聞いた人間にバイアスがかかり、他者への対応が変わってしまうという危険はある。それにさえ気をつければ、推理を共有してディスカッションをし、推理の正当性を吟味する方が値打ちがある。

そんな蜜柑のスタンスを知っているだけに、沈黙を守っているのが不思議だった。なんらかの事情があるのだろうが、釈然としないものがある。

「自力で考えてみるかな。あのときみたいに」

蜜柑の考えは心得ている、とでも言うかのように中葉は腕を組んでリクライニングシートにもたれかかった。

負けていられない。俺も蜜柑の真意を推測してみよう、そう思ったときだった。

「みんな頭下げて」

蜜柑の声に、全員が頭を下げる。

少しだけ頭を上げると、飯塚が家から出てくるところだった。

飯塚は写真と同じ出で立ちで、手にはビジネスバッグを持っている。俺たちに気づく様子もなく——おそらく会社へと——歩いていく。

その様子を蜜柑は注意深く眺めている。いたってよくある通勤風景だ。飯塚の職場は徒歩で五分ほどらしいので、車を使用していないのも不自然ではない。怪しい点はなさそうに見える。これになにを見出そうとしているのだろう？

飯塚は住宅の角を折れていった。

「飯塚さんの同僚の証言、信用できる？」

「ああ、同僚に偽証をするほどの利害関係はない」

唐突な問いかけだったが、中葉は瞬時に返した。

「アリバイは完璧？」

「同僚はデスクの左右にいて、飯塚さんが視界から外れることはなかったそうだ。事件の時間帯には中座もしていない。完璧なアリバイだ」

「『いいづか』って名前で都甲さんの知り合いは飯塚孝則さんだけ？」

「ああ、飯塚孝則さんだけだ」

「不審者の目撃情報とか通り魔の事件とかあった？」

「この辺りではなかったたな」

「……そっか」

納得したのか、蜜柑はひとりうなずいた。

「悠介さんを、信じる」

蜜柑とは思えない、力強い声だった。

4

正午をすぎたいま、昼休みを利用してやってきた塩野と六宮家の前にいる。合流した塩野は泣きそうな面持ちで二階を仰ぎ見ていた。厚そうなカーテンで閉め切られている。なんとなくだが、あの一帯だけ空気が歪んで見えた。

「なるべく六宮さんを刺激しないでくれると……」

ひとり言のようなつぶやきが途切れた。

まばたきを一回、二回。なにかを悟ったかのように目を閉じ、首を振った。

「ううん、刺激してくれた方がいいのかもしれないな」

誰にともなく、塩野は言った。

「さあ、いきましょうか。六宮さんのお母さんには連絡しておきました」

塩野は置いてあったバッグを拾い上げ、敷地内に入る。呼び鈴を押すと、ほどなくしてドアが開かれた。出迎えてくれたのは四十代半ばほどの女性だ。この人が母親なのだろう。ずいぶんとやつれて見える。

「塩野君、いつもありがとう」

「お礼なんて……僕が勝手にやっていることですから。逆に迷惑をかけてはいませんか？」

「そんなことないわ。わたしはもちろん、あの子だって感謝してるはずよ」

息子へするかのように、母親は塩野の肩をなでた。

「そう言ってもらえると助かります。こちらがあの有名な探偵さんです」

紹介を受け、俺たちもそろって挨拶をした。

「探偵さんたちもありがとうございます。まだあの一件を気にかけてくれるなんて。なんでもかまわないんです。あの子が前に進めるきっかけが見つかってくれれば」

母親は、かすかな希望と諦念が入り混じったかのような表情をしていた。

六宮が心を閉ざしたのは都甲の死が原因だ。どんな真実が判明したところで都甲が蘇りでもしない限り、回復しないのではないか。そんな懸念があるのだろう。

だが、たとえ死者が蘇らなくとも、真実が人を癒すこともある。そうでなければ、探偵など秘密を暴き立てるだけの下世話な存在でしかなくなってしまう。

「こちらです」

六宮の部屋まで案内してくれる。その途中だった。

蜜柑が中葉になにかを囁《ささや》いている。中葉は一瞬、不思議そうにしたが、わかった、とすぐにうなずいた。

俺は気にしないように努め、母親についていく。先ほど塩野が見上げていた部屋の前で母親は足を止めた。

「色羽。今日も塩野君がきてくれたよ。さっきも言った探偵さんもきてるわ。ほら、蜜柑花子さん。テレビで見たことあるでしょ」

ドア越しに室内に呼びかけるが、返事はない。母親は気分を害したふうでもなく、

「どうぞ、お入りください」

俺たちを部屋へ促した。母親にとってはこの反応が日常なのだろう。

「入るよ、六宮さん」

塩野も心得たもので、気負いもなくドアを開けて入室していった。

「それではお願いします。私は買い物にいってきますので」

母親は室内を一目見てから、あとを託していった。俺たちもなかに足を踏み入れる。

むわっとした湿気だ。昼間なのに薄暗く、間接照明の明かりだけが灯っている。部屋は本やDVDが散乱し、足の踏み場もない。定期的に母親が掃除しているのかゴミや埃《ほこり》こそないものの、なにから発しているのかわからない匂いが充満している。絵に描いたように陰気な雰囲気の部屋だ。

ベッドでこちらに背を向けて寝転がっているのが六宮だろう。俺たちどころか、塩野にも目をくれず漫画を読んでいる。よれよれのシャツと短パン姿で、髪もぼさぼさ。手入れをしてい

ないのが丸わかりだった。化粧などしているはずもないだろう。

「またこんなに散らかして。日の光も浴びないと病気になるよ」

塩野が皿を片づけていく。

「うん」

六宮は気のない返事をするだけだ。

「ちゃんとご飯食べてる？」

「うん」

「たまには外に出てみない？」

「ううん」

「たまには『うん』と『ううん』以外も言ってくれるとうれしいんだけどな」

「うん」

Ｓｉｒｉが饒舌《じょうぜつ》に感じられるほどすげない反応だ。一時期の蜜柑を思い出すが、六宮の返事には生気というものが感じられない。塩野や母親がこの機械的な応答に気を揉むのももっともだ。

部屋の外に皿を出すと、塩野はベッドの前に腰を下ろした。俺たちも床の本をのけて座る。

「例の件を蜜柑さんに話してほしいんだ。いいよね？」

「うん」

拒否するのではないかと懸念していたが、杞憂《きゆう》だったようだ。

「六宮さんもこう言ってるので、なんでも質問してください」

「うん、じゃ近くで」

蜜柑は塩野のいた場所に座ろうとする。塩野は名残惜しそうにしたが、腰を上げて場所を譲った。

「六宮さん、都甲さんがグラウンドにいった何分後に出た？」

なんの反応も示さない六宮。無視をしているわけではないだろう。本のページを捲《めく》る指が止まっている。当時の記憶を蘇らせているようだ。返答を待っていると、蚊の鳴くような声が返ってきた。

「三分ぴったり」

「間違いない？」

「うん」

「僕も保証するよ。明希彦が三分と言ったら、六宮さんはそれを守る」

塩野がフォローすると、納得したのか一度うなずいた。

「誰も見てない？　怪しい人を」

「うん」

「そっか」

蜜柑が体を半回転させた。

「塩野さん、頼んだものバッグに入れてきてくれた？」

「ああ、あの日買ったものを持ってきた。中身もそのままだよ」

塩野がバッグを開けると、なかには衣服などが大量に入っていた。事件当夜、塩野が閉店セールで買ったものだ。パンツ、ハット、眼鏡、ネクタイ、ジャケットなどを買えるだけ買ったという感じだ。

「間桐さん、六宮さん、間違いない？　中身」

「え〜と、はい、あの夜もこんなラインナップでした」

蜜柑がバッグを開いて中身を見せると、六宮は目だけわずかに動かした。

「うん」

「そっか」

蜜柑はなにかを納得したようだった。

それがいまから語られる。目を閉じた蜜柑を見て俺は思った。

「都甲さんが残したメッセージの意味がわかりました」

ごろんと、六宮が体を半回転させた。寝起きなのか腫れぼったい顔が蜜柑に向けられる。ここへきて初めてまともに示した反応だ。さすがにこの新事実は無視できなかったのだろう。

「本当にダイイングメッセージだったの？　だったら誰なの？」

意味のある言葉が、かさついた唇から発せられた。ああ、と驚愕《きょうがく》した声を塩野が漏らす。

「『いいづか』って誰のことか、わかりますか？」

「いいづか……やっぱりあの飯塚さんがやったの？　飯塚孝則さんが？」

口調は静かだったが、奥底にくすぶる怒りは感じ取れた。それでも平静を保っているのは、不確かな想像でしかないからだろう。意外と冷静だ。

「他に思い当たる『いいづか』さんはいますか？」

「いない。わたしが知ってるのは、飯塚孝則さんだけ」

「都甲さん、『いいづか』って場所に縁があったりしますか？」

「ない。わたしが知る範囲では、だけど」

「それで充分です」

「犯人は飯塚孝則さんなの？」

「違います。アリバイがありました」

「そうよね。だったらその『いいづか』っていうのはなんなの？　落書きってわけじゃないでしょ」

次第に口調の温度が上がってきた。上半身を起こし、疑問をぶつけてくる。

「いろいろ検討してみました」

すでに否定された説を話して聞かせていく。ダイイングメッセージではない説、実は『いいづか』とは読まないのではないかという説などだ。

「明希彦が書いたのは確実よね。死ぬ前に意味のないこと書くわけないいんだから。だったら、わたしたちの知らない『いいづか』って人がいるんじゃない？」

蜜柑は強く首を横に振った。

「ないです。それはこの刑事さんが調べてくれました」

信頼の目を中葉に寄せる。

仮にも蜜柑と組んでいた男の宣言だ。信用に値《あたい》するだろう。

「ならなんなの？　嘘を書いて、飯塚さんに罪を着せようとしたとか言うんじゃないでしょうね」

「死の間際に名前を書き残すのは、相当な労力です。そんな強い恨み、飯塚さんに持ってなかったと思います」

「なら『いいづか』ってのは誰なのよ？」

「飯塚孝則さん」

「はい？」

入室時からは考えられないぐらいに六宮は顔をしかめる。逆に俺にはピンとくるものがあった。

そうか。たとえ犯人でなくとも、名前が書き残されるケースはある。

「飯塚さんはやっていません。でも、都甲さんは飯塚さんが犯人だと思った。だから『いいづか』と書いたんです」

「どういうこと？」

「事件の夜、グラウンドは暗くて都甲さんは酔っぱらってました。そこにハットを被って眼鏡かけて、ジャケット着た人がやってきた。都甲さんは暗い視界と酔っぱらった意識のなかで、飯塚さんがきたと思ったんでしょう。飯塚さんは外出のときハットとジャケットで出歩くことが多かったから。だから犯人の名前を残そうとしたとき、見た印象から『いいづか』と書いたんです」

ベッドから落ちそうなほどに六宮は前傾姿勢になっている。

「その飯塚さんと間違えられた人物は、あの夜のメンバーのなかにしかいません。雨男のことは塩野さんが突発的に言い出したこと。他に肝試ししてる人もいませんでした」

「そ、そんなのって……絶対にわたしじゃないんだから……」

六宮は幽霊でも見るような目を塩野に向けた。

「塩野さんはあの日、いっぱい服や帽子を買っていました。そのなかにハットとジャケットもあった。ジャンケンで一番になった塩野さんは、ハットといままで着ていたのとは別物のジャケットを身に着けると、階段のところで待ち伏せした。この時点では、飯塚さんに見せかけようなんて企んでなかったと思います。飯塚さんの存在も知らなかったみたいですし、たまたま変装が飯塚さんと被ってただけでしょう。変装したのは、もし誰かに見られても正体がバレないようにしたかったから。そして都甲さんがやってくると、階段から突き落とした」

「待ってくれ！　僕じゃない」

塩野は吼《ほ》えて立ち上がった。

「でたらめだ。見間違えだとしたら、そりゃ僕以外にはありえないだろうさ。でも、あの日のメンバーだけが容疑者ってのは乱暴だ。どっかの通り魔の犯行かもしれないだろ」

「通り魔なら、都甲さんは襲わなかったはず。都甲さんは体格がよかったしボクシングもやってました。そういう犯罪する人は強そうな人を襲いません。むしろ塩野さんや六宮さんなんかが狙われてたと思います。それに不審者の目撃情報もなかった。六宮さん、なにより塩野さんからもそんな証言はありません。さらに場所的にも逃げ場はなかった。グラウンドは見通しがよかったですし、階段からも他に誰かが下りた形跡がなかった。前には塩野さん、うしろには六宮さんと間桐さんがいたからそっちからも逃げられません」

塩野が絶句する。

「塩野さんの思惑だと、警察には通り魔の犯行か事故って思わせたかったんでしょう。でも、ダイイングメッセージがあったことで、すべてが狂ったんです。ここで選択肢はふたつ。飯塚って人に罪が着せられると企んでダイイングメッセージを消さずに残すか。それとも用心して消しておくか。判断はわかれるところです。塩野さんが選んだのは後者。たぶん、六宮さんがダイイングメッセージを消したのも偶然じゃないんでしょう。さりげなく誘導して消させたんです。自分で消すと疑われますから。現物がなければ、普通は警察もダイイングメッセージについて捜査なんてしません」

詰め将棋のように蜜柑は逃げ道を塞いでいく。塩野の額からは滝のような汗が噴き出している。

「僕はやってない！　だいたい、なんで僕が明希彦を……」

そこで塩野は言い淀んだ。視線が六宮へ向けられる。動機はあるのだ。とびきり明確な。知らないのは六宮本人と中葉ぐらいだろう。

塩野の口から弁解は出てこない。それも当然だ。ダイイングメッセージに指示された可能性を持ち、犯行の機会があり、動機も備わっている人物なのだから。

「殺してやる!」

叫び声がしたかと思うと、六宮がベッドから飛び出していた。さっきまで寝そべっていたのが嘘のような、飢えた野犬のごとき形相だ。俺はとっさに防ごうと飛びかかる。

――つもりだったが、先に六宮をはがいじめにする人間がいた。中葉だ。六宮とほぼ同時に飛び出し、凶行を防いでいた。

「放して! こいつだけは絶対に殺すんだから!」

唾をまき散らしながら暴れるが、屈強な刑事はびくともしない。俺は万一に備えて塩野の前に立つ。

「違う、僕は……」

うしろから塩野の死にかけのようなか細い声がした。

「なんで殺したのよ、なんで! この人殺し!」

喉から出血するのではないかというほど六宮が吼えて暴れる。蜜柑と中葉がなだめるものの、まったく聞く耳を持たない。

振り向いてみると、塩野は瞳を湿らせながら六宮を見つめていた。もはやなんの言い訳も出てこない。狂ったように叫ぶ六宮を、ただじっと見入っているだけだった。

黙秘をするのなら、一旦外へつれていった方がいいかもしれない。俺がそう思ったときだった。

「もういいよ。明希彦明希彦って」

一変して、力のこもった声がした。六宮の叫びが止まる。

「蜜柑さんの推理は大当たりだ。僕が明希彦を殺したんだ。これで満足かな」

挑むかのような眼光を六宮へ投げる。貧弱なペットが肉食獣に豹変したかのように険しい顔つきだ。六宮は呆気に取られたように口を半開きにした。

が、やがて頭髪が逆立つほどの勢いで絶叫する。

「許さない！　殺す殺す殺してやる！」

「そんなにあいつが好きなのか。だったら殺してみなよ。どうせできっこないけどね」

塩野は口端を震わせながら一笑した。

「刑事さん、もういきましょう。ここにいる意味はない。先に出てますよ。あ、逃げないんでゆっくりきてくださいね」

塩野はいっそう暴れる六宮を一瞥《いちべつ》してから、部屋から出ていく。うっすらとした笑みを張りつけて。

＊

署内のトイレから出ると、車で待っているだろう蜜柑の元へ急ぐ。まだ日は高い。影法師も俺の身長ほどだ。現在十四時二十分。旅が始まって約九十五時間だ。

今回も警察から聴取を受けたが、前回までと比べると短時間で終了した。事件解決もこれまでで最短だ。首尾よく解決できた方だろう。ダイイングメッセージと聞いたときはどうなるかと思ったが、さすが蜜柑といったところだ。これで最後の事件を前に少しだけタイムリミットまで貯金ができた。

早く蜜柑にこの苦行から抜け出してもらいたい。

だがすぐさま、俺の足取りは緩慢《かんまん》になる。

車の前に、蜜柑と中葉がいた。恋は微笑《ほほえ》ましそうに車内からその様子を眺めている。

「素朴な疑問なんだけどさ。なんで、あんなことしたんだ？」

「あんなことって？」

蜜柑は顔を伏せ、中葉を見ようともしない。

「推理のときだよ。あの場に六宮さんは必要だったのか？」

「……うん」

「六宮さんがああいう反応をするのは予想できただろ。もしものことがあったらシャレじゃすまないんだぞ」

「……だから、悠介さんにお願いした。六宮さんが暴れたら止めてって」

「安全対策はしたのかもしれないさ。けど、そもそも塩野さんと六宮さんを会わせなきゃ危険は生じなかったんじゃないのか」

「……うん」

「責めてるわけじゃないんだ。屋敷啓次郎さんはそういうタイプだったみたいだし。けど、蜜柑はそういうタイプじゃなかっただろ。だからなんでかな、と」

「……六宮さんにも知らせた方がいいかなって」

「それなら後日報告するだけでも事足りるだろ」

「……うん」

　答えられるはずがない。マスクの奴らに、推理を披露する際は事件の関係者を集めろ、と要求されているなどと。

　迂闊《うかつ》に口外すれば命が奪われるかもしれないのだ。それを知らない奴が、無邪気に疑問を呈している。いい気なものだ。蜜柑がどれだけ苦しんでいるかも知らずに。

「すみません、俺たち急ぐんで」

　かなり強引にふたりの間に割って入った。

「いくぞ蜜柑。のんびりしてる時間はない。次もあるんだからな」

　蜜柑の手を引いて、後部座席に押しこむ。

「今日はいろいろありがとうございました。俺たちはまだ解かなきゃいけない事件があるんで、失礼します」

　慇懃に礼をすると、

「あ、ああ……そうなんだ」

若干引きぎみに中葉は応じた。どう思われようがかまわない。とにもかくにもこの場から立ち去る。

俺は迅速に運転席に乗りこむ。すると、後部座席のパワーウィンドウが開けられた。

「ごめんなさい悠介さん」

「いいんだ。おれも蜜柑を信じるよ」

「……ありがと」

その会話を耳にしながら、エンジンをかけた。

「蜜柑をお願いします。あと事件も、幸運を祈ってますから」

無礼を働いた俺に、中葉は邪気のない笑顔で頼んだ。

「……はい」

言えたのはそれだけだった。振り返らずに発進させる。

所轄署の敷地から出たところでバックミラーを覗いてみた。

蜜柑は俺に後頭部を見せ、うしろを向いている。遠くには、いまだに見送りで直立している中葉がいた。カーブを曲がると、その姿は見えなくなった。俺の心臓は、なぜか大きく鼓動する。

「次はどこへいけばいいんだ、恋」

蜜柑がビクッと体を跳ねさせた。

「そんな大声で言わなくても聞こえるっスよ」

「……悪い」

知らずに声を張っていたようだ。

「スピードも出すぎっス。まだ警察署前っスよ」

なにをやってるんだ、俺は。アクセルをゆるめて深呼吸する。

「イラついてるっスね。なにかあったんスか?」

「なにもない」

また声を荒らげてしまう。

「ま、いいっスけど。事故らないでくださいよ。それでタイムリミットすぎちゃったら泣くに泣けないっス」

「気をつけるよ」

今度こそ声を落とす。前方とスピードに注意しつつ、バックミラーをチラ見した。蜜柑はぼんやりと車窓の外を眺めている。

「で、どこへいけばいいんだ?」

「高知っス。四国って島国中の島国にあるとこっスよ」

「場所ぐらい知ってる」

埼玉から高知となると、十数時間はかかるだろう。それでも、いままでのペースを考慮すれば充分な時間が残る。最後に備えて蜜柑には休息を取ってもらいたい。

しかし、そうもいかないのが現実だ。

「じゃ恒例の事件話いきましょうか。これで最後ッス。気合入れていきましょう」

恋は拳《こぶし》を握り締め、事件の経緯を語り始めた。

第四章　姉弟とアリバイ

1

高知の港町。蟬《せみ》がうるさい季節に、その出会いは訪れました。

「夜、誰もおらんはずやのに人影がおったとか、勝手に明かりがついたとか、そういう噂《うわさ》があるねえ」

インタビューをしたおばさんは、その洋館を見ながら教えてくれた。

洋館は敷地を高い塀が囲んでて全貌が見通せない。確認できるのは二階部分だけだ。黒い外壁に真っ白な屋根とコントラストがきつい。少し離れたところにある住宅地と違い異彩を放ってる。敷地は広く、外周を歩くのに二分近くかかった。入り口は鉄扉で堅く閉じられてて、他者の侵入を拒んでる。周りは山がそびえ、人通りは少ない。この洋館がお化け屋敷扱いされるのもしかたないってところだ。人が住んでるのに酷い話だけど。

「おばさまは怪現象を目撃したことはないいんですか?」

「一回だけあったねえ。五年ぐらい前やろうか。窓にふらふらゆれる明かりを見たがよ。嘉手《かで》納《な》さんは外出しちゅうはずやのに。あれはたまげたで」

「へえ～」

それはおもしろそうだ。事件への期待が高まる。こういう舞台で殺人でも起こってくれればアゲアゲなんだけど。

「嘉手納大進《たいしん》さんのことについて聞かせてもらっていいですか？」

「かまんけんど、私らあもあんまり知らんきね。家からめったに出てこんき」

「そうなんですか。なにか原因でも？」

「嘉手納さんもいろいろあったきねえ。出てこんなるのもわかるけんど、私らへの顔つきがこじゃんと怖いがやき」

怖いと言いながら饒舌《じょうぜつ》なおばさん。誰かに言いたくてしかたなかったんだろう。

「いろいろって、なにがあったんですか？」

「事件に巻きこまれてねえ。気の毒やったわ」

「事件っていうのは？」

「大きな声じゃ言えんけんど、家族が――」

「我が家の前で楽しそうですね」

凛《りん》とした声に、おばさんのおしゃべりが止まった。

声の主は美人さんだった。年齢は十代後半かな。長い黒髪と、正反対の白いワンピースを着てる。まるで洋館の精だ。左右対称な輪郭、シャープな顎、くりっと大きな瞳に綺麗な二重まぶた。化粧っ気はないのに、肌はプリンみたいにつるつるだ。しなやかな手足は頬ずりしたくなるような吸引力がある。まさに美少女、大人びてるけど幼さの残る顔が絶妙ブレンドだ。

「なんのお話をしていたんですか。アタシも交ぜてほしいものですね」

見惚れるような笑顔を女の人が見せると、おばさんは首を絞められたカエルみたいにげえげえ言うしかできないでいた。

「そ、そそ、そうや。用事があったがあ思い出した。もう帰るきね」

おばさんは見え見えの言い訳をしてそそくさと去っていった。アタシも慌てるふりをした方がいいだろうかと迷ったけど、懐に飛びこんでいくことにした。

「びっくりしました。もしかして嘉手納さんの娘さんですか」

「はい。嘉手納愛《あい》衣と申します」

完璧な笑顔再び。アタシが男なら発情してるところだ。

「ちょうどよかったです。すみませんがインタビューしてかまいませんか？　アタシ大学のミステリサークルで——」

「そんな作り話は不要ですよ。祇園寺恋さん」

「え、なんのことですか？」

不自然な間を空けずに返した。

危ない危ない。アタシとしたことが、図星を指されたみたいなリアクションをするところだった。

「いまはそういうことにしておきます。アタシはあなたをお招きしたく、こうして出てきました。大学生にしろ祇園寺恋さんにしろ、洋館の内部に興味はあるでしょう？」

最適なリアクションを取ったんだけどな。この人的にはアタシは祇園寺恋で確定みたいだ。どうしてバレたんだろうか？

なんにしても、お誘いには乗っておこう。

「それじゃあ、お言葉に甘えさせてもらいます」

「ええ、ぜひ」

女の人は鉄扉前にくると、カードキーを脇の機械にかざす。扉が自動で開いた。凝った門だこと。密室殺人なんかが起こると映《は》えそうだ。

敷地内に入る。想像どおりに大きな洋館だ。扉の鍵は三つもついてる。どれも種類が違ってて、ずいぶん厳重だ。

美女に先導され、なかへ入る。

洋館内はすっきりとしたものだった。落下させたくなるようなシャンデリアや、動き出しそうな西洋鎧《よろい》もない。少しがっかり。窓は大きく作られてて、暖炉が備えつけられてる。しかし特別な装飾はなく、アタシの好奇心を満足させるようなものじゃなかった。

「こちらで父がお待ちしております」

愛衣に案内されたのはサロンだった。昼間なのに厚いカーテンが閉められてる。高価そうな肘掛椅子や暖炉はあるけど、目を引かれたのは壁の絵画だ。見たことのない絵で、若い女の人が描かれてる。

「ようこそ、祇園寺恋さん」

五十代ぐらいの男性が車椅子でやってきた。アタシを前ににやりと微笑《ほほえ》む。細く尖った目には暗い炎が宿ってる。整えられたオールバックと、自宅でもスーツ姿ってのはまるでドラキュラだった。

「やめてくださいよ。祇園寺恋ってあの祇園寺恋ですよね。アタシ、まったくの他人ですから」

アタシの演技に、嘉手納大笑い。

「もうわかっているのですよ。不毛な化かし合いはやめましょう。私は恋さんが望むものを持っているのですから」

カマをかけているのは明白だ。知らぬ存ぜぬを貫けば煙に巻けるだろう。

けど、嘉手納の言うこともも っともだ。正体を明かした方がおもしろくなりそう。

「そっスね。じゃ遠慮なくキャラ変しちゃうっスね」

祇園寺恋を全開にし、肘掛椅子にどっかと座った。リラックスして足を組む。

「ははは。やはり祇園寺恋はそうでないといけません」

嘉手納はうれしそうだ。

「正体明かしついでに質問っス。なんでアタシが祇園寺恋ってわかったんスか?」

後学のために、小さな疑問は解消しておきたい。

「あなたの頭脳でしたら、すぐにわかるんじゃないですか?」

「訊けばわかることにカロリーつかいたくないっスよ。アタシの脳の時給は高いんスから」

「もっともですね。けれど大層な答えではありませんよ。ただの勘というか直感なのですから。それであなたが祇園寺恋とわかったのです」

「勘っスか?」

てっきり密室館の関係者が知り合いにいるとかってパターンかと想定したんだけど。斜め上からきたなぁ。

「ええ、密室館の小説に描写されていた祇園寺恋のイメージが、あなたとそっくりだったのです」

「マジっスか。たしかに人物描写は詳しめでしたけど、あのときとは髪型もメイクも変えてるんスよ」

今日はやぼったい女子大生として、ノーメイクでダサいキャップを被ってきてる。密室館の祇園寺恋とのシンクロ度は二割ぐらいだろう。

「その辺りの感覚は私も詳しく説明はできませんね。なんでしょう、二階からあなたを見たとき確信したんです。この人は祇園寺恋に違いないと。それだけ小説から受けたイメージが恋さんそっくりだったということでしょう。信じられませんか?」

当然信じられない……と言いたかったけど、そんな気にはなれなかった。これもまた勘であり直感だ。

「……信じるっスよ。探偵と第六感は切っても切り離せませんからね。自殺とされてるものを他殺と疑ったり、このアリバイは信用できないと思ったりとか。勘にも直感さんにもよく世話になってるっス。合理的な説明されるより腑に落ちたっスよ」

一応は嘉手納を信じられそうだ。嘘をつくとき、こういうシックスセンス的な理由づけをするのは躊躇《ちゅうちょ》するもので、合理的な説明をつけるのが一般的だ。それがなかったのは逆に信用できる。

もしこのアプローチすらアタシの性格を読みきったものだとしたら、それはそれであっぱれ。祇園寺恋がトークしてあげるに値《あたい》する。

「んじゃ、疑問も氷解しましたし、本題いきましょうか」

「そうですね。招いたのは他でもありません」

嘉手納は一転して厳しい顔つきになった。

「数々の事件に遭遇してきた恋さんに、推理小説のアイディアを聞いてほしいのです」

「推理小説っスか?」

「ええ、私が書こうとしている小説です。恋さんなら、適切な意見をくれるのではないかと」

「おもしろそうっスね。ぜひぜひ聞かせてください」

当たり前だけど、額面どおりの会話じゃない。

この悪そうな顔つき、台詞《せりふ》の抑揚《よくよう》。それらから本意は読み取れる。嘉手納はこう言いたいんだ。私がこれから起こす犯罪計画を聞いてくれと。

けど、まんま言えばアタシは全力で拒否する。アタシは重大な犯罪に関わる行為はしない。あくまで手を出さないのがポリシーだ。それが一番安全で楽しい。犯罪なんかやる奴はバカだ。アタシは自由を捨てるリスクは取らない。

そんなポリシーを心得てて、なお関わらせたいのなら、遠回しにやってもらうしかない。そこで嘉手納は推理小説なんていう衣を着せた。もし嘉手納が捕まったとしても、アタシは推理小説のネタを聞いただけの人っていうポジションでいられる。アタシがそこからなにを読み取ろうが警察に咎《とが》められることはない。

こういうやり方は、ヤクザもつかう伝統的な方法だ。

「長年練った自信作ですからね。忌憚《きたん》ない意見を聞かせてください」

自信とわずかな不安が覗く。アタシが致命的な欠陥でも指摘すれば、計画はポシャってしまうかもしれないのだから当然だろう。

嘉手納は静かに、トリックを語り出した。

＊

「どうでしょう。完全犯罪、できそうですか？」

すべてを語り終え、嘉手納は不安そうに訊いてきた。

アタシは堪《こら》えられず笑い出してしまう。

「すてきっスよ！　いやいや、感心したっス。思いついても実行しますかねぇ。イカレてるっスよ」

最大の賛辞を送ってあげると、満面に笑みを浮かべた。

「いけそうですか、このトリック」

「現実でここまでプロットを組み立ててるなんて、いやぁ感激っスよ。うまくやってたんなら、バレようがないっしょ」

「抜かりありません。万全の対策を取っていますからね」

「なら、あとは今後の立ち居振る舞いだけっスね。どんなに立派なプロットでも、書く方でヘマしたら台なしっス」

「そこは登場人物を信じています。絶対にうまくやってくれるはずです。そうするように育てたのですから。必ずやプロットを作品として完成させてくれると」

愛衣はそれが日常であるかのように姿勢正しく立ってる。父親の犯罪計画に一片の非難も抱いてない。当たり前のこととして受け止めてるみたいだ。

「愛衣。地下室から未来《みらい》を呼んできてくれないか。恋さんに挨拶《あいさつ》をしておかないとね。これまでの事情も話しておいてくれ」

「はい」

音も立てずに愛衣はサロンを出ていった。所作のひとつひとつが上品だ。相当教育されたんだろうな。

「子供を巻きこんでまで書く小説、個人的にめっちゃアがるっス。けど、わかりませんね。そこまでさせる原動力はなんなんスか？　ま、その足絡みなんでしょうけど」

「そうでした。動機も説明しないといけませんね。未来がきたら一部始終お話しします」

愛衣が出してくれた紅茶を飲みながら、息子を待つ。愛衣とは双子の姉弟らしい。

二分ほどして愛衣がつれてきたのは、色白で筋肉質の男だった。背は百七十といったところか。歳は十七。よく言えば大人びてる。悪く言えば老けてるという顔の作りだ。眉毛の太さや顔の大きさのせいだろう。

「未来、いきさつは愛衣から聞いてるね。恋さんにも例の話聞いてもらったから、挨拶しておきなさい」

「はじめまして、未来です」

野球部のように深く頭を下げられた。

「未来君も大変っスねえ。こんなお父さんじゃたまらないっしょ」

「いえ、これが俺の日常ですから」

未来はなんでもないことのように言いきった。よく教育されてるなあ。

「わが子を巻きこんでの〝推理小説執筆〟。ますます動機に興味が湧いたっスよ」

「そこですよ恋さん。私とてやっていることの重大さは自覚しています。けれど、あいつだけはのうのうと生かしておけないのです。殺す以外の選択はありえない……もちろん小説のなかでの話ですがね」

怒りの震えが車椅子にまで伝わり、がたがたと音が鳴る。

「もう十何年も前の話です。ある猟奇殺人事件がありました。二家族の惨殺。私と妻の両親です。腕をのこぎりで切り取られ、内臓をぐちゃぐちゃにかき回され、目は抉《えぐ》り取られた。二目と見られないありさまでした。犯人はその光景を拘束した私と妊娠中だった妻に見せつけたのです。両親を殺すと、私の脚をハンマーで砕きました。生き地獄でしたよ。精神的にも、肉体的にも。私の意識は薄れ、死を覚悟しました。しかし殺される直前に、異変を察知した近所の方に助けられたのです」

語るのも苦痛なんだろう。額には脂汗が滝となっていた。

「動機は例の糞みたいなやつでした。人を殺してみたかった。必罰で犯人は死刑……とはならなかったのです。犯人の佐藤《さとう》は十七歳の少年でした。伝家の宝刀、少年法ですよ。あれだけのことをしでかしておいて、国家は佐藤を殺してくれませんでした。四人を殺害し、さらに私の脚と平凡な生活を奪ったのにです。妻も尋常でないショックを受けました。最後の気力を振り絞って自宅で愛衣と未来を産むと、亡くなったのです。あいつだけは殺して、と言い残して。言われるまでもありませんでした。私もそのつもりでしたから。それからです、私の計画が始まったのは」

嘉手納の目はトランス状態になったみたいに、見えないなにかを睨んでる。

「できることならこの手でやりきりたかったのですが、見てのとおり身体上の問題があります。苦肉の策でしたよ。私は計画を子供ふたりに託したのです。最低限のヘルプを除き、誰にも頼らず、ふたりを育て上げました。ほぼ孤立無援で、この足でです。絶対無理だ。何度も諦めそうになりましたよ。子育てほど難しいものはない。しかし私はやってのけた。まさしく神のお導きですよ」

「ふたりはオーケーなんスか。誇らしげにしてんスけど、このお父さん、そーとーエグいことしてるっスよ」

愛衣は花ちゃんみたいに無表情だ。感情のゆらぎはない。覆い隠してるのか本心なのかはアタシでも読めない。

「そのように育てられましたから。父の望みは叶えます」

「アタシがこっちの立場だったら、お父さん殺しちゃうっスけどねえ。悪魔っスよ、この人。未来君の意見はどうなんスか？」

「俺は別に。これが俺の生まれてきた意味だと思ってますから」

未来にも迷いはないようで、平然とした口ぶりだ。十七年の教育の賜物《たまもの》かにゃ。

「己《おのれ》の大罪は自分が一番よくわかっています。殺されても文句は言いません。ただし、この小説だけはなんとしても書き上げてもらわなければなりません」

「そりゃそうでしょうね。嘉手納さん的にも、子供さん的にも。生まれた瞬間から父親原案の小説を完成させるために育てられたんスから。中止したらこれまでの人生はなんだったたんだってことになっちゃいますもんね」

「そういうことです。あの祇園寺恋さんからお墨つきをいただけた。心置きなく計画を実行できます」

「幸運を祈ってるっスよ。完全犯罪が暴かれるのは、いつだって不運なトラブルがきっかけっスから。突然雪が降るとか地震が起こるとか。プロットは順守してくださいね」

「そこは運を天に任せるしかありませんね。ですが、私たちには恋さんがついている。神の祝福があることでしょう」

「それはどっスかね」

アタシはほんの小さく笑った。

「ところで恋さんはこれからどうします？　ちょうど三日後が妻の命日なのです。執筆はその日です。もし見学なされるのでしたら、近くの旅館を紹介しますが。ただ、奴の住まいは岡山です。登場人物のモデルを見たければそちらへいってもらうしかないですが」

「そっスねえ……」

二秒だけ考えて、

「旅館、教えてもらいましょっかね」

「そうですか。愛衣、このあとデートだろう。行きしなに案内してあげてくれ」

「はい」

愛衣は従順に従い身支度を始めた。ちょこっとだけ関わると決めたからには、こそこそせず堂々と振る舞おう。

人目を避けることなく、愛衣とふたりして外へ出る。道中で散歩をしてるおじいさんと出会ったが、気さくに挨拶を交わしてた。腫れ物扱いされてるのは父親だけらしい。近所の人からすると、父親の世話で大変だね、っていう同情が根底にあるんだろう。

雑談をしながら駅の前をとおりすぎる。この先に旅館があるらしい。特急電車が到着し、ブレーキ音が響いた。

「そういや、彼氏さんってどこの人なんスか？」

「東京の人です」

「歳《とし》はいくつなんスか？」

「二十歳《はたち》です」

「女子高生目当てに熱心っスねえ」

「年齢サバ読んでますから」

「顔に似合わずやるっスねえ」

「それぐらいやりますよ。好かれるためにもっといろいろとがんばりましたから」

「うらやましいなぁ。その顔で尽くされて甘えられるんスよね。夢中になるってものっスよ」

まったく、罪深い。

「現地に足を運んだり出会い系サイトを巡ったりして、やっと出会えた人です。手放さないように必死――」

「愛衣！」

いきなり背後から声が追ってきた。未来かと思い振り返ったが、もちろん違う。

茶髪の男性が太い腕を振りながら走ってくる。垂れ下がった太眉と細められた目が歓喜の感情を全開にしてた。

「ひょっとして、噂の彼っスか」

「そうですけど、なんでこの時間に……」

男は愛衣の前にくると、ボストンバッグを置いた。

「驚いた？」

「驚いたよ。このあとの普通電車でくるんじゃなかったっけ？」

愛衣が乙女顔と声に切り替えた。

「一分でも早く会いたくて。急いできた」

「そうなんだ！　ありがとう智君《ともくん》！」

トップアイドル顔負けの笑顔で男の手を握った。男の白い顔が赤ペンキで塗ったみたいに染まっていく。

「そっちの子は、友達？」

ようやく気づいたみたいに男がアタシを見た。

「旅館へ案内してたの」

「あー、アタシにはおかまいなく。場所はだいたいわかりましたから。この辺で離脱させてもらいますね」

愛衣の邪魔をする気はない。お邪魔虫はさっさと消えるべし。

「すみません。なんかタイミング悪かったみたいで」

申し訳なげに男はもみあげをさわった。

「いえいえお気になさらず。代わりにお名前だけ伺っていいですか。アタシはさすがに智君とは呼べないんで」

「僕は智君でもかまわないんですけど、わかりました。佐々木智久《ささきともひさ》です。よろしくお願いします」

気まずさが解消された智くんは、フレンドリーに自己紹介してくれた。

「智久さんですね。アタシは祇園寺恋といいます。それじゃ、さようならということで」

「祇園寺恋ってどっかで……」

「智君、いこう」

「あ、ああ。そうだね。ここが愛衣の生まれ育った町か」

ふたりの仲睦まじそうな会話から遠ざかっていく。

殺人までのわずかな幸せの時間。一秒も無駄にせず楽しんでほしい。

三日後が楽しみだ。

＊

抜けるような青空。さわやかに吹く風が気持ちいい。絶好の殺人日和《びより》だ（笑）。

アタシは洋館の前で愛衣を待っていた。予定ならそろそろ出てくるはずだ。パズドラをしながら待っていると、キャリーバッグを引いて愛衣が外に出てきた。

「いくんスか」

「はい。いよいよです」

さしもの愛衣にも、わずかな緊張が見て取れた。完全犯罪を狙える計画ではあるけど、少し歯車が狂えばすべてが露見するかもしれない。その恐怖があるんだろう。

長年を費やしたアリバイトリックも、ほんの小さな穴があれば崩壊する。トリックとはそういうものだ。

「嘉手納さんと未来さんはどうしてるんスか？」

「ふたりとも家にいますよ。これから近所の人を招く準備をするそうです。あんな父ですから、参加者は少なそうですけど。父もこれからは性格を変えて生きるそうです。きっと印象に残る楽しい集まりになるでしょうね」

〝小説〟だと、佐藤は嘉手納の両親と義理の両親と同じ方法で殺される予定だ。そうなれば嘉手納が容疑者になるのは必定。殺人が行われてる間、嘉手納は完璧なアリバイを手に入れる必要がある。複数人からのアリバイ証言があれば、警察もシロとするしかないだろう。

「小説に好影響が出るといいっスね。ところで今日は愛衣さんにインタビューさせてもらいたいことがあるんスよ。東京へ出発する前にちょっちかまわないスかね」

「かまいませんよ。なんでしょうか？」

「小説にはアリバイトリックのために育てられた姉弟が出てくるっスよね。生まれつき自らの意思とは無関係に宿命を負わされる。もし愛衣さんがそんな立場だったら、どんな心情っスか。嘉手納さんはいません。ぶっちゃけ本心を聞かせてくださいよ」

愛衣は無表情だった。日本の首都は、と問われたみたいに平然としてる。このアタシでさえ心の内が読み取れない。

「自分の考えはこうです。彼女は生まれつき犯罪の駒となるべく育てられてきました。彼女にとってはそれが日常なんです。父が間違ったことをしているのは承知しています。けれど、父は彼女たちに悪しき教育をしつつも、やさしかった。なんの不自由もなく育ててくれ、愛情も人一倍注いでくれました。その恩や親愛もまた、彼女のなかに根づいているんです。だからでしょうね。父が十七年も燃やした復讐心を満たしてあげたいと思ってしまうんです。それが嘘偽りない、彼女の気持ちです」

「そういう感情を抱くよう、父親がコントロールしたのかもしれないっスよ」

「だとしても、父が彼女にしてくれたことは消えません」

淀みない真情の吐露《とろ》は、あらかじめ定めてあったもののように思える。けど、本心だからこそ出た言葉のようにも思える。

確定してるのは、愛衣が父親の意思どおりに遂行するつもりだってことだ。それさえわかれば充分だ。

「嘉手納さんもある意味幸せな人っスね」

さあて、そろそろ次の土地へいこっと。岡山まで殺人の見物にいくつもりはない。

「計画が露見するとしたら、子供たちの反乱だけ。そう思ってたんスけど、その目はなさげっスね。あるとしたら――」

ま、言うこともないか。アタシが関知することじゃない。

「じゃ、バイバイさせてもらいますね。いろいろサンキューでした」

「ええ、さようなら」

愛衣の隙のない笑顔に別れを告げ、アタシはこの地をあとにした。

2

「岡山は経由しなくていいっスよ。高知での情報だけで解ける事件なんで」

すべてを語り終え、恋は補足した。

犯人がいるのは高知のようだが、殺人があったのは岡山だ。当然経由するものだと思ったが、違うらしい。吉報だ。なるべく無駄な移動は避けたい。

バックミラーで蜜柑を見た。目を閉じ、小さく肩を上下させている。

「花ちゃん、聞いてるっスか？」

「……うん」

走行音に負けそうな声が返ってくる。

「頼むっスよ。花ちゃんだけが頼りなんスから。脳みそフル回転でがんばってください」

呆《あき》れたように恋は腕を組んだ。

「ここまでほとんど不眠不休なんだ。少しぐらい英気を養わせてやれよ」

「しゃーないっスね」

恋は諦めたように、ヘッドレストへ頭をもたれかからせた。

「……いいのか？」

「どういう意味っスか。アタシはブラック企業の経営者じゃないっスよ」

「てっきりまた尻を叩いてくるのかと」

「やれるならそうしたいっスよ。けどまあ、花ちゃんなら大丈夫っしょ。最後の事件はベリーイージーなんで」

「いや、お前トリックを褒めてたじゃないかよ」

「そう、かけねなしでヤバいトリックっス。けど、解くのは簡単っスね」

「なぞなぞじゃないんだ。はっきり言えよ。お前も褒めてただろ。それがどうして簡単なんだよ」

「言ったらルール違反っスよ。ギリ、アタシはアタシのやれることをやったっス。これ以上求めないでください。アタシがこんな余裕でいるんスから、先輩もどっしり構えといていいっスよ。残り時間はたっぷりあるっス」

当事者の恋が言うのならそうなんだろう。

どうであれ、蜜柑を少しでも休ませられるのなら願ってもないことだ。

後部座席からは小さな息づかいが聞こえてくる。これまで蜜柑が車内で寝ることはなかった。相当疲れが溜まっているのだろう。最後は万全な状態で挑んでもらいたい。

＊

『ようこそ高知へ』

すっかり日付が変わったころ、ついに高知へ突入した。もう真夜中だ。ヘッドライトの光が暗い高速道路を切り裂いていく。休憩もなく運転してきたせいで、肩だけでなく全身に重さが沈殿している。

目的地へはあと一、二時間はかかる。到着しても嘉手納たちは寝ているだろう。いくらなんでもそこへ乗りこむわけにはいかない。不躾《ぶしつけ》なことをして面会拒否でもされたらことだ。訪問は早くても七時以降というところだろうか。このへんで休憩を取るのが正解だろう。

「そろそろ休憩しようか。高速下りてコンビニでも寄っていくか？」

「そっスね。お腹もすきましたし」

恋が思い切り伸びをする。

「蜜柑もそれでいいよな。どうせついても相手は寝てるだろうし」

蜜柑からの返事はない。もう一度訊き返してみるが、なんの応答もない。バックミラーを見て、思わず急ブレーキを踏みそうになった。

最初は疲れて寝ているのかと思ったが、違う。蜜柑の体は大きく上下し、虚《うつ》ろな目が宙をさまよっている。とても正常な状態ではない。

「恋、蜜柑を見てやってくれ」

場所は高速だ。車を止めるわけにはいかない。恋に容体の確認を頼む。驚いた様子だったが、すぐに事態を理解して後部座席へ移動してくれる。恋は蜜柑の額をさわったり、呼びかけを行ったりするものの、かすかに苦し気な声がするだけだった。

「……すごい熱っス。ダメっスね」

蚊の鳴くような恋の声だけで充分だった。俺はカーナビに救急病院を指定し、限界までスピードを上げた。

残りは、約三八時間。

＊

医師の診断は過労による発熱とのことだった。いま蜜柑は点滴を打ってもらい眠っている。

「ふざけんな！」

恋は廊下の壁を蹴った。いつも飄々《ひょうひょう》とした振る舞いを崩さない恋が取り乱している。病室からどうにかつれだしたが、八つ当たりは止まらない。

「このタイミングでぶっ倒れるとかありえます？　どうすんスか事件は。どうなるんスかママは？」

「言ったって無意味だろ。朝まで時間はあるんだ。快復を待つしかない」

なだめようと肩に手を置くが振り払われる。

「朝に目覚める保証はあるんスか？　あるならくださいよ。書面で」

「あるわけないだろ。とりあえず落ち着けって」

「じゃあ無責任なこと言わないでください。花ちゃんしかいないんスよ。誰がやるんスか。アタシは手足を縛られてるも同然なんスから」

お前が無理をさせたのも原因のひとつだろ。そういう気持ちがなくもなかったが、恋の立場を考慮すれば強く非難できる行為ではない。それに俺も同罪だ。なんだかんだ言っても蜜柑が倒れるまで行動させてしまった。適切に休ませられていたら、こうはならなかったかもしれない。蜜柑自身、辛いのを押して無理をしたのがこうした結果を招いたのだ。責められるべきはマスクのグループだ。

「代わりに先輩が解いてくれるんスか。だったら納得するっスよ」

「……できるわけないだろ」

くやしいが、そう答えるしかなかった。いまの俺にそんな能力はない。もしかしたら未来永劫……。

「ほら、やっぱ花ちゃん起こすしかないじゃないスか。いざとなったら叩き起こしますからね。邪魔したら殺しますから」

「そうはいくかよ。無理させた結果がこれだろ。本当になにもできなくて時間切れになるぞ。快復を待つしかないんだよ、わかるだろ」

「わからないっスね」

俺を押しのけると、どこかへ歩いていく。追いかけるべきか数瞬迷う。蜜柑のそばにいてあげるべきではないか。

しかし、俺がいたところで、やれることはない。ここは恋のそばにいるべきだろう。

大股で廊下を進む恋についていく。中庭へ出ると、近くのベンチに腰を下ろした。文字どおりに頭を抱える。そのままの姿勢で身動きしなくなった。もはや暴れる気力すら失せたかのようだった。月明かりが落ちるベンチに、俺も腰をかける。遠くをバイクの音が駆け抜けていった。他に音はない。空気の流れすら聞こえてきそうな静寂だ。

あの恋がこんなにも打ちひしがれている現実は、夢を見ているようだった。人の死すら笑い飛ばせる奴が声すら出せないでいる。恋にとってはそれほど母親の存在は大切なものなのだろう。

だからこそ、不思議でならなかった。

「そんなに母親が大事なのか?」

鷹のような目が、恋の指の隙間から俺を睨んできた。

「答えなきゃいけませんか。それこそ訊かなくてもわかるでしょ」

「わかるさ。だから疑問なんだ。そんなにも人を思えるんだろ。なのにどうして人に仇《あだ》をなす？　それだけが、どうしてもわからない」

ふっふっ、と恋は嘲《あざけ》るように笑いを漏らした。

「どうしてって、楽しいからに決まってるじゃないスか。人の行動原理なんてそんなもんしょ」

相変わらずの物言いだったが、前ほど怒りはこみ上げなかった。

「恋の策略に乗せられた人にも、大切な人がいるんだ。そういう人を陥れることに、なんの罪悪感も湧かないのか？」

「他人の家族なんて知ったことじゃないっスね。ってか、説教はたくさんっス。そうやって責めますけどね、悪いのはアタシっスか？」

恋の口調に火がついた。顔を覆っていた手をどけ、俺と対峙《たいじ》する。

「アタシがなにしようが、最後に行動に移すのはその人でしょ。大阪のも熊本のも埼玉のも。犯罪の決断を下したのは犯人たちじゃないスか。違います？　諸悪の根源はアタシなんスかね？」

一理はある。恋がなにをしたにせよ、犯罪を実行したのはこれまでの犯人たちだ。直接唆《そそのか》したわけではない。誰が悪いと言えば、犯人たちが悪いと答えるしかないだろう。蜜柑の体調不良の根源を突き詰めれば、マスクのグループにいきつくのと同じだ。

「だとしても、恋なら防げただろ。それを放棄して、あまつさえ事態を悪化させようとしたのは見すごせない」

「大いなる力には大いなる責任が伴うってやつっスか。そういうのはスパイダーマンのなかだけにしてくれますかね。アタシにそんな義務はないっス。自分の能力をどうつかおうが勝手でしょ」

母親への思いを感じ、少しは価値観を変えられるのではないかと期待していたが甘かったようだ。恋の口ぶりからは頑《かたく》なな意思が感じられた。

「花ちゃんだってそうでしょ。あれも好きでやってるだけじゃないスか。人のために自分を壊してる。そっちの方が重い罪なんじゃないスかね。アタシを止めるぐらいなら、花ちゃんを止めてくださいよ」

「……それができてれば、こんなことになってない」

「そういうことっスよ。アタシだけじゃない。花ちゃんだって好き勝手やってるのに変わりないんスよ。そして先輩はどっちも変えられない」

痛いところを突かれ、押し黙ってしまう。

俺は蜜柑の信念に賛同し、助手として力を尽くしてきた。だが、すべてに納得しているわけではない。身を削ってまで事件に挑むべきではないと思っている。それなのに過労で倒れるまで止めることはできなかった。一番近いはずの蜜柑にさえ無力だったのだ。どうして恋の信念まで変えることができるだろう。

だが、それでも——。

「たしかに俺はなにもできなかったさ。それは結局、蜜柑が正しいことをしていたからだ。だから止めきれなかった。蜜柑は決して間違ったことはしていない」

「アタシは間違ってると。ま、否定はしませんけど」

その笑みは、なぜかずいぶんと自然に見えた。

「恋はどうなんだよ。動機は本当に、楽しいから、だけなのか?」

よくよく考えてみれば、恋は楽しいことのために多大な労力をかけている。移動に何十時間もかけたから身に染みる。行き当たるかどうかもわからない事件を求めて全国を回るなんて、気軽にできるものではない。ただ楽しいというだけで、時間と労力と金を費やせるものだろうか。

それがどうしても気になった。

恋は鼻で笑い、

「人って、楽しいことを求めて生きてるものでしょ。バカな上司にいびられてやりたくもない仕事をするのも、お金もらって楽しいことするためじゃないスか。デートとか食事とかギャンブルとかをね。楽しいことのためなら、多少のしんどさはなんのそのっスよ」

恋はベンチから腰を上げた。

「先輩の言うことでいっこだけ納得したのがあるっス」

いきなり俺のポケットに手を突っこむ。慌てて飛びのく。恋の手には、車のキーが握られていた。

「快復待つしかなさそうっスね。騒いでもカロリーの無駄遣いっス。花ちゃんが目覚めたら、アタシも起こしてください。車で寝てますから」

キーを弄《もてあそ》びながら、姿を消した。なにをするでもなく、俺はベンチ前に佇《たたず》む。雲が月を隠したのだろうか。暗さが増し、気温も下がった気がした。急に全身が重くなる。疲労が一挙に具現化したかのようだった。もうここにいても意味がない。

冷たい風に煽《あお》られ、病室へと足を運んだ。

＊

午前十時すぎ。蜜柑はまだ目を覚まさない。うっすら覚醒しては、またすぐに意識を刈り取られる。その繰り返しだった。ときどきうなされる顔はとても見ていられないほどだ。高熱はいまだに蜜柑をむしばんでいるようだった。

それでも時計の針は止まらない。タイムリミットが刻々と迫るなか、恋はしきりに舌打ちをして廊下を何往復もしていた。

「もう待てない。叩き起こす」

いまにも怒鳴りこみそうなほど恋はじれていた。

原因は十分前にある。また画像が添付されたメールが届いたのだ。写っていたのは人質の腹部で、そこには赤い文字でこう刻まれていた。

『次はどこが血にまみれる?』

文字を形作っているのは、肉を裂いて出た血だった。

そろそろ俺も腹を括《くく》るしかないようだ。蜜柑のコンディションは最悪、熱もあり顔色も悪い。全快にはほど遠いのは一目瞭然だ。しかし、もう時間がない。この先どんなトラブルがあるかわからないのだ。できるだけ時間に余裕を持っておきたい。嘉手納の状況によってずれこむかもしれないが、早めに訪問して聴取すべきだ。

病み上がりでまともに頭が働くかは未知数。選択肢として、もう少し休ませるべきだとも思う。だが、それは恋が許さない。反対したところで、我慢できてあと数分だろう。なにより蜜柑が望んでいないと思う。ここで起こさずに、もし事件を解決できないなどという事態になれば、一生自分を責めるだろう。俺をではない、自分自身をだ。そうならないためには、最善を尽くさせてやる必要がある。

俺はまた蜜柑に負担を強いるのだ。そうせずに状況を改善させる術《すべ》を思いつかない。役立たずこの上ない。

が、いまはそれを受け入れるしかない、いつか変えられると信じて。

「わかった。でも、その前に話がある」

中庭の方を指差した。

「また説教じゃないでしょうね」

不愉快そうな恋に、首を振った。

「事件についてだよ。蜜柑を起こす前に確認しておくことがある」

「ここで言ってくださいよ」

「他の患者や看護師もいるだろ」

「時間稼ぎじゃないでしょうね」

不満げな顔だったが、恋はあとについてきた。中庭までくると、昨夜のベンチに座る。散歩する老人や、しゃがんでなにやら会話している親子がいて平和な風景だ。俺たちが血腥《ちなまぐさ》い事件の話をするなど思いもしないだろう。

「で、なんスか。端的に要約して言ってください」

恋はベンチの背もたれに肘をついた。

「改めて確認しておきたい。マスクの奴らの居場所は、恋でも割り出せないのか？」

「できたら花ちゃんに泣きつかない、そう言いませんでしたっけ」

「どうしてできないと言いきれるんだ？」

「マスクの奴らと、ママを監禁してる奴が別々だからっスよ。仮にあの蠅を捕まえたって、ママは見つかりません。花ちゃんが活躍すれば、必ずニュースになるっス。DVDでも言ってましたけど、ママを監禁してる奴は、四つの事件がすべて報道されてから解放する手はずになってるらしいっス。マスクの奴ら自身、監禁してる奴の居場所は知らないみたいっスね。拷問かけてもママの居場所はわからず仕舞いってことっスよ」

「なるほど。たしかに厳しいな」

「このアタシだって、なんの手がかりもなきゃ手も出せないっスよ。時間があればどうにかできるかもっスけどね、あいにく期限は六日間。しかも全国行脚《あんぎゃ》しながらっス。とてもママ捜しができる状況じゃない。アタシを花ちゃんに同行させたのも、それを防ぐためでしょうかられ」

恋でさえお手上げ状態なのだ。これからの数十時間で犯人たちに迫るのは難しい。

「それで？ この期に及んでしょうもない質問したのはどうしてっスか」

「保険だよ。蜜柑があんな状態だろ。最悪、推理できないってこともありうる。人質の奪還も視野に入れるべきじゃないかと思ったんだ」

言ったとたん、恋が声を上げて笑い出した。

「猿知恵っスねぇ。残り時間でそんなことできりゃ、一億二千万年前にしてるっスよ。先輩はよけいなこと考えないで、運転だけやってればいいんスよ」

俺はなにも言い返せなかった。

少しでも状況を打破できればと……いや、俺はなんでもいいから貢献したくて提案したのだ。母親の手伝いをしたがる子供と変わらない。恋はそんな心情を見抜いているのだ。所詮は自己満足にすぎない。嘲っているのはそこだ。

「もういくっスよ。時間がもったいないっス」

立ち上がろうとした恋を呼び止めた。一番重要な確認がまだ残ってる。

「もし……もしもだが、いざってときは答えを教える気はあるか？」

この旅のメンバーのうち、恋だけはすべての事件の答えを知っているはずだ。いよいよ進退窮《きわ》まるようなことがあれば、答えを聞いてしまえばいい。

もちろん簡単でないのはわかっている。マスクの奴らにも釘を刺されたが、この旅のルールにおいて、疑いを抱かれることが一番危険だ。解決が変に早かったりすれば、恋の関与が疑われるかもしれない。密かに各所へマスクの奴らの仲間が紛れこんでいる恐れもある。また、恋と蜜柑では論理展開のさせかたも異なるだろう。マスクの奴らはそれを分析して、どちらの推理か見極めているかもしれない。危険を考え出せばいくらでも出てくる。

絶対安全の確証がなければ、危険な橋は渡れない。

しかし、崖っぷちに立ったときにどうするか。伸《の》るか反るかの賭けに出るのか、確認しておきたかった。

「もしそのつもりなら、どんな危険を伴っても協力する」

真っ向から宣言した。恋はなにも言わずに俺を見下ろしている。やがて泡が弾《はじ》けるように笑い出した。

「なんスかそれ、イケてる台詞のつもりっスか。助手とか名乗っときながら、全然花ちゃん信用してないんスね」

「信用はしてる。蜜柑ならやってくれると。でも蜜柑も神じゃない、失敗することだってある。備えはしておくべきだ」

潮が引くように恋が笑顔を消す。まるで遠くに蠢《うごめ》く虫を見るかのような目つきだった。思わず息を呑む。だがほんの一瞬だ。まばたきの間に恋はすました顔に戻っていた。

「そっスか。けどまあよけいなお世話っスよ。アタシは花ちゃんの能力を全面的に信用してるんで。それに言ってたでしょ。最後の事件はベリーイージーだって」

「それが意味わからないんだよ。お前が絶賛するほどのトリックがどうやれば簡単に解ける」

「いってしかるべき手順を踏めばわかるっスよ。ぶっちゃけ先輩でも解けるっス。怖いのは時間切れっスね。だから少々熱があろうが頭が沸いてようが死にかけだろうが、スタートラインに立ってもらわなきゃ困るんスよ。ってわけなんで、コブラツイストかけてでも起こしてくるっす」

言うが早いか、病棟へと踵《きびす》を返した。俺もベンチから立つ。

恋の意図は俺にははかりかねる。この自信がどこからくるのか。だが高い勝算があるらしい。こうなれば俺は恋に、そして蜜柑に賭けるしかない。

決めたからには行動あるのみ。蜜柑の元へ急ぐ。

「祐泉さまが消したがや！」

その声に、俺たちの足は地面に釘づけになった。

声のした方を振り向く。三十代ぐらいの母親と幼稚園児くらいの男の子がいた。男の子が土の地面に座りこみ、母親は不機嫌そうに腰に手を当てていた。

「あいつはインチキなが。消せるわけがないろう」

母親は怒りの感情を露《あらわ》にしている。子供へ向ける目つきではない。

「だって、祐泉さまのおかげでぼくの病気は消えたがやろ」

あまりの剣幕にビビりながらも子供が言い返す。母親はますます目を三角にする。

「それはお医者様のおかげやき。あいつは嘘つきやって蜜柑さんが暴いてくれたやろ」

「じゃあなんでぼくの宝物がないが？」

「だから注意したろう。目印つけときやって。ここにあるってわかるように」

「つけといたのになくなっちゅうが！」

「石なんか目印にしたってすぐなくなるに決まっちゅうやろ。どれがどれかもわからんし」

「ぼくの宝物やったのに」

堪えきれずに子供が泣き出した。そこで俺たちの視線を察したのか、母親はばつが悪そうに会釈《えしやく》する。

「また、買《こ》うちゃうき、いくで」

息子の手を引いて母親は去っていく。

まったくあいつのせいでめちゃくちゃや、去り際のつぶやきがやけに耳に残った。

「偶然ってあるもんスね」

感慨深げに言う恋の口端がかすかにゆるんでいる。

「ああ、こんなところで遭遇するなんてな」

〈浄化の世界〉は全国に信者がいた。高知も例外ではなかったようだ。

あの事件は蜜柑が解決したということもあって、大阪の人体発火事件、埼玉の肝試しの事件と同じく各メディアで報道された。当然、あの母親の耳にも情報が届いただろう。祐泉が警察に逮捕されただけなら、誤認逮捕だと思ってまだ信仰心は残っていたかもしれない。だが、事件を推理したのは蜜柑なのだ。祐泉が教団を守るために人を殺したのは確実。教団への信頼は瞬時に崩れたことだろう。

見たところ、母親は病気の息子のために〈浄化の世界〉を頼ったらしい。お布施を大量に渡したのではないだろうか。すべてが偽りだと知った母親の心中は察するにあまりある。

それでも、これで偽りの救済に人生を捧げる必要がなくなった。蜜柑の推理が悪《あ》しき幻を打ち破ったということだ。蜜柑の活躍は決して無駄ではない。

俺はなにかに突き動かされるように、前進を始める。気づけば立ち尽くす恋を追い抜いていた。どんなに苦しくても、いまだけは突き進むべきなのだ。わずかにこびりついていた迷いを蹴散らし、蜜柑の元へ走った。

病室のドアを開けたとき、蜜柑は点滴の針を腕から引き抜くところだった。重石でも背負っているかのように緩慢な動作で、ゆっくりと立ち上がる。俺に一瞬だけ目を向けると、青白い唇を動かした。

「いこう」

虚ろな目つきであったが、蜜柑はすでに先を見据えていた。赤らんだ顔は、快復が遠いと強烈に訴えている。体も風に翻弄《ほんろう》される小枝のようにゆれていた。

ここへいたってなお、決意に水を差す言葉が漏れそうになる。奥歯を噛んで止めた。返すべき言葉はひとつだけだ。

「ああ、急ごう」

3

残り、約二六時間。

愛衣は俺たち、というより恋を前にしたとたん目を瞠《みは》った。

「なんで……恋さんがここへ。それに、あなたは……」

いま気づいたかのように蜜柑へ注意を向けた。警戒の色が濃くなり、開けていた扉の隙間が狭まる。

「いやぁ、あのときぶりっスね。その後、調子はどうっスか？」

「絶好調でした。あなたがくるまでは。帰ってください」

扉が閉じられる寸前、恋が扉の隙間に足を差し入れた。

「やめてください。警察を呼びますよ」

「呼ばれて困るのはどっちっスかね」

「アタシはなにも困りません。あなたもよくわかっているでしょう」

大した自信だ。恋がトリックを称賛しただけのことはある。蜜柑がいるのにここまで言いきるとは。

「それはどうっスかねぇ。ここだけの話なんスけど、花ちゃんに例の〝小説〟のこと話しちゃったんスよ」

愛衣が絶句した。まるで酸欠を起こしたかのように口を開閉させている。恋はしてやったりの面だ。

「まさか、あのトリックを?」

「いやいや、アタシだってそこまでゲスくないっスよ。暴露したのは、あの日、見聞きしたことだけっス。〝小説〟の内容以外の、ね」

「最低ね。この悪魔」

美麗な顔を愛衣は醜女《しこめ》のごとく歪ませる。

「褒め言葉ごちっス」

視線で殺せるほどに睨まれても、どこ吹く風だ。並の人間ならこのひと睨みで尻尾《しっぽ》を巻いて帰るだろう。

しかしそこは祇園寺恋。視線を外したのは愛衣の方だった。黙りこんだまま目を左右に動かしている。その目を蜜柑にやると、ポケットからスマホを取り出した。操作して耳に当てる。

「あ、未来。最悪なことが起きたの」

電話の相手だろう未来に、事の次第を伝える。

「そういうことなの。未来は絶対に帰ってこないで。もうそっちでひとりでやっていけるでしょう。指示するまではそこにいて。そう、いまから智君がくるだけよ。いい、アタシが言った意味わかるでしょ。うん、そういうことだから。大丈夫、なんとかするから」

同意を得られたのか、スマホを耳から離すと静かに息を吸いこんだ。

「入ってください。近所の人に聞かれたくないですから」

嫌々ながら、招き入れてくれる。ついていくとサロンに通された。愛衣は厳しい顔つきで、一番大きな椅子に座る。俺たちには向かいの椅子への着席を促した。

「で、あなた方はなにがしたいんです。恋さんお得意のお遊びですか？」

「こっちはガチで真剣っス。浮かれてる暇ないんスよね」

恋が真顔になると、愛衣は眉をひそめた。

「……なにがあるのか知りませんが、恋さんは例の件を口外した。アタシたちの反乱がどうこう言ってましたけど、ぶち壊しにしたのはそっちじゃないですか。父もろくでもない人を引き入れてくれましたよ、最悪」

「まあまあ、どっしり構えちゃっててくださいよ。肝心のトリックはトップシークレットにしてありますから」

「どの口で言ってるんですか。あなたも殺しますよ」

『殺す』という言葉が真に迫っている。冗談や脅しの響きは皆無だ。実行した者だけが発せる迫力に産毛が逆立った。

「そう威嚇《いかく》しないで自信を持ってくださいよ。なにせあの嘉手納さんが精魂こめて作ったトリックっスよ。花ちゃんだって解けるかわからないじゃないっスか。あ、そういや嘉手納さんはどこにいるんスか？」

「死にました」

恋の問いにかぶせるように愛衣は返す。

「死んだって、なんでっスか。あんなある意味神様みたいな人が」

「白々しい……まあいいです。階段から転落したんですよ。首の骨を折って死にました」

「殺したんスか？」

臆面もなく訊き返した。

そこは俺も気になるところだ。

愛衣は父親を慕っているような発言をしたらしいが、恨みはゼロだったのだろうか。そういう運命だと割り切ってはいても、犯罪を強制されたことに変わりはない。なにかをきっかけに不満が爆発して手にかけたのではないだろうか。

そんな考えを見透かしたのか、愛衣は初めて笑った。

「やめてくださいよ、なんで殺さなきゃならないんです。父にそこまで深い恨みはありません」

「冗談っスよ。なに真面目に答えちゃってるんスか」

恋も合わせて笑い声を上げる。

「それはよかったです。父は元から小金持ちだった上に、多額の生命保険にも入っていましたからね。金銭目当てで殺したと思われたのではないかと気を揉みました」

「けど、おかげで悠々自適の生活ができてるんスよね」

「今後働かなくても、食べるのには困りませんね」

「うらやましいっスねえ」

「それより確認させてください。蜜柑さんがここへきたということは、佐藤を殺した犯人はアタシたちだと疑っているんですよね？」

「……うん」

蜜柑は一切ぼかさなかった。

「そうですか」

すべてを受け入れたかのように落ち着いている。

「仕事熱心でけっこうですね。けれど、無駄足ですよ。アタシにはアリバイがあります。犯行があったのは岡山でした。ニュースや週刊誌でも騒がれましたから解説するまでもないでしょう」

去年、岡山でのことだ。佐藤という人物が惨殺死体となって発見された。腕を切断され、内臓を引きずり出されるなど凄惨《せいさん》な現場だったという。それだけでもセンセーショナルだったが、佐藤が未成年のときに同じような殺人を犯していたと発覚して事態は過熱した。ずいぶんと騒がれたのを覚えている。

犯人はいまだに逮捕されていない。

「犯行時刻は最大限幅をみて二十時から二十二時とされています。部屋は常温。死亡推定時刻を誤認させるような小細工もありませんでした。誤りはないとみるべきでしょうね。さて、そこでアタシのアリバイです。その日その時間、智君と東京にいました。

わかっています。彼氏の証言じゃ信用には足りませんよね。けれど十八時から二十四時まで智君の友人たち八人とアタシの紹介をかねたパーティをしていたんです。智君だけならまだしも八人の友人たちまで偽証するはずがありませんよね。なんなら電話してみますか？　正真正銘、その友人たちですから安心してください」

発信できる状態にしたスマホを差し出す。

「お願い」

蜜柑は八人全員へ電話をかけ、それぞれにアリバイの真偽を確認していく。

トイレで一、二分抜けたことはあったそうだが、ほぼ誰かの目にはふれていたそうだ。そんな短時間で東京から岡山までいくのは不可能だ。殺害方法からして遠隔殺人というのも考えにくい。正当に判断するなら愛衣に犯行は不可能だ。

「きたのは愛衣さんだった。間違いない？」

質問の意図はわかる。もし智久が共犯だとしたら、愛衣だと偽って似た第三者をつれていったのかもしれない。

蜜柑は愛衣の写真を撮ると、画像を送信した。折り返しの電話がきたが、会った人物と間違いないという返答だった。ツーショットで撮った写真というのも送ってもらう。それは目の前の愛衣と寸分違わぬ容姿だった。

本来なら現地で徹底調査すべきだが、そんな時間はない。この辺りの仮説は警察も捜査検討したはずなので、ひとまず替え玉の可能性は消えたといっていいだろうか。

蜜柑は礼を言って電話を切った。

「どうです。疑いは晴れました？」

晴れるわけがない。愛衣が犯行に加担したのは確定している。アリバイトリックだってパターンは有限だ。ひとつずつ潰していけばどれかに引っかかるはずだ。

「次に聞きたいのは父と未来のアリバイですよね。こちらも隙はありません。ふたりは近所の人を招き、宴を開いていたんです。参加者は五人。十八時から二十四時までです。瞬間移動でもしなければ、佐藤を殺せませんよね。偽証の可能性はないですよ。なにせ父は前日まで、事件で心を病《や》んだ変人扱いでした。その日親交を深めたからといって、偽証をするほど深い仲にはなれないでしょう」

これが事実なら、たしかに隙のないアリバイだ。ふたりは犯行現場から遠く離れた地にいて複数人から目撃情報がある。いまだ自由の身であることからして、警察もアリバイを崩せていないのだろう。

「そうだ、高知か東京で殺して、あとから岡山まで遺体を運んだんじゃないか？　それなら遠く離れても犯行ができる」

俺は思いつきを口にしてみたが、愛衣はすぐさま否定した。

「死体が発見されたのは二十二時ごろです。アパートの部屋から廊下に漏れた水を見て、帰宅した住人が大家に報告したことで発覚しました。台所やトイレ、お風呂から大量の水が流されていたようです。どうしてそんなことをしたのか知りませんが、おかげでいらぬ疑いをかけられずにすみました」

そういえば当時のニュースや週刊誌報道では、大量の水についても言及されていた。素知らぬ顔をしているが、死体発見を早めるために水を流しておいたのだろう。水が過剰に流れればいずれは室外に漏れ出る。住人が水に気づけば大家か管理会社へ報告がいく。そうなれば死体発見はすぐだ。さらに思い返してみれば、テレビやCDの音がうるさかったとワイドショーで住人が証言していた気もする。水か音で気づかせる、という計画だったのだろう。

死亡推定時刻から遺体発見まで数時間あったのなら、トリックの入りこむ余地があった。しかしタイムラグはほぼない。司法解剖でミスがないのなら、犯行時刻は二十時から二十二時に限られるわけだ。高知でも東京でも、岡山から二時間での往復は不可能だろう。親子のアリバイはますます強化されてしまった。

「遺体が別人だったっていうのはどうだ？　本物の佐藤は先に殺しておいて、アリバイのある時刻内に殺した別人の死体を佐藤と入れ替えたとか。普通は惨殺死体のある部屋に長居はしない。第一発見者が通報なりなんなりで部屋を出た一瞬で別人の死体と入れ替えた。別人を殺したのは利害関係の一致した協力者だ。遺体が佐藤でないのなら、アリバイは確保できる。警察が遺体を佐藤と思いこまされている限りトリックは崩れない」

「それは――」

「ありえません」

　またも蜜柑より先に愛衣が否定する。

「佐藤の死体は著《いちじる》しく損傷されていたそうですが、顔や指紋は無傷でした。身元確認は親族によっても行われていて佐藤と確定しています。死体は発見から警察到着まで複数人の目にふれてもいました。別人と佐藤を交換するなんてできませんよ。ついでに、佐藤に双子の兄弟などいないことも付加しておきます。

　それ以前に、協力者という発想が荒唐無稽《こうとうむけい》です。アタシと未来がいるのに、なぜ父は第三者をつかわないといけないんです。お金や利害関係でつながっている者には裏切りというリスクが常につきまといます。その点、自ら育てたアタシたちは裏切りようがありません。誰が佐藤を殺そうと、疑いがこちらへ向くのは不可避です。第三者を引き入れることで疑いが逸らせるという利もほぼありません。そうじゃないですか？」

　反論はできなかった。言ってはみたもののかなり無理のある仮説だ。

　嘉手納は愛衣たちの幼少期から殺人への仕込みを行っていたらしい。この説だと子供たちを巻きこまなくてもよくなる。

　蜜柑は睫毛《まつげ》一本動かさずに熟考しているようだった。愛衣と未来が持つのは、あまりに隙がなくシンプルなアリバイだ。だからこそ容易には崩せそうにない。

「……事件当日、ここへ招かれた人の証言がほしい。誰か教えて」

「かまいませんが、しばらく待ってください。もう少しで彼氏がくると思いますので。智君からもアタシのアリバイは完全無欠だと証言してもらいたいんです。犯人扱いされたままなのは不快ですから。疑惑を解消してからにしましょう」

その要求もあり、しばらく待機することにした。

約三分後。チャイムが鳴った。

「きたみたいですね」

愛衣が腰を上げると、蜜柑はそれを追った。

「あたしも、いい？」

「……お好きにどうぞ」

蜜柑に目もくれず愛衣はサロンを出ていった。蜜柑はあとを追い、俺もついていくことにした。恋もさりげなく列に加わる。

玄関にいたのは智久、ではなく五十代ぐらいのふくよかな女性だった。

「愛衣ちゃん、急にお邪魔してごめんねえ。うちの旦那がどっさり鯵《あじ》釣ってきたがやき。食べきれんきおすそわけにきたが。愛衣ちゃん鯵好きやって言いよったろう」

おばさんは扉が開くなり言葉を畳みかけてきた。予想もしていなかった登場人物だったのだろう。愛衣の愛想笑いが引きつっている。おばさんはそれに気づかず、濃い土佐弁でいかに鯵が大漁か熱弁している。

「あんたらも船でクルージングするだけじゃのうて、釣りもして――」

はたとトークが止まったかと思うと、キリンのように首を伸ばした。

「あれ、うしろの人どっかで見たことあるねえ」

穴が開くほど蜜柑を凝視する。目と口を丸くしてパンと手を打った。

「あんた探偵の子やろ。ヤカン花子さん！」

おばさんは盛大に言い間違える。

「……蜜柑」

「なんでヤカンさんがおるが？」

「……蜜柑」

おばさんは聞く耳持たずだ。

「ひょっとして友達なが？」

「違いますよ。あの岡山での事件の調査だそうです」

「ああ～」

おばさんは何度もうなずく。

「宮路《みやじ》さん、教えてあげてください。父たちが皆さんを家に招いた日のことを。皆さんの前から一時《いっとき》たりとも消えていない。そうですよね？」

「そうよう。ずっと一緒やったきね。トイレとかでも抜けてないき。念力でもつかわな殺せん。いくらあの人を恨んじょったいうても、そんなんできゃあせんろう。ヤカンさんもバカなこと言いな」

一転して蜜柑を敵視し始める。

「連日警察に押しかけられて、どれだけしんどそうやったか知らんやろ。それだけやっても警察は犯人やいう確証を得られんかったがで。こりゃもう犯人は別におるいうことやろ。もうそっとしちゃり。死んでからも佐藤いう人に苦しめられて。げにかわいそうな」

擁護《ようご》の言葉をまくし立ててくる。こうしてかばいたくなるほどアリバイは完全ということだろう。

そうなるのもしかたがない証言ではあった。三人とも複数の他人からの目撃証言があるようだ。声だけだったとか、シルエットしか見なかったなどということもない。最重要容疑者でありながら、警察が逮捕できていないのもうなずける。

「他にきちょった人も教えちゃうき訊いてきい。みんなあ同じこと言うはずや」

玄関まで入ってきて、蜜柑の手を引っぱっていこうとする。

「落ち着いてください。あとからアタシも同行して納得してもらいますから」

愛衣がやんわりとおばさんを押し留める。

「ええがかえ。愛衣ちゃんもうんざりしちゅうがやない？」

「心配してくださってありがとうございます。疑いを解きたいのはやまやまなんですけれど、もうすぐ智君がきますので――」

「愛衣」

男の声が、おばさんの向こう側から飛んできた。敷地内に入ってきたのは体格のいい男だった。

「智君、やっときてくれた」

愛衣は玄関から駆け出すと、智久の首元に抱きついた。

「ちょ、ちょっと……」

困惑した智久は手を宙に泳がせるが、愛衣はおかまいなしで強くハグを続けている。一瞬だけ距離を遠ざけると、顔を上向け目を閉じた。くっと背伸びをして、智久の唇を塞ぐ。抱きついた腕がさらに強く引き寄せられる。俺たちがいるのを忘れたかのように長く深いキスが続いた。

熱く重い呼吸をまとわりつかせて、唇が離れる。愛衣は当然のようにしているが、智久の顔面は真っ赤だ。

「ごめん。どうしても、したかったの」

「あ、あの……わかってる、けど……」

微妙な空気が否応なく流れる。突発的すぎて俺もどうしていいかわからない。

「あらあら、お邪魔みたいやねえ」

うれしげに手をひらひらさせながら、おばさんは後ずさりしていく。

「もうふたりとも熱いねえ。ほいたらまたくるき。彼氏を大切にしいよ」

「おかまいもしませんですみません。またこちらからお礼に伺いますので」

恥ずかしげな智久とは対照的に、愛衣は抱きついたまま笑顔を見せた。おばさんが帰ると、首に巻きつけていた腕を下ろした。智久の手を取り戻ってくる。

「お騒がせしました。では、なかで改めてお話ししましょうか」

彼氏がきたからか、愛衣の表情には気負いの色がなくなっていた。

サロンに戻ると、鰺を保存するからとキッチンへと向かった。その間に智久への質問を蜜柑がぶつける。

「ぶっちゃけ、出会いは逆ナンですよ。渋谷にいるときでしたかね。愛衣から声をかけられたんです」

「つき合ってどれくらい？」

「十か月ぐらいになりますかね」

「高知にきたの、いつから？」

「半年ぐらいですかね。ほら、お父さんが車椅子だったでしょう。愛衣を東京へつれていくわけにはいかないなと思って引っ越してきたんです。それがあんなことになって……」

「嘉手納さんが亡くなってからも？」

「ええ、もうこの地で暮らすつもりですよ。愛衣ともずっといられますし」

覚悟のこもった顔つきだ。愛情と決意が見て取れる。

「それより本題といきませんか。蜜柑さんが色恋沙汰を調べにきたわけじゃないでしょう。例の事件について調べにきたんですよね」

手を組み、上体を前に傾ける。

「うん」

「誰の依頼か知りませんけど、これで最後にしてほしいですね。愛衣、というか嘉手納家を疑いたくなるのはわかりますよ。でもどんな角度で見ようがアリバイは証明されています。俺だけじゃなくて他人からの目撃証言もあるんですからね」

警戒しているようではあるが、一貫して落ち着きのある語り口だった。蜜柑がアリバイを再確認すると、流暢《りゅうちょう》に当時の状況を説明していった。

内容はおおむね愛衣や東京の友人が語った内容と同一だ。アリバイがいっそう強化されただけだった。

「他になにか質問はありますか。なんでも答えますよ」

なんでもこいといった態度だが、愛衣が事件に関わったのは間違いない。智久には気の毒だが、俺たちは真実まで走り続けるしかないのだ。

「それじゃ――」

「智君」

蜜柑を遮るように、廊下の方から愛衣の声がした。

「ちょっと手伝ってくれない？」

「ああ、すぐいくよ」

席を立つ智久。

「すみません。少し休憩ということで」

智久が出ていき、俺たち三人だけが残された。

「どう見る、蜜柑。アリバイは文句のつけようがなさそうだったぞ」

「……うん。そう思う」

言葉少なに、充血した目を廊下に固定していた。それでも目に宿る光は鋭い。静かながら灰色の脳細胞はめまぐるしく回転しているのだろう。

時計の針が時を刻む。一秒一秒、タイムリミットが近づいてくる。悠長に考えている時間はない。俺もなにか手がかりを見出せないか頭を働かせる。

しかし焦れば焦るほど、思考は堂々巡りする。蜜柑は変わらず無表情で、なにか糸口を掴んだ様子は感じられない。

「それでも名探偵っスか」

恋は顔の前で手を組み、睨むかのような目で蜜柑を凝視している。

「もう危険覚悟でぶっちゃけますよ。とっくに解明の材料は出そろってるっス。いつまでじらすつもりっスか。アタシの作戦無駄にしないでくださいよ。他にやることあるでしょ」

材料は出そろってるだと？　まだ俺たちは嘉手納一家のアリバイが完璧だと確認しただけだ。突破口になるような情報は摑んでいない……はずだ。ここまでのなにかを見落としているというのか。なにがあった？　これまでの情報から推理の糸口となるものは——。

突然、弾《はじ》かれたように蜜柑が立ち上がった。

「愛衣さんたち、見てくる」

それだけ言い残しサロンを出ていこうとする。どうしたんだ、と思ったがすぐに意図を理解した。

愛衣に単独行動をさせてはいけなかったのだ。恋はすでに推理の材料はそろっていると断言した。愛衣も同様の見解を持っているとしてもおかしくない。キッチンにいくふりをしてなんらかの隠蔽《いんぺい》工作や口裏合わせをするかもしれない。

蜜柑がいるのに、そんな大胆な謀略に出るとは考えづらいところではある。しかし、追いこまれればなにをするかわからない。用心するに越したことはないだろう。

俺も蜜柑についていく。恋は舌打ちをするだけで、腰を上げようとはしなかった。

廊下に出て蜜柑のうしろを歩く。右に折れ、キッチンに入った。そのとたんだった。

床を強烈に踏み鳴らすような音。悲鳴が上がる。蜜柑だ。俺は床を蹴った。キッチンに突入すると、となりのリビングで蜜柑と愛衣が睨み合っていた。愛衣の右手には包丁。目は猛獣のように吊り上がり、殺意が溢れ出ている。蜜柑は片足を引き、どんな動きにも対応できる構えだ。俺をちらりと見ると、

「危ない！」

思い切り声を張った。俺はとっさにキッチンの床を転がる。考えがあってのことではない。体が自然に反応していた。頭上で風切り音。一回転して上半身を起こした。俺の頭を切り裂いただろう肉叩きが鈍く光る。それを握っているのは智久だった。

反応できていなければ一撃で昏倒させられていただろう。

助手になると決めたとき、蜜柑から護身術を習うように厳命された。蜜柑ほどの探偵となれば命を狙われることもありうる。危険を回避するためには不可欠な訓練だ。それが功を奏した。智久も愛衣と同様の目つきで俺を見据えてくる。猛烈な殺意に身がすくみそうになった。怯《ひる》めばやられる。気を奮《ふる》い立たせ睨み返す。目で牽制しながら体勢を立て直そうとしたときだった。

思い切り肉叩きが投げつけられ、反射的に右腕でガードした。腕に衝撃が走る。続けてそれを超える巨大な衝撃に押し倒された。左手を押さえこまれる。馬乗りになった智久が拳を振り上げてきた。右手は痺《しび》れていてうまく防御できない。拳が振り下ろされるのと同時に俺は顎を引き横を向いた。

いままでと比較にならない衝撃に脳がゆれた。意識が刈り取られそうになるが、ブラックアウトしそうになる意識をどうにかつなぎ止めた。横を向いて衝撃をいなさなければ終わりだった。

だが危機は去っていない。智久がまた拳を振り上げたのは見なくてもわかった。反撃しなければやられる。どうする。ここから返せるほどの寝技技術はない。

視界に鈍い光が映った。肉叩きだ。手の届く範囲に落ちている。右手は……動く。

「あああああっ！」

叫びながら肉叩きを取った。なりふりかまわず振り抜くと、智久の側頭部にぶち当たった。拳が目前を通過する。紙一重。智久は頭を押さえて床に手をつく。いましかない。体をねじり智久の下から這《は》い出る。追撃の右ストレートが襲ってきた。俺の手に当たり肉叩きが飛んでいく。

死に物狂いで起き上がった。素手では分《ぶ》が悪い。武器を探すが、手近にあるのはビニール袋に入った鯵だけだ。智久は出血しながらも攻撃の態勢に入った。ラグビー選手のようにタックルしてこようとする。ぶつかり合えば確実に負ける。一度回避できたとしても、いずれは追いこまれる。こうなれば一か八かだ。

俺は鯵を取った。智久が駆け出すのを見計らい、床へ滑らせた。智久の二歩目が鯵の上に落ちる。

ツキは俺にあるようだった。

智久が盛大に滑り、尻餅をつく。間髪を容れず、叫び、自らを鼓舞しながら腕を振り上げた。顎一点狙い。どんなに体格差があろうが顎を打ち抜けば戦闘力は奪える。

智久が腕でガードを作った。狙いどおり。

がら空きになったボディに蹴りを放つ。嫌な音と感触。みぞおちは急所のひとつだ。ここで止めてはいけない。ガードが下がって今度は顔面ががら空きだ。追撃の拳を振るい顎を打ち抜く。スローモーションを見るかのように、智久は仰向けに倒れた。

智久は激しく身悶《みもだ》えするが、再び起き上がりはしない。

終わった。足が震えている。拳も骨折したかと思うほどに痛む。

そうだ、蜜柑はどうなった？

リビングに視線を移す。

蜜柑は愛衣を組み敷いていた。息ひとつ切らしていない。俺とは正反対の展開だった。

それもそのはずだ。俺よりよっぽど格闘技や護身術に精通している。相手は普通の女性だ。たとえ刃物を持っていてもやられることはない。不意打ちが決まらなかった時点で勝負はついていたのだ。

「大丈夫？　日戸さん」

「ああ、なんとか」

お互いの無事を確認し合い、ようやく安心できた。

＊

なにかトリックの解明につながるものはないか。俺と蜜柑と恋は洋館を探索しながら、事件について意見を交わしていた。

愛衣と智久はラップや電気コードで拘束《こうそく》し、リビングで待機させている。帰りの時間などを計算に入れれば、あと十数時間で解決しなければいけない。恋はイラだたしげにサイドポニーをいじっている。俺たちにも焦りはあるが、地道に推理を重ねていくしかない。

「愛衣さんと智久さん、なんで襲ってきたんだろ」

不意に蜜柑が言った。

「トリックが見抜かれないうちに殺そうとしたんだろ。恋のせいで自分が犯人だと知られた上に、相手は蜜柑なんだ。命を狙おうとしてもおかしくはない」

「……そうかな。愛衣さんはアリバイトリックを仕掛けてる。アリバイトリックって、犯人と疑われるの前提で作ることが多い。現に警察からも重点捜査されてる。なのにいまさらあたしに疑われたからって殺そうとするかな？」

「恋の暴露のせいじゃないか。あれで俺たちは愛衣が犯人だと確信した。確信と疑いじゃ天と地の差だ。最初に愛衣が蜜柑を見たときを思い出してみろよ。ほとんどリアクションがなかっただろ。それが、嘉手納の計画を暴露したと恋が言った瞬間に態度が変わった」

蜜柑はひとつ爪を噛むと、

「佐藤さんの殺害方法は、嘉手納さんの家族と同じ方法だった。警察は百パーセント嘉手納家を捜査するはず。それがわかってて同じ殺害方法を選んだ。そんな大胆なことできたのは、トリックに絶対の自信を持ってたからだと思う。あたしが犯行を確信したからって、あんなに態度豹変させたり、殺そうとしたりまでするかな？」

犯行を確信されようがされまいが、トリックさえ解かれなければ罪から逃げおおせる。愛衣は蜜柑と初対面したとき、歯牙にもかけないような態度を取った。トリックに絶対の自信があるからできたことだろう。事件を探られても問題ないと。

そう考えると、愛衣にとって蜜柑の訪問はナイフを振るうほどの危機ではなかったのかもしれない。

「じゃあ愛衣はなにに追い立てられてナイフを握ったんだ？」

「恋さんの発言がきっかけで、愛衣さんの態度が変わったのはたしか。理由はそこにあると思うけど……」

肝心の恋は言いたくても言えないというもどかしさからか、唇を血が出るほど嚙んでいる。助力は期待できない。これ以上母の死につながるかもしれない行動は取らないだろう。自力で考えるより他ない。

「恨みもない俺たちを殺そうとするほどだ。生きるか死ぬかの決断だったに違いない。成功しても失敗しても地獄なんだからな」

成功すれば、俺はともかく蜜柑の失踪は大きなニュースになるだろう。捜査の手は確実に愛衣にも及ぶはずだ。警察の追及に遺体処理、さっきのおばさんへの言い訳なども考えねばならず苦難は多い。

失敗した場合はこのとおりだ。まだ通報してはいないが、殺人未遂で連行されるのは避けられない。

「そんなリスクを負ってまで蜜柑を襲った。トリックに直結するなにかがあったんだ、間違いなく」

「うん……でも」

それがわからない。恋の発言が着火剤だったのは愛衣の反応からして間違いないが、愛衣をそこまで駆り立てたのはなにか。

「佐藤の事件は、智久も関わってたのかな。それとも崖っぷちの愛衣がすべて打ち明けて協力を頼んだのか」

「……わからない」

蜜柑は横に首を振った。

俺たちを殺そうとしたからには、智久も事件に無関係ではないだろう。恋の回想では言及されていなかったが、智久がトリックに関わっていた可能性が出てきた。

しかし、智久というピースを加えてもパズルは解けない。愛衣とセットで智久にも鉄壁のアリバイがあるのだ。

材料は出そろっている。

恋の言葉だけでなく、愛衣の凶行からもそれがはっきりした。だが光は見えない、どうやれば鉄壁のアリバイを崩せる?

ない知恵を振り絞って考えてみるが、妙案は浮かばない。

黙考しながら洋館の端まできたときだ。

はたと蜜柑が足を止めた。なぜか壁の一点を見つめている。濃い木目模様のただの壁だ。注目するような点はない。

いや、よく見れば窪みがあった。どうやら取っ手のようだ。目を凝らしてみれば、壁には継ぎ目も確認できる。取っ手の下には鍵穴もある。一見するとただの壁だが、どうやらドアになっているようだ。

蜜柑が取っ手を引いた。難なくドアは開く。なかは下りの階段だった。嘉手納が下るためだろう、ゆるやかなスロープもある。蜜柑は慎重に一段一段下りていった。いかにも怪しい空間だ。

階段を下りきり電気をつけると、そこは物置だった。

衣服が収納された段ボールや、本が詰まった本棚、古びた食器や冷蔵庫などが三十畳ほどの広さを贅沢《ぜいたく》につかって保管されていた。特筆するほどの物品はない。拍子抜けだ。

ぐるりと地下室を見回してから、蜜柑は奥にあるドアを開ける。

そこはユニットバスだった。足を悠々と伸ばせるぐらいの風呂があるものの、埃《ほこり》や汚れが溜まっている。便器も長らく使われた形跡がない。

それらを前にして、蜜柑は小刻みに震えていた。たしかに汚いが、そこまで嫌悪感を示さなくても。

そう軽く考えて蜜柑の顔を覗きこみ、言葉を失った。

焦点の合わない目を虚空に浮遊させていた。唇も痙攣《けいれん》したように震わせ、なにかつぶやいている。

「そんな……そんなこと、できるはずない」

俺が近づいたのも目に入っていないようだ。そこへ恋が寄ってくる。

「ようやく、わかったみたいっスね。遅いっスよ、花ちゃん」

すうっと、蜜柑の目の焦点が中心に定まった。火をつけられたかのように走り出す。あっという間に階段を駆け上がっていった。慌てて追いかける。階段を駆け上がり、廊下へ。蜜柑は玄関から外へ出ていった。公道で立ち止まると、左右に首を巡らせる。なにかを見つけたのか再び駆けていく。その先にいたのはジャージ姿のおじさんだった。

ようやく追いつくと、

「なにが、あったんだよ？　急に走り出して」

俺は呼吸を整えるのも惜しんで訊いた。

「たぶん、この質問ですべてわかる」

蜜柑の額から一筋の汗が流れた。展開が呑みこめていないおじさんと向き合う。

「訊きたいことがある。嘉手納さん家《ち》のことで」

「か、嘉手納さん？　なんかあったがかえ？」

「嘉手納さんに、未来って子供いる？」

「子供って……愛衣ちゃんがおるけんど」

「未来って弟は？」

「なに言いゆうがで。弟もなにも、嘉手納さん家はひとりっ子やろう」

この人こそなにを言っているんだ。会話の内容が噛み合っていない。

嘉手納さん家はひとりっ子？　バカなことを。愛衣には未来という弟がいるはずだ。たしかに姿は見ていない。だが恋も愛衣も弟について言及している。嘘をついたというのか？

「あ」

脳に電気が走った。恋の回想と思わせぶりな台詞、いないと断言された弟の存在、長大な犯罪計画と地下室。それらの点が線につながった。

「蜜柑……まさか」

「それしか、ない」

確信を得た蜜柑は重々しくうなずいた。

そんなことがありうるのか？

この考えが正しいとするなら、鬼畜の所業だ。

推理が外れていてくれ。初めてそう願った。

「戻ろう」

蜜柑は魔城のようにそびえ立つ洋館を見上げていた。静かなまばたきに、黒い睫毛がゆれた。

4

拘束された女は蜜柑を射殺さんばかりの目つきで睨み、男は諦念の表情で口をつぐんでいる。睨まれる恋は相変わらず飄々として、窓辺に佇んでいた。そこへ蜜柑の推理が語られる。

「トリックは、とてもシンプルでした。嘉手納さんと愛衣さんがアリバイを作ってる間、未来さんが殺人を実行したんです」

台詞にすれば極めて初歩的なトリックだ。アリバイ調べでまず検証されるようなケース。最有力容疑者になるであろう人物がアリバイを作り、別人が犯罪を実行する。

これだけだとトリックにもならない。手垢のついたちゃちなアリバイ工作だ。しかし、嘉手納はこれを執念と時間と財力でもって完全犯罪へと昇華させようとした。

「この推理の組み立ては、あたしたちだけしかできません。世間では未来さんはいないことになっているからです。嘉手納家には父と娘のふたりだけしかいない」

いないはずの人間が人を殺すのだ。犯人が見つからないはずだ。

「愛衣さんと未来さんは双子。でも、未来さんだけはずっと存在を隠されてた。自宅出産だったから、片方の存在だけを隠すのはできなくもない。日本には無戸籍の子供が何百人もいる。荒唐無稽なことじゃない。

そんな未来さんは地下室で育てられた。ユニットバスとかが最初からついてたのかあとからなのかはわからないけど、人が暮らせる環境にして住まわせた。嘉手納さんが人を寄せつけないようにしたのも、未来さんの存在を知られないため」

恋の暴露発言で、愛衣が狼狽《ろうばい》していたのも無理からぬことだった。このトリックは未来の存在を隠しとおして初めて成立する。その要を暴露したと知らされたのだから、狼狽《うろた》えもするだろう。訊きこみで未来の名を出されるだけで、トリックは即時解明されるのだから。

あの宮路というおばさんがきたとき、愛衣は自ら父親のアリバイについてふった。あれは蜜柑の方からアリバイを尋ねられるのを回避するためだ。蜜柑の口から未来の名が出てこないように、〝父たちが〟と言うことで暗に父親と未来のふたりともが自宅にいたと蜜柑に思いこませようとした。

「この洋館はおばけ屋敷呼ばわりされてました。誰もいないはずなのに明かりがついたとか人影を見たとかで。これは未来さんがつけた明かりだと思います。かわいそうに思った愛衣さんが地下室から出してあげたのか、たまたま鍵が開いてたのかはわかりません。でもなにかのきっかけで外に出た未来さんがやったことでしょう。

その地下室の入り口は一見すると壁にしか見えませんでした。地下室の存在を隠すためのカモフラージュです。誰かが屋内に入りこんだとき発見されちゃいけませんから」

地下室に子供が数年間も監禁されていた、というのがフィクションだけの話ではないと俺たちは知っている。ニュースやテレビの事件報道特番で一度や二度ならず報じられたからだ。

さらに嘉手納は閉じこめるだけではなく、将来殺人をするのだと教えこんだ。復讐のために、車椅子の生活ながらふたりの子供を育て上げたのだ。

思うに、赤ちゃんのときは未来を愛衣と偽って複数のヘルパーに世話をさせていたのではないだろうか。おしめさえ嘉手納が替えれば、赤ちゃんがふたりいるなどと考えもしないだろう。そしてある程度育てば自力で育児教育する。男手ひとつであることと足の不自由さを踏まえれば、いかに困難な道だったかは想像に難くない。現に嘉手納はそう発言している。

もちろん他の方法を用いたのかもしれないが、いずれにせよ嘉手納はやりきったのだ。どれほどの狂気であり執念だったのか。愛衣と未来はどのような気持ちで十七年間をすごしてきたのか。もはや想像することすら難しい。苦しい。

「このトリックには難点があります。実行したら終わりとできないこと。全部が終わったあとも未来さんには生活がある。でも嘉手納未来としては世に出られない。トリックに関わりますから。架空の人物として暮らせればいいけど、それだと戸籍がないことになって、いろいろ支障が出ます。そこで未来さんが入れ替われる人が必要だった。条件はいくつかあります。顔や声、背丈がある程度似てること。年齢も近い方がいい。身内とも疎遠じゃないといけません。入れ替わりは親族に一番バレやすいですから。

世の中には似た人間が三人はいると言われますけど、そんな都合のいい人を見つけるのは簡単じゃありません。トリック実行まで十七年かかったのも、入れ替われる人を探してたからじゃないでしょうか。見つけたのが、智久さんでした」

愛衣ほどの容姿と物腰を持つ女性なら、放っておいても恋人ができそうなものだ。そんな女性が出会い系サイト巡りや渋谷での逆ナンをしていた。すべては未来に人並みの生活を送らせるためだったのだ。

智久と親密になると個人情報を引き出し、入れ替わりの条件に合致すると知った。そのあとは……。

「このトリックはほんのちょっとでも未来さんの存在を悟られちゃいけません。未来さんはほとんど外に出してもらえなかったと思います。だから外の世界を知りません。愛衣さんは世の中を少しずつ教えていくために、未来さんを身近に置いておきたかった。智久さんを恋人としたのはそのためです。恋人なら一緒に暮らしてても怪しまれません」

愛衣はなんとか拘束を解こうと、呻《うめ》きながら身をよじっている。反対に、未来は石像のようにじっと正座していた。まるですべてを受け入れているかのようだ。

「佐藤さんのあとは、本物の智久さんも殺しました。これで未来さんは智久さんと入れ替われます。ぼろを出さないために智久さんの知り合いに会わないように気をつけて、みんなと同じに普通に生きていけばバレません」

「そう！　そのはずやったのに！　祇園寺恋、あんたさえいらんことせんかったら！」

狼のように歯を剝《む》き出し愛衣が叫ぶ。恋は薄い笑みを張りつけて、それを見下ろしていた。

「あんたを殺すべきやったわ。あのバカ親父！　こんな奴引き入れんかったら……」

せき止めていた涙が、愛衣の両目から流れ落ちた。

「あのときのアタシは、小説のネタを暴露してやろうなんて気持ちはミジンコほどもなかったっスよ。嘉手納さんも、それを感じたからトリックをしゃべったんでしょうし」

「言い訳すんな！　あんたの本性は知っちゅうがやき。アタシらを弄《もてあそ》んで楽しみゆうがやろ！」

めちゃくちゃに体を振りまくる。手首に巻かれたラップからは血が滲《にじ》む。そんな愛衣の前に、恋が歩み寄った。

「知ってます？　佐藤の身内が、花ちゃんに調査依頼をしてたそうなんスよ。最近、佐藤の身辺調べたら耳に入ってきたんス。わかりますかね。遅かれ早かれ、花ちゃんはきてたってこっスよ」

愛衣が言葉を失う。事実なのかと目で俺たちに訴えてきた。

「恋が言うように、ここへくる前に岡山から依頼があった。依頼者の名前は……佐藤だった」

例の佐藤とつながりがあるとは、このときまで知らなかった。俺にとっても驚きだった。

「ほらね」

やさしげに恋が微笑んだ。

「このトリック、アタシは本心から感心してたんスよ。なんて鬼畜で、なんてエグいんだろうって。普通なら暴かれようがないってのも素直な感想っス。ただし、捜査するのが警察なら、ね。対戦相手が花ちゃんなら話は別っス。どんなに完璧完全なトリックだろうが、いつかは解き明かされる。なぜかって？ それは花ちゃんが名探偵だからっスよ」

愛衣の前にしゃがむと、真正面から向かい合う。愛衣の顔に手を添え、涙を親指で拭《ぬぐ》った。

「チャンスはあったでしょう。けど、ふたりはしくじった」

「あんたは、なんなが……」

愛衣が瞳と唇を震わせる。

「さあ、なんなんでしょうね」

微笑する恋。

「自首をお勧めするっスよ。公権力持った人の印象が多少はよくなるでしょうしね。潔《いさぎよ》く認めて、少年法を活用しましょうよ。なんてったって事件時は十七歳。ぎりぎり間に合いますよ。佐藤みたいに有効につかいましょう。自首の仕方は、わかるっスよね」

気が抜けたように愛衣は抵抗をやめ、恋と視線を交わし合う。無言の会話が行われている、俺にはそう思えた。

「心配しないで。僕なら大丈夫だよ。慣れ親しんだ壁のなかの生活が戻ってくるだけだからね」

姉を安心させるかのように、未来は笑顔を投げかけた。まるで日常会話だった。だからこそ、愛衣の表情はぼろぼろと崩れた。

蜜柑はそんなふたりを無言で見ていた。真相を暴いた者として、なにもかもを受け止めようとしていた。

「どうっスかね花ちゃん、先輩。自首させてあげてくれないっスか?」

恋にしては建設的な提案をしてくる。俺の方はぜひもなかった。このまま警察へ突き出す気にはなれない。ふたりの人生はあまりにも過酷で、逃れようのない運命に縛られていた。

嘉手納から逃れようと思えば逃れられた、と断罪するのは簡単だ。だが、ふたりは生まれてから父親が死ぬまで心を縛られてきた。逃れようと思って簡単に逃れられるものではない。できるなら見逃してあげたい、そんな気持ちにすらなる。

しかし、ふたりはなんの罪もない智久をも殺害した。未来が人並みの生活を得るためには必要だったのだろう。理解はできるが、看過できない。佐藤のことを含めて、この罪は償うべきだ。

「……わかった」

蜜柑はおもむろにうなずく。

あとは嗚咽《おえつ》だけが、リビングに零《こぼ》れ落ちていた。

*

これで四つの事件を解き明かした。ルールどおりであるなら人質は解放され、悪質なゲームが終わる。

恋から今後の詳細はまだ語られていない。

夜中に事務所へ到着したときには、タイムリミットまで残り約一六時間というところだった。結果的には半日以上も時間があまったが、どれかの事件でひとつでも対応を誤っていれば間に合っていなかったかもしれない。余裕を持って戻ってこられてよかった。

俺が事務所の鍵を開けると、恋は無遠慮になかへ入っていった。断りもなくテレビの電源を入れる。

「やってるっスね」

ソファに腰を下ろすと、テレビに見入る。

テレビでは佐藤殺害を自白した者がいると、センセーショナルに報道されていた。夜のニュース番組の時間帯なこともあり、ザッピングしてもほぼ全局がその話題だった。高知を去ったあとに、ふたりはちゃんと出頭してくれたらしい。

俺もテレビへ意識を向けた。蜜柑も突っ立ったまま、報道に見入っているようだ。

どこかの警察署前でリポーターが現状を伝えている。ワイプのなかのアナウンサーは深刻な顔であいづちを打つ。大きなニュースの際はよくある光景だ。

しかし、違和感があった。

「おかしくないか、これ?」

「ああ、たしかにリポーターの髪型ウケるっスね。寂れた居酒屋の暖簾《のれん》みたいじゃないスか。かつらを差し入れしてあげないと」

「そうじゃない。このリポーター、少女が出頭したとしか言ってないぞ。少女と少年じゃないのか?」

「なにもおかしくないっスよ。出頭したのは、愛衣さんひとりでしょうからね」

「そんな、俺たちとの約束は……」

ふたりを信用したからこそ、拘束を解き、なにもせずに帰ったのだ。沼のなかへ沈みこんでしまうような脱力感に襲われる。

そんな俺を見て、恋はくすりと笑った。

「破っちゃいないっスよ。ちゃんと警察へいってるじゃないっスか」

「愛衣だけだろ。ひとりだけじゃ意味がない。未来がいなければ、アリバイは崩れないいんだからな。アリバイのある愛衣を起訴できないだろ」

「そっスか？　アタシならこう言いますけどね。アタシこと嘉手納愛衣はある日偶然、自分とそっくりな人を見つけました。その瞬間、悪魔が囁《ささや》いたんです。この人を替え玉にすればアリバイが作れる。父の恨みが晴らせると。彼氏の智君に、その人を友人の前でアタシとして扱うように頼んだんです。不思議がりながらも、了承してくれました。そうして替え玉がアリバイを作っている間に、アタシが佐藤を殺したんです。その後は平和な日々をすごしていましたが、智君が疑いを持つようになりました。アタシの頼みと、アタシのアリバイとが結びついたようです。そこへ蜜柑さんがきたのが追い打ちとなりました。蜜柑さんが帰ってからそれを追及されて、気がつくと智君が倒れていました。死体は所有している船で海に沈めましたが、彼氏を殺《あや》めてしまった罪の意識は時間を経るごとに大きくなりました。押しつぶされそうで、耐え切れずに自首しました……ってね」

「むちゃくちゃだ。そっくりな人なんて実際はいないだろ。そんな都合のいい話を誰が信じる」

「もちろん、未来さんから教わった秘密の暴露も添えとくっスよ。犯人しか知りえない事実をプレゼントすれば、警察も心置きなく逮捕できますからね。もっとうまい嘘話があれば、そっちをつかってもいいっスし。せっかく目の前に現れた真相っス。警察だって遺族だって、それなりの蓋然性と証拠があれば飛びつくものっスよ」

「……俺たちが真相を伝えれば、防げる」

重い喉をこじ開け、俺はそう言った。

「伝えるって、なにを伝えるんスか？」

「決まってる。弟がいることと、そのトリックをだ」

「弟って、なんのことっスか？」

恋が頭だけを俺のいる後方へ倒してきた。

「とぼけるな。嘉手納未来のことだ」

「ああ、あの妄想話で出した人っスか」

「はぁ？」

思わずまぬけな声が出る。

「弟の未来さんってのは、アタシの話のなかだけで出た人っしょ。あんなの嘘っぱちっスよ。弟がいる証拠なんてどこにあるんスか」

やられた。愕然《がくぜん》として言葉を失う。

俺たちが未来の存在を認識したのは、恋の回想があったからだ。未来の存在を証明する物証はない。探せば見つけられたかもしれないが、俺たちはそこまでしなかった。時間がなかったせいもあるが、愛衣を信用したからだ。未来に雲隠れされてしまえば弟がいると証明しようがない。未来は隣人たちの認識では智久なのだ。

俺たちが帰ったあとに智久を殺し、海に死体を沈めた。このシナリオなら時系列的にも辻褄《つじつま》は合う。実際は海に死体はないのだから、捜しても発見されない。DNA照合されることもない。

未来は智久との入れ替わりを画策していた。髪の毛や組織片など、他に本物の智久と未来とを比較できるものは残していないだろう。智久が死亡扱いになればなりすますこともできなくなるが、檻に閉じこめられるよりマシだ。資産は大量にある。現金化しておけば戸籍などなくとも充分に暮らしていける。多少の不便はあれど、こうなった以上、それが未来を守る最善の策だ。

佐藤殺害は愛衣の単独犯。その偽の真相が真実になってしまうのは、もはや避けられない……。

怒りが、こみ上げてくる。

「未来はそれでいいのかよ。実の姉が自分の罪まで被って出頭したんだぞ。身代りを提案したのは愛衣からだろうさ。でもそれを受け入れるなんてあるかよ。自分だけのうのうと暮らそうなんて——」

そこで気づく。

だからこそだ。だからこそ、愛衣にとっては本望なのだ。

「智久さんの殺害は、ただ戸籍をゲットしたくてやったんじゃないっス。この事件で人を殺したのは誰っスかね。佐藤を殺したのは未来さん。これは確定っスね。じゃ嘉手納さんが転落事故じゃなく殺されてたとしたらどっスか。殺意を抱くほどの恨みを持つのは？　これも未来さんっスよね。十七年監禁された恨みは半端なかったでしょうから。ってわけで、二件とも人を殺したのは未来さんなんスよ。どうっスか、この不公平さ。愛衣さんはなにもしてないんスよ。これって愛衣さんはどんな気分っスかね。自分は日の当たる生活を謳歌でき、弟は暗い地下室で年月を重ねてきた。それだけでも胸が潰れるぐらいの負い目っスよ。その上、殺人は弟の役目。自分は人探しをするだけで、手は綺麗なままっス。弟にだけ罪は背負わせられない。愛衣さんはそんな気持ちだったんじゃないスかね。
わかるっスか？　愛衣さんは誰かを殺さなきゃならなかったんスよ。弟と平等であるために。塀の中の生活も本望でしょうね。それは未来さんが辿ってきた道なんスから。これで愛衣さんは長年の負い目から解き放たれるんス。その願いを弟が叶えてあげる。これって、非難されるようなことっスかね」

　なにも言えなかった。善悪すらわからなくなりそうだった。わかるのはただひとつ。どんなに奇異に映ろうが、これがあの姉弟の形なのだということだ。

　蜜柑もなにも言わない。いつものように無表情で、空中にあるなにかを見ているだけだった。手だけがきつく握られている。

「さてっと」

　恋はテレビを消すと、膝を叩いて腰を上げた。

「じゃあいきましょっか。花ちゃん、パスポート用意してください。エクストラステージの始まりっス」

「なんだよ、それは」

　楽観はしていなかった。始まりから終点まで異常だったこの旅が、すんなりと終わるはずがない。

「アタシにキレないでくださいよ。指示されてやってることなんスから」

「四つの事件を解明したら、人質は解放される約束だ。反故《ほご》にしておいて、俺たちには海外へいけってのか。お前、あいつらとつながってるんだろ。電話させろ」

手を突き出すが、恋は人差し指を乗せるだけだ。

「それはできないっス。どんな理由であれ、接触はしたくないそうなんで。アタシはすべての事件を解決後、花ちゃんをアメリカへつれてこいとしか言われてないっス。理不尽なのは承知でここまでやってきたんでしょ。ぐずぐず言っても始まらないっス。アタシのママのためにも、お願いします」

表情硬く恋は頭を下げる。俺は言葉がつかえ、迷いに囚《とら》われる。どうするべきなのか。正解は従うこと。そんなことはわかっている。だが、行先には闇しか見えない。

「……蜜柑、いくな」

気づけば俺はそう訴えていた。

「のこのこ罠へ飛びこむようなもんだ。ろくな説明もないのにいきなりアメリカへこいだぞ。危険すぎる。従うことはない」

必死の熱弁とは裏腹に、蜜柑は一寸の感情もない顔を向けてきた。度重なる疲労で土のようにかさつき青ざめる唇。そこから発されるだろう言葉は、聞くまでもなかった。

「あたしは、いく」

それでこそ蜜柑だ。だが、そういう人だからこそ、俺は止めなければいけない。

「ほんの何時間か前に思い知っただろ。誰が命を狙ってくるかしれないんだ。約束が反故にされたいま、人質が解放される保証もない」

「ちょっとでも可能性があるなら、いかなきゃいけない」

潤《うる》いのない瞳は、まばたきすらしない。使命の火が煌々《こうこう》と瞳の奥で燃えているのみだ。

「あんな奴ら、信用するだけ無駄だ。現にこうやって予定にないアメリカ行きを通告してくるんだからな。最悪殺されるかもしれないんだぞ。それでもいいのかよ」

「かまわない」

まっすぐ俺を見据えて言った。驚きはない。そう答えるだろうとわかっていたから。

「あたしは、あたしにできることをやる。マスクの人たちの正体も、人質の居場所もわかってない。あたしがポンコツだから。そんなあたしがいまできるのはこれだけ」

驚きはないはずだ。それなのに、胸が震える。

「俺は……蜜柑に傷ついてほしくないんだ」

助手失格だ。俺は人質よりも、蜜柑を優先した。思っても胸にしまっておかなければいけないことだ。

それでも言わずにはいられなかった。みすみす死地へはいかせられない。

「……ありがと」

蜜柑が、俺の手を握った。

「ここでお別れしよう」

手の平を通じて、蜜柑の意思の形を感じた。

「あたしはこの生き方を変えられない。涼さんにずっと心配かけちゃう。そんなの嫌だから」

心をすくい取る余裕はなかった。蜜柑から視線を逸らさない。逸らしてはいけない。握られた手から伝えられる意思を、受け取るしかなかった。

俺はついていってはいけないのだ。別れなくては、いけない。

手が離れる。骨が潰れそうなほど手を握りこみながら、腕を下ろした。

蜜柑の目は、俺から恋へ移る。

「いこう」

蜜柑が横をとおりすぎていく。俺はなにもできない。

「帰ってきたらアタシが慰めてあげるっスから」

恋が背中をなでていく。

ドアが閉まる。

誰もいない。

ふたりの気配が、遠くなっていく。俺はひとり、立ちすくんでいた。

第五章　名探偵の栄光

アメリカ、ロサンゼルスへきて二週間。アタシと花ちゃんは平和にアメリカ生活を満喫してる。

寝床はネットで知り合った同い年の女子の家にホームステイだ。日本ＬＯＶＥで花ちゃんのことも知ってる子だ。しかも大ファン。つれていくと言ったらホームステイを快諾してくれた。

そんな楽しい時間も、そろそろ終わりにしなければいけない。

アタシは教会にやってきた。長椅子が通路の両側に整然と並び、白壁は静粛《せいしゅく》さを演出してる。ステンドグラスからはやわらかな光が差しこむ。正面には仰々しい祭壇があり、その上には十字架に磔《はりつけ》にされたキリストがいた。

神父には高額な寄付をして退出願った。クライマックスに立ち会えるのは、主要登場人物のみだ。

椅子に座って不味《まず》いビールを飲むことにする。瓶を傾けると喉を刺激しながら液体が流れこんできた。静寂に身を浸しながら、高い高い天井を見上げる。

そこへ足音が近づいてきた。ようやくきましたか。

見るまでもなく、誰かはわかる。

「ようこそ。いらっしゃいっス」

「用はなに？」

花ちゃんは警戒してるのか、扉前に突っ立ってる。アタシの纏《まと》う雰囲気が変化したのを感知したんだろう。

「まあまあ。座ってください」

椅子を叩いて着席を促す。花ちゃんは観念したのかとなりに座った。

「実は見せたいものがあるんス。どうぞ」

スマホを手渡す。花ちゃんは訝《いぶか》しげな目をスマホに落とした。なんのリアクションもなく約三秒。わくわくしながらそのときを待った。

まず花ちゃんの手が震え出す。呼吸が荒くなり、小さな胸が大きく上下し出した。ぎぎぎ、と錆《さ》びついた音がしそうなぐらいぎこちなくアタシの方に顔を回してくる。イっちゃったみたいに瞳孔が開き、痙攣《けいれん》する唇から声が漏れた。

「なに、これ？」

笑いそうになるのを我慢してアタシは真面目な表情を装う。

「死体っスよ。例の人質さんっス」

スマホの画面には血溜まりに横たわる女の人が映《うつ》ってた。手足は潰れてぐちゃぐちゃ、お腹は裂かれて内臓が飛び出てる。顔だけは無傷で、例の人質だとはっきりわかる構図だ。

「なんで……あたし、ルール守ったのに」

顔面蒼白だ。いまにも倒れてしまいそう。ここは最後のひと押しをしてあげないとね。

「守ってないっスよ。最大の禁忌を犯したじゃないスか。推理ミスっていう禁忌を」

「……して、ない」

声も風前の灯火《ともしび》みたいに小さい。いつもの無表情も崩壊寸前だ。楽しくとどめを刺しにいこう。

「ざるな頭っスね。埼玉の事件っスよ。あれ、全然まったく完全に不正解っスから」

花ちゃんはまだ信じられないのか、バカみたいに口を半開きにして固まってる。

さあ、こっから解答編スタート。名探偵に真相を教えられるのは世界でアタシだけだろうなぁ。絶頂のなか、笑顔を向ける。

「ぽかんとしたくもなるっスよね。『いいづか』って文字の解釈はいい感じでしたし、なんたって塩野さんは自供してたんスから。けどっスね。所詮推理は推理。真実を確定するものじゃありません。あの文字が、本当は『いいづか』じゃなかったとしたら……っていうか元は『いいづか』じゃなかったっスからね。目撃者たるアタシが断言するっス」

「『いいづか』を見たってたしかに言った。嘘はつかないって——」

「そんなのを信じるなんてお人よしっスね……なんてことはもちろん言いません。正真正銘、アタシが最後に見たのは『いいづか』って文字でした。最初に見たのは全然違いましたけどね」

花ちゃんが開いてた口をぎゅっと閉じた。ようやく自分のしくじりに気づいたんだろう。

「そりゃ初見じゃダイイングメッセージだって喜びましたよ。けど残念。よくよく見たらダイイングメッセージじゃないのは一目瞭然でした。実際アタシ、それ以降にあの文字がダイイングメッセージだなんて一言も言ってないっスからね。嘘はひとつもないっス」

「じゃあ、最初に書かれてた文字は……？」

ポケットからメモ帳を取り出すと、アタシが見たものを書いてあげた。

↑ここ
「こう書いてあったっスね。これを横向きに見ちゃったんで、『いいづ』って読めたんスよ。子供が木の下に宝物でも埋めてたんでしょうね。その目印として『↑ここ』って書いておいた、と。子供の下手な字なんで『↑』もパッと見じゃ点が一個足りない『づ』に見えたってわけっス。たまたま都甲さんがそこに倒れてたんで、アタシも一瞬、ダイイングメッセージと初遭遇できたってはしゃいじゃったんスよね。しょっぱなで言ったように、『いくつもの偶然が重なって出合えたイベントでした』よ」

「あの写真は？」

「ダイイングメッセージっぽく書き加えたものっスよ。塩野さんと六宮さんを追い払ったあとにやりました。まず『づ』として未完成だった『↑』にちゃんと点を一個追加して、語尾に『か』をつけました。仕上げに都甲さんの指を『か』の書き終わりに持っていったんス。だから〝最後に〟アタシが見たのは、写真にあるように『いいづか』で間違いないっス。

あ、落ちこまないでくださいね。誰だってあの短期間じゃ解けませんよ。なにせ推理の材料がないんスから。あの辺りが子供の遊び場になってるとか知りませんでしたよね。アタシが文字を書き加えた描写も端折《はしょ》りましたし、ミステリ小説みたいにアタシの欺瞞《ぎまん》が推測できる描写も入れませんでしたから。推理力より想像力をたくましくさせなきゃ解けない類《たぐい》のネタでした。けど哀しいかな。堅実な探偵ほど想像力じゃなく、論理的な推理に頼っちゃうものっスからね」

熊本の事件で、アタシが祐泉と協力関係にあることを伏線で織りこんだのもミスリードを誘うためだ。そうすることで、祇園寺恋は自分に不利になる情報まであますことなく伝えるんだ、と印象づけられる。直後の埼玉の事件でも、アタシは事件解決に必要な情報をすべて披露するものだと思わせられるって寸法だ。結果はご覧のとおり。

とはいえ最大のヒントはあった。病院での親子のやりとりだ。あれが花ちゃんの前で起こってたら、たちまちダイイングメッセージの真相に気づいてただろう。真相のヒントたりうる出来事に遭遇するなんて、酷い偶然だった。

「警察に画像見せなかったのも、実のところはそんな理由もあったっス。なにせダイイングメッセージの捏造《ねつぞう》っスからね。さすがに警察のご厄介になっちゃうんで」

「でも、塩野さんも『いいづか』って文字を見たって……」

「それこそ偽物の記憶っスね。事件の夜、塩野さんはたしかに地面の文字を見てるっス。けどちらっとだけでした。しかもパニック状態で。ちゃんとアタシは描写しましたよ。記憶には明確に読めた『いい』と、そのあとに文字みたいなのが書いてあった、ぐらいしか残ってないはずっス。そこへすごい自信持ったアタシに『いいづか』と書いてあったって言われたらどっスかね？　ああ、僕が見たのは『いいづか』って文字だったのか、ってなるんじゃないスか。少なくとも、記憶が曖昧《あいまい》な塩野さんはアタシの発言を強固には否定できません。事実、塩野さんはそんな感じの態度だったっスよね。

いつもの花ちゃんならもっと慎重に証言を精査したでしょうね。けど今回はキツイ時間制限がありました。さらに証拠写真まである。そんなのが重なって、塩野さんの証言を鵜《う》呑みにしてしまったんスよね」

花ちゃんたち以外に例の画像は見せてない。世間的に花ちゃんは、パニックに陥ってた人の証言を鵜呑みにして推理ミスをしたことになる。

「……なんで、そんなことしたの？」

「わかりません？　あ、もしかして埼玉での事故、脅迫される前にあったと思ってません？　だとしたら勘違いっスよ。埼玉のは脅迫されたあとの出来事っス。っていうのも、事件のストックって、アタシのなかには三つしかなかったんスよ。けど、それじゃ少なすぎるってことで、追加の事件を探して全国行脚したんス。ただ結局事故でしたからね。四つ目に加えるにはアレンジするしかなかったんスよ」

事件のストックが三つしかなかったのも、花ちゃんは知らない。だからアタシが危険を冒してまでダイイングメッセージを捏造する理由はないと思ったんだろう。けどアタシには、足りない事件を創出する、というれっきとした目的があった。

「なら、なんで塩野さんは……」

青ざめた唇から続きは出てこなかった。推理ミスしても名探偵。ようやく真相に辿りついたようだ。

「そうッス。塩野さんは六宮さんが好きでした。ずっと家へ通い詰めて支えになろうとするぐらいにね。でもその甲斐なく、六宮さんは心も感情も閉ざしてました。なにを訊《き》かれても、生返事しかしない。塩野さんは焦燥にかられたでしょうね。そんな六宮さんが、どばっと感情を表したときがありました。それが、都甲さんが殺されたかもしれないって知ったときっス。犯人が塩野さんと判明してからは、猿みたいに感情を爆発させてたっスよね。絶対に殺すってうるさく喚《わめ》いて。それを目の当たりにして、塩野さんは覚悟を決めたんスよ。

恨みは強い感情っス。自分が罪を被ることで、六宮さんは生きる活力を得るんじゃないか、と塩野さんは考えたんスよ。感情を取り戻し、自分を殺すために生き続けてくれれば、こんなにうれしいことはない。形は違っても、塩野さんが望んでたものっス。そのためには、ありもしない罪を被るのも厭《いと》わない。こうして安いメロドラマができたわけっス。恋は盲目ってほんとっスね」

塩野なら自己犠牲の精神を発揮してくれると期待してた。拍手を送りたい。アタシ演出のすてきな恋物語を好演してくれたんだから。

「六宮さんのために、塩野さんは虚偽の自白をしました。けど、そこへ追い詰めたのは誰っスかね？」

花ちゃんに問いかけた。鉄壁の無表情も陽炎《かげろう》みたいにゆれてる。

「とんでもないことやらかしたっスよね。子供の落書きをダイイングメッセージと勘違いしたあげく、無実の人間を犯人に仕立て上げるなんて。ネットで調べてみたっスけど、塩野さん、起訴されたみたいっスよ。これで終わりっスね。名探偵、蜜柑花子は社会的に死んだも同然っスよ」

花ちゃんがスタジャンの裾を掴み、アタシを見据えてきた。

「恋さんたちは、名探偵としてのあたしを殺したかった。推理ミスで冤罪《えんざい》を生じさせる。そうすれば信用は地に墜ちる」

推理の場に関係者を集めさせ、警察が逮捕にいたるレベルの推理をせよと要求した理由もそこにある。花ちゃんの推理で冤罪が生み出された、と証言する人がいなければいけないからだ。

「でしょうね。けど、いっこ失礼なことがあるっスね。アタシは無関係っスよ。清く正しく美しくがモットー。犯罪者に手を貸すわけないじゃないスか。そこは訂正願うっス」

マスクのみんなが信奉してるのは花ちゃんじゃなくてアタシだった。それは対面して数秒でわかった。なぜなら花ちゃんは呼び捨てで、アタシには様づけだったからだ。信奉する人を呼び捨てて、それに敵対する人を様づけするなんてありえない。わかりやすすぎるヒントだった。

決定的だったのは、あの蠅のキスだ。マスクを脱ぐなり、アタシの生足に口づけてきた。初めての感覚に、つい感じてしまったのもいい思い出だ。あれで花ちゃんを慕《した》ってるなんて思えるほどおめでたくない。

回りくどい伝え方をしたの、アタシの性格を熟知してたからだ。こんな犯罪紛《まが》いの計画に、表立ってアタシが乗るはずがない。真意はあくまで言外に匂わせるに止め、それを受け取ったアタシが独自に行動する形式にしないといけない。嘉手納家での一件と同じだ。アタシは脅迫されたかわいそうな女子を演じつつ、マスクの奴らに協力してあげる。それが祇園寺恋に協力要請する正しい手順だ。

マスクの奴らの動機なんて知らない。アタシと同族でありながら思想が相容れない花ちゃんが不満だったのか、アタシの脅威になりそうだから排除したかったのか。花ちゃんへの敵意は明確。アタシを巻きこんだのは、なんであれ、あの旅を強いたぐらいだ。花ちゃんへの敵意は明確。アタシを巻きこんだのは、間近で花ちゃんの破滅を見学させたかったからだろう。まったく、改めておせっかいな人たちだ。

マスクの奴らの第一の目的——名探偵、蜜柑花子の信用失墜——だけど、こっちも推測は容易だった。

花ちゃんへの崇拝は嘘だ。ならば花ちゃんに偉業を達成させるため、という目的も偽りだってことになる。真意は旅の性質を考えればおのずと導き出せる。

そもそも全国に散らばる複数の事件を、六日間で推理するというのが無茶。花ちゃんより頭のいいアタシでも、六日間で三つも事件を解決するなんて偉業レベルだと思ったぐらいだ。それが四つとなれば失敗して当然。それでも達成するのなら花ちゃんがそうだったように、かなり無理をするしかない。睡眠時間を削り、証拠集めを割愛し、時間に追われ焦りのなかで推理をする。どんな人間だって作業効率は落ちるし、ミスも犯す。時間制限があれば、収集できる情報にも制限が出る。材料が出そろっていなければ、完璧な推理は不可能なのに、だ。

この計画自体は悪くない。けど、マスクの奴らはつめが甘かった。推理ミスをさせるだけじゃダメだ。冤罪が生まれなきゃ意味がない。そのための偽の真相が不足してた。

しかたないからアタシが直々《じきじき》に出動してあげた。三つしかストックのなかった事件に、もうひとつ埼玉の一件が追加されたのはそのためだ。

ダイイングメッセージじゃなくて最初はがっかりしたけど、逆にこれは利用できるじゃんかと切り替えた。塩野が捕まるような偽推理をすぐに考案して、それに沿うようにダイイングメッセージを偽装した。動機があってアリバイはない『いいづか』がいたら計画失敗だったけど、そんな不運な人はそうそういない。幸運にも賭けには勝てた。

結果はこのとおり。無事、無実の人間が逮捕された。

解決後は花ちゃんをアメリカにでも飛ばせて、日本にいさせなくすればよろしい。

なぜなら花ちゃん――というか名探偵――は、必ず真相を見抜く。だからこそ信用される。

しかしそれは、絶対に間違えないってことじゃない。あの屋敷啓次郎だって間違いを犯す。

犯人の計略に嵌《は》まることもある。

けどそれは、ほんの一時の過ちにしかすぎない。事が大きくならないうちに真相を見つけ出す。それが名探偵だ。

塩野が逮捕されても、起訴前に推理を訂正されては大きなダメージを与えられない。

では推理ミスのリカバーを阻止するにはどうするか。再調査再検証をさせなければいい。真相を見抜くヒントを奪い、現場にいけないように遠ざけてしまう。

「ご清聴感謝っス」

恭《うやうや》しくお辞儀をした。

「そのうち、どこかの誰かが真相を暴き立てるでしょうね。木の根元に『↑ここ』って書いた子供を捜し出せば無実は証明されたも同然っス。マスコミはこぞって取り上げて、ネットじゃ非難の嵐。いままでの事件でも冤罪があったんじゃないかと善意の市民やネット民が粗探し。ツッコミどころのある事件もひとつやふたつ発掘されるんじゃないスかね。信用をなくして事務所は閉鎖。目を閉じれば、そんな未来がまぶたの裏に映るっス」

花ちゃんはいつもの無表情でアタシを見てる。完全なる絶望顔……ではまだない。折れそうになる膝を必死に気力で支えてる。そんな感じだ。けど、日本に帰ったときに知るだろう。もう名探偵、蜜柑花子の居場所はないことに。

「諦めましょう。もうどうしようもないっスよ」

放っておいても盛り上がる花ちゃんへのバッシングを、アタシのファンたちがさらに煽《あお》り立てる。火に油をどんどん注いで逃げ道をなくす。有名であればあるほど、降りかかる火の粉は巨大になる。

「助手であり心の支えでもあった先輩もいまや過去の人。切ったのは花ちゃんっスから、いまさら泣きつけないっスよね。となれば事務所の大家さんぐらいっスか、味方になってくれるとしたら。まあ老い先短いばあさんっスから、近いうちに孤立無援っスね。そうでなくても連日押しかけるマスコミにうんざりして、追い出されるのがオチでしょうけど」

花ちゃんは他人のために生きる。なんの説明もなくアメリカへいかなければならないとなった時点で、先輩を突き放すとみてた。銃社会アメリカ、顔の見えない犯人、高知での襲撃。これだけそろえば、天使みたいにやさしい花ちゃんのことだ、先輩を同行させるわけがない。

同行させることで推理の役に立つのなら、また違った展開になったろうけど、所詮は一般人。助手って聞こえがいいだけで、アタシたちの脳味噌とはＰＳ４とファミコンぐらいスペックが違う。いてもいなくても変わりはない。

「アタシから提言があるっス」

ちらっと横目をやった。あいつは、なにも関係ないような顔でアタシたちを見てる。

自然と笑顔になった。なんの計算も演技もない、慈愛の気持ちが心から湧き上がる。こんなの、久しぶりだ。

マスクの奴らの目的なんかどうでもいい。アタシはアタシの目的を達成する。

「これからはアタシと一緒にいきませんか？」

表情のない花ちゃんに近づいていく。

「名探偵として生を享《う》けた者同士、手を取り合いましょう。本当の意味で花ちゃんを理解できるのはアタシだけっス。日戸涼も中葉悠介も、結局は幸せな一般人。表面をなでてわかったような気になってるだけっス。アタシと花ちゃん、このペアこそがあるべき形なんスよ。真に理解し合い、お互いの隙間を埋められる。これ以上の組み合わせはないっス」

花ちゃんは座ったままで、アタシを見上げてる。瞳の中心に映るのはアタシだ。

「それに特典つきっスよ。アタシらが手を組めば、最強コンビ誕生じゃないスか。名探偵×2は無限大。メアリーセレスト号での失踪事件だって切り裂きジャック事件だっていちころっスよ。そんじょそこらの事件なら二時間サスペンスの枠でまとめられるっス。遺族も事件の真相を知れてハッピー、警察さんの負担も減らせて社会貢献もできる。あ、探偵役はアタシがやっとくっスね。花ちゃんは知恵だけ貸してくれればけっこうっスから。もう苦しい思いもしなくてすみます。バッシングも、悪意も、危険も、花ちゃんが受けることはないっス。普通の幸せな生活が送れるんスよ」

花ちゃんに、手を差し出す。

「アタシだけは、いつまでも味方っス。さあ、一緒にいきましょう」

心から、アタシは笑顔になれてる。自然な感情。いかなる覆い隠しもない。

花ちゃんはアタシの手を見、顔に目を移す。心のうちは窺《うかが》い知れない。

けど、この手は受け入れられるはずだ。

先輩は去り、帰国すればバッシングの嵐が待ってる。そうなった世界で唯一絶対の味方となれるのはアタシだけだ。受け入れれば、人助けもできる。拒否する要素がない。あるとすれば、安い意地だけだろう。花ちゃんにはいじわるもしてきたから。

そんなのは些末《さまつ》なことだ。この手には心の安寧がある。

花ちゃんが、ひとりで椅子から立ち上がった。アタシの手は空中に残ったままだ。

「一緒には、いけない」

アタシは小さく吹き出す。

「いじわるしてきたのは謝るっス。アタシの性格が難ありなのも自覚してますしね。けどそれも一緒になればわかりあえることっス。和解しましょう」

花ちゃんは首を横に振った。

「あのっスねぇ、よく考え――」

懇切丁寧に説得しようとしたときだ。無粋にもポケットで着信音が鳴った。もう、こんなときに。

「ちょっち待ってくださいね」

遮断しようとした指が止まった。スマホには見知らぬ電話番号が表示されてる。

なぜか嫌な予感がした。一瞬だけ躊躇《ちゅうちょ》し、通話パネルを押す。

「はい、どこのどなたっスか」

「恋だな」

先輩だった。想定外の声。コンマ一秒脳が混乱しかける。なんで先輩が。

けど、すぐに立て直し、

「どうしたんスか、アタシらなら元気にやってるっスよ」

「塩野さんが起訴されたってニュースを聞いたか？」

「ええ、それがどうかしました？」

「あれは嘘だ。恋の信奉者のひとりに偽の情報を流させた。そいつから恋の電話番号を手に入れてかけている」

先輩はなに言ってるんだ。

「塩野さんは釈放されて、マスクの奴らは逮捕されたよ。こういう奴らの出会いはネットだろうってことでな、ネットで特に恋を称賛している奴らを、ピックアップして捜査した。同時に俺の記憶を頼りに例の倉庫捜しと、人質になっていた女性の捜索も開始した。とにかくあらゆる手段を駆使した。そうしてひとりの人物を特定できた。たとえ優秀な人間の集まりだったとしても、人数が増えるほど迂闊《うかつ》な奴が含まれる可能性も増える。あのカスみたいにな。近々蜜柑がミスをやらかす、と友人に話していた奴を見つけ出せたんだ。別件で捕まえて絞り上げたら、自白したよ。あとの展開はさっき言ったとおりだ。そこからは芋づる式に一網打尽にできた。それにしても人質までグルだったとはな。特殊メイクにすっかり騙《だま》されたよ。

たぶんあれは事件解決後に傷ついた人質の画像を送ることで、潜在意識に事件を解決するたびに人質が傷つくと刷りこみたかったんだろうな。それによって推理することにわずかでも戸惑いを生じさせ、推理ミスの確率を高めようとした。焦りを生む効果もあり、一石二鳥のゆさぶりのつもりだったんだろう」

アタシはなんの指示もしてない。奴らが勝手にやったことだ。

「あいつらは仲間内のおふざけだったと言い張ってるよ。さすがお前の信奉者だな」

「なんのことかさっぱりっスね」

「それはとおらないだろ。埼玉の一件は事件じゃなく事故だった。恋がそのことに気づいていないはずがない。なのにお前は蜜柑が間違った推理をしても、なんのリアクションもしなかった。推理ミスは母親の死につながるかもしれないのにだ。いくらなんのヒントも出すなと釘を刺されているからって、あまりにも不自然だろ。だから俺は思ったんだ。恋は母親がどうなってもいいんじゃないかってな。あるいは、そもそも母親は人質に取られていないのかもしれない」

「買いかぶりっスね。アタシも推理ミスしてただけっスよ。だから花ちゃんのミスにも気づけなかった。それだけっス」

「いいさ。今回もお前が罪に問われることはないだろ。あいつらとは脅し脅されの関係しかない。つながりはそれだけだ。あいつらもそう証言してる。でもそれが仇《あだ》となったな。犯罪集団としては未熟すぎたよ。証拠の始末なんかも杜撰《ずさん》なものだった。悠介たち警察にかかればあっと言う間に逮捕できた」

あの脅迫映像、蠅は地声が丸出しだった上に背景も隠してなかった。情報収集の能力は一流でも、犯罪者としては三流だと思ってた。やっぱり、つめが甘々だ。この結末に驚きはない。

だけどこんなに早く露見するなんて。

花ちゃんはなにもかも悟った顔だ。

アタシはうしろを見た。奴は物言わずなりゆきを見守ってる。

「顛末の解説は蜜柑に任せるよ。もう、終わりにしよう」

先輩が電話を切る。

アタシは笑顔を作った。

「どういうことっスかね。ここへくる前にわかってました？」

振り返り、花ちゃんと目を合わせる。

「はっきり狙いがわかってたわけじゃない。事件の構造を俯瞰《ふかん》したとき、推理ミスをしちゃうかもしれないって心配だった。そのとき思った。ここになにか企みが隠されてるかもしれない。だから涼さんに調査をお願いした」

アメリカでは電話はおろか、ネットをすることさえ監視して防いできた。先輩に意思を伝えるなら、日本でやったに違いない。そのタイミングがあったとしたら——。

「事務所での握手っスか」

「うん。手に潜ませた紙を、握手のとき渡した」

あのやりとりで、それらしい会話はされてない。先輩は手の平の紙の感触だけで、花ちゃんからなんらかのメッセージがあると受け取ったんだろう。先輩の聞きわけがよかったのも、花ちゃんの別れの言葉が額面どおりじゃないと思ったからだ。単に気づかいで先輩と袂《たもと》をわかとうとしたんじゃなく、なにか意図があってしてることなんだと。

「あとはメモ書きの指示に従って、調査したんスね」

「違う」

花ちゃんが強めに否定した。

「なにがっスか？」

「メモには推理ミスがあるかもしれないから再調査してほしいってことと、なにか隠された企みがあるかもしれないってことだけ書いた」

「下手な嘘っスね。塩野さんの無実を証明しなきゃ、先輩が電話してこられるわけないっスよ」

「真相を見つけたのも、事件解決のためがんばってくれたのも、涼さんと悠介さん」

「んなバカな」

笑えない冗談。

「それが恋さんのミス」

花ちゃんがアタシとの距離を近づけてきた。

「恋さんは、あたししか見てなかった。涼さんや悠介さんに、この企みが見抜けるはずがない。そうやって見下してた。でも、ふたりとも一緒にいくつもの事件に関わってきた。無視していい人たちじゃない。あたしはやってくれるって、信じてた」

花ちゃんがアタシの真正面にやってきた。ほぼ同じ身長。同じ目線で、瞳をぶつけ合う。

病院での出来事を思い出す。親子のやりとりは最大のヒントだった。けど、それを目の当たりにしたのは花ちゃんじゃない。一般人の先輩だ。だから問題ないとアタシは安心した。

大きな間違いだった。あの偶然があの場で起こったことの意味を、もっと考えるべきだった。

「もうやめよう、恋さん」

「……できないっスね。花ちゃんこそ、やめたらどうっスか」

「それは、できない」

「でしょ。そういうことっスよ」

アタシはビール瓶を持ち、一口呷《あお》った。苦さが喉を刺し貫く。

「これにてゲーム終了っス。お家へ帰っていいっスよ。預かってたパスポートは外の木の根元に埋めてあるっス。『↑ここ』って目印書いてあるんで、すぐわかるっスよ」

花ちゃんの返事はまばたき一回だけだった。

アタシに背を向けて遠ざかっていき、扉が重苦しい音を立てて開かれる。振り返ることもなく、外の世界へ出ていった。扉が閉ざされる音を最後に、静寂が訪れる。

世界から取り残されたように、なんの音もしない。まぶたを閉じてみる。音も光もなくなった。

まぶたを開けると、厳《おごそ》かな教会が厳然としてそこにある。祭壇の上、奴に目を転じた。瓶を握り締める。振りかぶって、投げつけた。

派手な音。瓶が四散する。ガラスが歪《いびつ》に光りながら舞い落ちた。黒い液体が血のようになり、そいつの顔面を伝っていく。

「アタシは、負けない。諦めない」

背を向け、新たな場所へと歩いていった。

終　章　蜜柑花子への報告

成田《なりた》空港から事務所へと帰る車内で、俺は蜜柑に経過を報告していた。助手席の蜜柑は、しとしと降る雨を見ている。

「悠介には本当に世話になったよ」

「必死の働きかけがなかったら、あいつらの逮捕にはいたらなかっただろうな」

蜜柑のメモを読んだあと、俺は中葉悠介に連絡した。ひとりで解決すると息巻くような状況ではなかった。少しでも知恵がほしい。蜜柑の信頼を裏切るわけにはいかないのだ。その最善手は、悠介と協力して調査することだった。

本業で忙しいだろうに、悠介は快諾してくれた。調査の結果、埼玉の事件で推理ミスがあると明らかになったのだ。

「案の定、警察は渋ってたみたいだな。脅迫されてるって証拠がないんだからしかたない。そこを悠介と、例の警察内の協力者が懲戒覚悟で説得してくれたんだ」

腰が重すぎる警察を動かしたのは、俺の提案したこの言葉だった。

『蜜柑の推理ミスを指摘し事件を解決すれば、警察が蜜柑より上だと世間に示せる』

警察にとって蜜柑は何度も煮え湯を飲まされている目の上のたんこぶだ。蜜柑の活躍によって一部では警察は無能だとまで言われている。なんとかして蜜柑に一矢報いたいと思っているはずだ。

そのチャンスが目の前にあると提示すれば、警察も行動を起こしてくれるのではないか。その一心で俺は蜜柑を餌にした。

蜜柑を貶《おとし》めるなど取りたくない手段だったが、背に腹は替えられない。警察の協力が得られなければそれこそ回復不能なダメージを負うのだ。本当の事件解決のためには、こちらも痛みを負うしかない。

そうした説得と悠介たちの奔走のおかげで、警察はマスクの奴らの逮捕という功績を得られたのだ。

しかし、一部では蜜柑へのバッシングが湧き起こっている。それもしかたがない。脅迫されていたとか、塩野が蜜柑の推理ミスを利用したなど、言い訳はいくらでもできる。それでもどんな理由であれ、無実の人間を逮捕に追いやったのは事実なのだ。

とはいえ起訴前に真相が発覚するのと、あとで発覚するのとでは蜜柑へのダメージは雲泥《うんでい》の差だ。

「塩野さんと六宮さん、どうなった?」

「塩野さんは頑として無実を認めなかったからな。六宮さんの手を借りるしかなかった。塩野さんがなぜ無実の罪を被ったか、六宮さんに俺の推理を話したよ。そしたら脱兎の勢いで面会にいってさ。都甲さんのときぐらい怒ってたよ。泣きながら、ぶん殴ってやるから早く出てこいって。あの様子なら、大丈夫なんじゃないか……俺はそう思ったよ」

塩野の支えがあれば、悲しみを乗り越えるのも近い。そう信じられるやりとりだった。

「そっか、よかった」

無表情で蜜柑は言った。元から表情に表すタイプではないが、今日は輪をかけて感情に色がない。原因ははっきりしている。恋だ。

事件を推理する過程で、恋の内面がおぼろげながら見えてきた。蜜柑と同じ運命を背負いながら、思想を異にする人間。なにが恋を突き動かしているのか。なぜ事件を混沌に導こうとするのか。

恋とは面と向かって話してみたい気持ちが、いまは少しある。

アメリカでなにがあったのかは、訊かないでおくことにした。おそらく、訊いても答えてはくれないだろう。このふたりの領域には、踏みこむべきでない。

俺は目的地に向けて運転するだけだ。

＊

事務所のあるビルに到着すると、雨上がりの匂いを胸いっぱいに吸いこんだ。

「久々に家へ帰ってきた気分だな」

運転で軋《きし》んだ腰を伸ばした。パキパキと気持ちのいい音が鳴る。

「うん」

蜜柑は事務所のあるビルを一望する。蜜柑のアンチやマスコミがたむろしているのではないかと危惧していたが、周囲にそれらしき人はいない。雨降りだったから撤退したのだろうか。

「それじゃいくか」

せっかく誰もいないんだ、早いところ事務所へ戻ろう。蜜柑のキャリーバッグを持ち、ビル内に入る。

すると、待っていたかのように管理人室のドアが開いた。大家の津嘉山日出子《つかやまひでこ》が出てきた。九十歳を超えていながら、胸にパンダのついたジャージを着ている。蜜柑がプレゼントしたものだ。

「お帰り。朝帰りとは、やるね」

「ただいま。でも違う」

蜜柑がぺこりとお辞儀する。津嘉山の冗談にもしっかり対応。

「うっとうしいのは追い払っといたから、早くお上がり。ぐずぐずしてると舞い戻ってくるよ」

そうか。大家がマスコミや野次馬を散らしてくれたのか。この人に怒鳴《どな》られたら、普通の人間なら逃げたくなるだろう。

だが遠巻きに監視していた奴もいるらしく、足音がばたばたと近づいてくる。

「さてと、発声練習でもしてくるかね」

津嘉山がのそのそとビル前に歩いていく。

「ここはあたしに任せて、あんたらは先にいきな」

片手を広げ、出入り口に立ち塞がった。

「ごめんなさい。ありがと」

蜜柑が二連続で頭を下げた。

「かまうことないさ。この台詞《せりふ》、一回言ってみたかったからね」

ゲーム大好きの津嘉山はにやっと笑った。本人も楽しんでいるみたいだし、先にいかせてもらおう。

「津嘉山さん、よろしくお願いします」

「ああ、任せな」

俺たちは荷物を持って、急いで事務所へ走った。

事務所のドアを開けると、長らく沈滞していた空気が流れ出た。蜜柑と事務所へ入るのは久しぶりだ。あのときは絶望感しかなかったが、いまは少しだけ穏やかな気分だった。

しかし蜜柑にはなんの感慨もないようだ。無表情には喜怒哀楽、どの感情も滲《にじ》んではいない。とぼとぼと窓際へ歩いていくと、下を覗く。外からは、押し寄せる波のような騒音が届く。

「津嘉山さんにも、迷惑かけちゃった」

「気にするなって。あの人はあれで楽しんでるんだよ」

返事はなかった。無言で騒ぎを見ている。

事件さえ終結させれば、蜜柑も調子を上げられるのではないかと思っていた。甘い見通しだったようだ。事件前より感情が消えてしまっている。

俺にできることは、多くないだろう。蜜柑がこうなっているのは名探偵として生きる苦悩からだ。それを最大限理解し、寄り添うしかない。

だが、限界はある。同じ存在でなければ理解しえないことがある。俺では、蜜柑の心の隙間を完全に埋めることはできないだろう。

それをできるのが恋だった。

ふたりが相容れることはないと、今回の件で明らかになった。蜜柑には蜜柑の、恋には恋の信念がある。まったく逆方向を目指す道だ。

蜜柑と道を同じくする人がいてくれれば。

それは、この世界にたったひとりしかいない――。

スマホの着信音が鳴った。テンプレートのままの音は、蜜柑のものだ。ゆるりとした動作で、ジャケットからスマホを取り出す。液晶画面を見た蜜柑は、わずかに目を見開いた。速い動作でスマホを耳に当てる。相手は誰なのか。高い声でやりとりをしている。

蜜柑の両目から涙の滴が溢れる。

通話を終えると、こちらへ顔を向けた。

部屋に光が差しこむ。

「屋敷さんが、目を覚ましたって」

俺は初めて、心からの蜜柑の笑顔を見た気がした。

あとがき

作者がこういった内容を記すのは行儀がよいものではないかもしれません。

しかし、今作で私のデビュー作である『名探偵の証明』シリーズがめでたくすべて文庫化された記念に、語ってみようと思います。

私がどんな意図をもって一連のストーリーを書いたのか。

作者の意図など知りたくない！　という方はこのページはなかったものとしてください。

読んではみたものの、自分の想像していたものと違う……と首を捻《ひね》る方もいるかもしれません。

いいえ、全然違っていません。読んで感じてくれた感想こそ正解です。

以下はあくまで私がこういうことを考えて書いた、というだけであり、イコール真実ではありません。余興として読んでくだされば幸いです。

前置きをしたところで、よろしいでしょうか？　ネタバレも存分にあります。

いいですね……。

そもそもは「calling」という概念を知ったとき、これで名探偵に対するツッコミのほとんどが説明できる！　とひらめいたのが『名探偵の証明』シリーズのはじまりです。

すなわち、なぜ名探偵はやたらと事件に巻きこまれるのか。

なぜ名探偵は神の如《ごと》き頭脳があるのか、等々です。

現実にはありえない超常的な事象も、神が与えた使命と能力だとすれば説明がつきます。偶然ではなく必然なのです。

蜜柑花子や屋敷啓次郎は使命を受け入れ、苦しみながらも、与えられた役割を全《まっと》うしようとします。

その対極に位置するのが祇園寺恋です。

恋は蜜柑や屋敷より上位の存在で、いわゆる究極の探偵像である、事件を未然に防ぐことができる頭脳と勘と運の持ち主です。

その力を持ちながら使命に唾を吐きかけます。神には従いません。

イメージはサタンでした。

サタンも元は神に仕えていたものの、反旗を翻《ひるがえ》します。ミルトンの『失楽園』では、天国で奴隷として生きるよりも地獄で支配者であることを選びました。そして人間を誘惑し堕落させようとします。

恋も事件の関係者を誘惑し悲劇を発展させ、すでに起こった事件をかき回し混沌をもたらしもします。

今作ではついに蜜柑に手を出し、勝利を手にします。ようやく神に一矢報いた歓喜の瞬間です。

ところが栄光は長くは続きませんでした。寸前で企《たくら》みは阻止されます。立役者は蜜柑でも屋敷でもありません。

ただの人間である涼と悠介です。

このシリーズの下敷きとした作品は多々ありますが、大きく影響を受けたのはクリストファー・ノーラン監督の『ダークナイト』でした。

ジョーカーの策略に真に打ち勝ったのは誰か。

やはり個人的に燃える展開なのです。それを三作＋《プラス》一作を通じた大きな流れで達成したかったのです。成功したかはともかく、自分なりに書ききりました。

最後にはささやかな幸せが蜜柑におとずれ、物語は幕を閉じます。

最後の最後はハッピーエンドにしたかった。私の本質は、ハッピーエンド至上主義なのです。

以上が『名探偵の証明』シリーズで私が書きたかったことです。

一作では到底終われないこのストーリーを書き終えさせてくれた読者と東京創元社には感謝しかありません。

名探偵という存在については今シリーズで終結できたと思います。

今後は新たな物語を紡《つむ》ごうと画策しているので、形になった際はぜひ手に取っていただけると感涙です。

では、またお会いするときまで。

本書は二〇一六年、小社より刊行された作品の文庫化です。

検　印
廃　止

著者紹介　高知県生まれ。太成学院大学卒。2013年『名探偵の証明』で、第23回鮎川哲也賞を受賞しデビュー。著作はほかに『名探偵の証明 密室館殺人事件』『屋上の名探偵』『放課後の名探偵』等がある。

名探偵の証明
蜜柑花子の栄光

2021年10月22日　初版

著　者　市《いち》　川《かわ》　哲《てつ》　也《や》

発行所　（株）東京創元社
代表者　渋谷健太郎

162-0814/東京都新宿区新小川町1-5
電　話　03·3268·8231-営業部
03·3268·8204-編集部
U R L　http://www.tsogen.co.jp
フォレスト・本間製本

乱丁・落丁本は、ご面倒ですが小社までご送付ください。送料小社負担にてお取替えいたします。

ISBN978-4-488-46515-5　C0193

放課後、彼女は名探偵になる

ROOFTOP SYMPHONY2◆Tetsuya Ichikawa

放課後の名探偵

市川哲也

創元推理文庫

◆

高校生活も残りわずかとなった三年生の秋。
姉への依存症を克服し新たな目標へと邁進する中葉悠介と、
名探偵という能力をひた隠しにしながらも
充実した生活を送る蜜柑花子。
彼らを巡る四つの事件を、犯人（？）側の視点で描く。
それぞれの出来事が繋がり、思わぬ事態へと展開する
怒濤の二日間の後に、蜜柑はどんな景色を見るのか？
『屋上の名探偵』に続く、
名探偵・蜜柑花子の高校生編、第二弾。

収録作品＝ルサンチマンの行方，
オレのダイイング・メッセージ，誰がGを入れたのか，
屋上の奇跡